Leonardo Novo Oliveira Andrade de Araújo

RELATOS DE MAIS UM COMBATENTE EM UMA GUERRA SEM VITÓRIA

© Copyright 2020
Ícone Editora

Proibida a reprodução total ou parcial desta obra, de qualquer forma ou meio eletrônico, mêcanico, inclusive por meio de processo xerográficos, sem permissão do editor (Lei nº 9.610/98).

Capa e diagramação
Luiz Antonio Gonçalves

Revisão
Tânia Lins

CIP-BRASIL. CATALOGAÇÃO NA PUBLICAÇÃO
SINDICATO NACIONAL DOS EDITORES DE LIVROS, RJ

A69r

    Araújo, Leonardo Novo Oliveira Andrade de
    Relatos de mais um combatente em uma guerra sem vitória / Leonardo Novo Oliveira Andrade de Araújo. - 1. ed. - São Paulo : Ícone, 2020.
    286 p. ; 23 cm.

    Inclui índice
    ISBN 978-65-86179-01-9

    1. Policiais - Brasil - Ficção. 2. Ficção policial brasileira. I. Título.

20-66640   CDD: 869.3
                          CDU: 82-312.4(81)

Meri Gleice Rodrigues de Souza - Bibliotecária - CRB-7/6439

21/09/2020   22/09/2020

Todos os direitos reservados pela
ÍCONE EDITORA
Rua Javaés, 589 - Bom Retiro
CEP: 01130-010 - São Paulo/SP
Fone/Fax: (11) 3392-7771
www.iconeeditora.com.br
iconevendas@iconeeditora.com.br

PREFÁCIO

Quando um jovem ousa, sinceramente, quase nada é capaz de lhe parar.

Nunca é fácil elaborar o prefácio de uma obra de ficção policial interessante. Sinto-me diante de um desafio tão grande quanto no início da carreira em 1992. Enquanto aluno da Escola de Formação de Oficiais da Polícia Militar no Rio de Janeiro, ainda jovem, inquieto, dedicado e vigoroso, em transformação forjando-me nos valores da lealdade e destemor do General Castrioto, percebo agora que salutares não são apenas o caminho e a caminhada, mas o que fizemos pelos outros e deixamos marcado no coração das pessoas pela jornada, isso sim, inalterável, inatingível e inalcançável pelo mal e seus muitos prepostos que se avizinham em nossa profissão.

O flerte com o impossível, com a morte, com o impassível e com a sorte se assemelham com a caminhada de um montanhista em direção insana ao cume que não se enxerga, com o movimento do paraquedista que salta no vazio morrendo por segundos à mercê do velame, com gente que sonha em ser livre, mas se acorrenta a viver pela liberdade dos outros, servindo e protegendo, gente que pensa em ser médico, mas ao invés de salvar vidas, flerta com a morte desejando vencê-la.

É dessa gente que fala o livro a seguir.

No curso de operações especiais, um dos ensinamentos mais significativos trata da não desistência. Há dias em que a incredulidade, a surpresa e o desânimo parecem maiores que infindáveis trocas de tiros, mas de nada adianta berrar, tentar fugir ou desistir... Tudo isso não passaria de um assombroso arrependimento que lhe acompanharia pela eternidade, pelo Zeitgeist.

Desistir não é opção.

No Rio de Janeiro sofremos de uma grave e congênita miopia que se assevera a cada década, a cada ciclo sinuoso de governo onde se misturam ingredientes de traumas, ressentimentos, polarizações políticas, ilusões acadêmicas, detestáveis especialistas rogando para que o mal recrudesça em suas formas mais cruéis de vilipêndio a um Estado destruído desde a fusão em 1975; onde a segurança pública e seus cenários de contra-insurgência afrontam conceitos de Estado, tornando irregular não só a guerra urbana que as decisões políticas cultivaram, mas o cotidiano dos cidadãos que escolheram o Rio de Janeiro para residir, trabalhar e viver.

O que de fato gostaríamos que a maioria dos leitores entendesse é que existem pessoas ainda com vocação sacerdotal como o Maj PM Leonardo Novo que diante do enorme desafio em seu tempo, perante pares e subordinados, demonstra caráter, disposição e altivez para comandar, legitimidade para relatar e instruir, e sobretudo, farta bagagem moral para, ainda jovem, dividir suas experiências em combate nas páginas de uma obra literária de alto valor agregado, seja para o público policial, seja para os que anseiam por estórias recheadas de ação, contundência e muito tiro, porrada e bomba!

É ilusório dizer que controlamos tudo.

Uma ilusão fratricida, num país absolutamente violento, diga-se violento por natureza, onde a violência não é, nem se naturaliza contra pobres, negros e favelados nas mãos das forças policiais, pois quem precariamente detém o uso diferenciado da força legal, não elege quem está na fila do SUS, nem os condena a famigerada fila do auxílio emergencial durante a pandemia, não é a polícia que promove a segregação dessas pessoas nos lixões das cidades!

Quem fez, continua fazendo, e sempre o fará: o sistema.

O Brasil vive um racismo estrutural, racismo historicamente embalado pelas novelas de pelagem clara, um país onde negros só vencem através do futebol, do carnaval, e quiçá de concursos públicos, um racismo que as elites preferem esconder fazendo o que sabem de melhor, mentindo em telejornais e deturpando a história do próprio país.

Viva a Polícia! A Corporação mais democrática do Brasil. Sem polícia não há sociedade, é barbárie, utopia, sonho acadêmico.

Boa leitura a todos, a viagem é necessária!

Coronel André Luiz de Souza Batista
Co-autor do livro: Elite da Tropa

AGRADECIMENTO

Não teria como ser diferente, agradeço a todos os policiais com quem tive a honra e o privilégio de combater conjuntamente a criminalidade violenta, até o presente momento da carreira. Homens e mulheres abnegados que, mesmo dispondo diariamente dos bens mais importantes do ser humano, a vida e a liberdade, continuam firmes no propósito de servir e proteger a sociedade.

Dedicatória

Dedico esta obra aos policiais militares que tombaram no cumprimento do dever, heróis nacionais sem o devido conhecimento e reconhecimento do povo que eles juraram defender, mesmo com o sacrifício da própria vida.

Introdução

O que motiva o ser humano a ser policial no Brasil, de regra, com baixos salários, condições precárias de trabalho, colocando constantemente a vida e a liberdade em risco? Apesar da grande dedicação, o reconhecimento não vem na mesma proporção; longe disso, constantemente atacados por parte da mídia, das organizações governamentais e não governamentais, que tiram a exceção como regra, sendo verdadeiros oportunistas do caos.

Os números, quando não manipulados, refletem a realidade, com uma média de mais de 100 policiais sendo mortos há décadas; a PMERJ possui números de baixas incomparáveis a qualquer polícia no mundo. Apesar da coragem e abnegação desses homens e dessas mulheres, ninguém escolhe uma profissão para morrer. Sabemos dos riscos da atividade policial, mas, nos acostumarmos com esses números sem nos indignarmos é entregar as armas e se render ao inimigo, e isso nunca faremos.

No livro, conto algumas ocorrências em uma cidade fictícia, com personagens imaginários, perfeitos para as telas de cinema, quem me dera. A realidade é dura, o inimigo existe e é cruel. Na Polícia Militar vivemos intensamente, tudo acontece muito rápido, a diferença entre a vida e a morte está na fração de segundos para aqueles que estão na linha de frente no combate à criminalidade.

Qual o preço de estar em uma guerra constante, lutando contra compatriotas dentro do seu território, por vezes contra tudo e contra todos? Não sabemos, mas, com certeza, o corpo e a mente cobram, e o valor é alto. Ser policial é agir dentro da técnica e da legalidade, aí surge o primeiro dilema, ambas estão sempre defasadas em relação ao crime, então, como se preparar nesses importantes aspectos sem o tempo suficiente?

As demandas são infinitas, cometemos o equívoco de achar que a polícia sozinha resolverá a grave crise da segurança pública do país, ledo engano, pois sozinhos não resolvemos nada, e não somos os únicos culpados pela *merda* em que nos encontramos. *Relatos de mais um combatente em uma guerra sem vitória* demonstra que não sou o único inserido nessa dura realidade, sou mais um na trincheira, com mais experiência que uns e bem menos do que outros, mas a realidade é bem menos glamorosa que a retratada na ficção, e o objetivo principal é demonstrar aos leitores que, enquanto seguem sua vida aparentemente segura, há homens e mulheres suando, chorando e sangrando para manter o mínimo de estabilidade social.

Quando digo sem vitórias, me refiro ao fato de que a polícia não resolverá essa questão sozinha; a segurança pública é muito mais ampla que nossas capacidades. A criminalidade tem diferentes e complexas origens; atualmente, somente os policiais operacionais enfrentam essa epidemia nacional. Temos que estar preparados, física, técnica e, principalmente, mentalmente; vencemos algumas e perdemos outras batalhas, mas essa guerra ainda durará muito tempo.

Sumário

PREFÁCIO 3
Agradecimento 5
Dedicatória 7
Introdução 9
Batismo de fogo 13
Ambiente operacional, a miséria é aqui 21
A morte não se dribla 25
Versatilidade e resiliência, tudo pode acontecer em um dia de serviço .. 29
Retomada do Alemão muito antes da mídia 35
Evolução bélica do tráfico, inimigos fantasmas 45
Maluco atrai maluco 51
Experiência é tudo, temos que respeitar os mais *antigos* 57
Unidade de Polícia Pacificadora (UPP), a esperança que virou pesadelo, pelo oportunismo e pela incompetência das autoridades públicas 65
Perder um companheiro sob seu comando, pior sentimento para um comandante 71
Quanto custa um furo de reportagem? 79
Controle de distúrbios civis em áreas de alto risco 83
Cavar ou morrer 89
O dia em que tive medo em uma ação de Controle de Distúrbios Civis (CDC) 93
Crise no museu do índio 101
13 mortos no Fallet 107
Cárcere privado de policiais 115
Somos uma família, mexeu com um mexeu com todos 119
O crime compensa? 123
Policiais caçados 129

Função principal do BOPE: salvar vidas 135
Aonde chegaram o respeito e a admiração pela polícia brasileira? 139
Tarde demais para o resgate 147
Bombeiro por alguns dias 153
Intervenção federal 157
Julgar é difícil...163
Impulsividade pode matar o combatente 171
Explicar o inexplicável, a linha tênue entre o certo e o errado na atividade operacional..179
Na guerra, agir com o coração pode ser fatal 185
Usar o BOPE nem sempre é um bom negócio 189
Imprensa oportunista 193
Operação em defesa da liberdade de culto 201
Interiorização do crime.. 207
Novo QG do Comando Vermelho 211
Só se comanda pelo exemplo 217
O BOPE pode ser uma péssima influência.. 223
A audácia do crime não tem limite, resgate criminoso 227
Somos vulneráveis, principalmente no horário de folga 233
Atualmente, não conseguimos proteger nem os nossos...................... 239
Nem tudo é o que parece, a força de um combatente está na mente .. 245
Técnicas operacionais se aprendem na prática....................................251
Falta de cooperação pode custar caro..255
Fogo amigo 261
Inocentes bailes funk... 269
Família é a base de tudo 275
 Sequelas invisíveis, infelizmente são os bons que morrem................. 281

Batismo de fogo

Qualquer início de carreira é complicado, a insegurança e a dúvida, se você está ou não preparado, rondam a cabeça de todos os profissionais na Polícia Militar do Rio de Janeiro, ainda mais em uma cidade de realidade social, geográfica e, principalmente, operacional com uma violência única no mundo.

Os ensinamentos inicialmente adquiridos na escola afirmavam que na Polícia Militar do Estado do Rio de Janeiro (PMERJ), na pista, não há margem para erro; errou, se paga com a vida ou a liberdade. Ao entrar na polícia, você automaticamente dispõe dos bens mais importantes de qualquer ordenamento jurídico, qualquer equívoco o mandará direto para o presídio ou, pior ainda, para o cemitério. Só existem duas realidades presentes na atividade policial: ir à cadeia visitar um ex-companheiro ou ao cemitério se despedir de um combatente tombado.

Todos os aspirantes imaginam, durante sua formação, como será o seu primeiro confronto armado, e aqui a pergunta que ronda não é se acontecerá, mas quando. Comigo não era diferente, a cultura existente na PMERJ, até certo ponto equivocada, é que somente os operacionais e os combatentes possuem valor dentro da instituição. Realidade evidente que explica a assertiva é que dentro das turmas de alunos oficiais ou até mesmo de recrutas, a grande maioria tem como ideal as unidades operacionais com destaque para a dupla Batalhão de Operações Policiais Especiais (BOPE) e Batalhão de Polícia de CHOQUE (BPCHQ) — unidades reconhecidas mundialmente por suas incontáveis horas de combate real.

Após a formação, em longos três anos de internato no Curso de Formação de Oficiais (CFO), na academia de polícia, por escolha pessoal, fui para o 18º Batalhão de Polícia Militar (BPM), unidade policial que cobre a área de Jacarepaguá. Em matéria de criminalidade, e sua consequente operacionalidade, a localidade de maior complexidade é a conhecida como Cidade de Deus (CDD), que havia ficado nacionalmente conhecida após o filme que conta a história da formação dessa favela.

Com aproximadamente 80 mil habitantes, mais que muitos municípios do país, essa comunidade possui localidades com Índice de

Desenvolvimento Humano (IDH) semelhantes aos de países africanos, sendo o ambiente perfeito para a instalação de grupos criminosos, como, por exemplo, traficantes e os mais diversos tipos de roubadores. Antes que alguns oportunistas de plantão digam que a polícia é preconceituosa, me colocando no mesmo balaio, generalizando de maneira burra ou aproveitadora, que fique claro que pobreza não é sinônimo de crime.

A maioria das pessoas residentes nessa comunidade é trabalhadora, honesta e cumpridora de suas obrigações, entretanto, é ali que se concentra a maioria dos criminosos violentos da região, instalando as denominadas "bocas de fumos" (pontos de venda de drogas), com indivíduos fortemente armados protegendo seus territórios e, consequentemente, seus mercados. Outro ator da região pouco comentado pelos especialistas é o simpatizante do crime que, mesmo sem cometer a ação criminosa propriamente dita, se beneficia indiretamente dos atos criminosos, e, por motivos óbvios, não tem qualquer apreço pelas forças de segurança.

A polícia em 2007 passava por um momento difícil que, na verdade, não passou até os dias de hoje, especificamente no tocante à vitimização policial. O 18º BPM já havia perdido vários policiais tanto de folga quanto de serviço, a maioria na Cidade de Deus ou nas cercanias após confrontos armados com criminosos. Por vezes, as forças de segurança pública são questionadas por que as abordagens nas áreas mais pobres são diferentes das áreas mais abastadas da cidade. A resposta é simples, o nível de abordagem é diretamente proporcional ao risco oferecido pelo abordado e, principalmente, pelo ambiente, e isso é uma realidade que poucos têm coragem de afirmar.

Visando a proteger os aspirantes recém-formados, que não possuem as garantias legais dos demais policiais estabilizados, por se encontrarem ainda em estágio probatório, a corporação determinou que esses profissionais só poderiam sair para o policiamento acompanhados de outros oficiais. A ordem era clara, evitar áreas de risco, e, apesar de óbvia e ponderada, frustrava o ímpeto e entusiasmo daqueles que queriam a atividade operacional; não adianta, quando saímos da escola, queremos nos colocar à prova o tempo todo, isso faz parte do novato, e essa renovação é fundamental em qualquer instituição.

Mas, como bem sabemos, recruta é a imagem do cão, e o aspirante é o recruta do oficialato. Diariamente, queríamos mostrar serviço, pois aprendemos na academia que fazer polícia é estar na rua, em contato com a população, prendendo criminosos e combatendo o crime. A cultura operacional prevalece na PMERJ, ninguém, pelo menos inicialmente, entra na Polícia Militar para ser um burocrata.

No carnaval de 2007, meu primeiro na polícia depois de formado, mais precisamente no último dia, sou ruim com datas, mas essa nunca esquecerei, dia 28 de fevereiro, tirava um serviço administrativo de oficial de dia, bem longe daquele que qualquer aspirante queria. Verificar faltas no efetivo, avaliar as condições do rancho e das precárias instalações da unidade passavam o tempo, mas, de fato, estava doido para sair para a rua com os demais policiais. Por volta das 21 horas, recebo um telefonema do oficial de supervisão escalado naquele dia:

— Aspira, está muito enrolado aí? Quer dar uma volta na rua? (a resposta foi imediata)

— Claro!

— Então, pega um bastão policial, que vamos supervisionar as festas de carnaval na área do batalhão, a *porrada* come toda hora, juntou cachaça e piranha, só pode dar *merda*.

Pronto, minha primeira ação policial, era o que precisava, então, corri para a reserva, peguei o maior bastão que tinha e fiquei esperando ansiosamente o tenente, parecia uma criança indo para o parque de diversões. Não demorou muito, e o tenente já estava no pátio. Assumo que em nosso primeiro encontro não tive uma boa impressão, mas o destino prega cada peça, quem diria que aquele superior se tornaria um irmão para o resto da vida poucas horas depois? Junto da guarnição, partirmos para o serviço.

Tenho que assumir que, de regra, policial militar não gosta de carnaval; ao entrarmos na corporação, perdemos automaticamente duas datas importantes, ano-novo e carnaval; enquanto o povo se diverte, a gente trabalha, faz parte, ossos do ofício. Sem qualquer pessoalidade, após entrar no meio de inúmeras confusões e distribuir cacetada para todo o lado, percebi que ainda não temos civilidade para realizar esse tipo de evento. Infelizmente, não demorou muito, e o comandante da equipe decidiu regressar para a unidade, devia estar receoso de o aspirante fazer alguma *merda*, normal.

O que é o destino? Se tem uma lição que aprendi na polícia é que todos temos a nossa hora, isso não significa que iremos ser suicidas, mas já passei por situações de abraçar a morte e, por outro lado, perder companheiros de maneiras inacreditáveis. Já no deslocamento para a unidade, o motorista pergunta ao tenente:

— Tenente, o senhor não vai supervisionar a festa da gardênia?
— Vamos lá!
— A equipe, para variar, está cheia de fome.
— Por isso que vocês estão gordos, só comem *merda*!

Para chegar ao destino, tinham dois caminhos, passando ou não pela Cidade de Deus, e, como nós policiais gostamos de emoção, o caminho escolhido não poderia ser diferente. Ao passar pela estrada Miguel Salazar – principal via que corta a comunidade, relativamente segura, utilizada por transporte público e diversos outros serviços –, aconteceu o evento crítico necessário para responder às minhas dúvidas e indagações de como reagiria em combate.

Por volta das três da manhã, observamos um "Peugeot 206", carro da moda na época e com alto índice de roubo, saindo do interior da comunidade, configurando claramente a justificativa legal da abordagem a veículos, a fundada suspeita. O valor do carro, incompatível com a localidade que possui alta incidência criminal, o horário e a utilização de "*insufilm*" por si só já justificariam qualquer abordagem policial. Ao perceber a viatura, o veículo ameaçou parar ou voltar para dentro da comunidade, mas estávamos próximos, então, decidiu continuar na via despertando a atenção, e, principalmente, a tensão de toda a equipe, reforçando com essa atitude suspeita a necessidade de uma intervenção policial.

O tenente alertou a equipe falando:

— Atenção, pessoal, esse carro está muito estranho, se ele voltar para dentro da comunidade, vou deixar, pois, se colocarmos a cara aí, entraremos na bala, e estou com o aspira aqui, mas, se continuar na via, o abordaremos em um local seguro, saindo do raio da favela.

Novamente, o veículo ameaçou entrar na comunidade, mas lentamente seguiu na via principal. O tenente, sentado na posição de comandante, ao lado do motorista, tomou a posição operacional padrão, ele era um cara muito técnico, era cursado pelo BOPE, possuía o curso de ações táticas, sem dúvida, esse simples ato salvou sua vida. A diferença entre a vida e a morte está na fração de segundos, e, da minha posição, só foi possível observar o clarão do fogo e escutar os tiros vindos de dentro do veículo, não tinha muito o que fazer, somente me abaixar e esperar a primeira oportunidade de desembarque, estávamos sofrendo um ataque armado.

No meio daquela confusão toda, ouvindo o aço encontrando a lataria da viatura, só deu tempo de abaixar atrás do banco. Naquele exato momento, confirmei duas lições aprendidas na escola: na prática, o fuzil muda completamente as características do combate pela relativização do conceito de abrigo, um projétil de calibre 7.62 é praticamente imparável, e, quando pega, faz um estrago, e a utilização de *insufilm* é um mal para a atividade policial, principalmente na abordagem de veículos. O desgraçado, com toda a certeza, havia apoiado sua arma de guerra na mala do carro, abrindo fogo contra a viatura, mas só percebemos isso depois que fomos atingidos, o fator-surpresa é o diferencial do combate e, naquele dia, quase nos matou.

No meio de uma emboscada contra viaturas, o primeiro procedimento é o desembarque, pois dentro do veículo estamos estáticos, desabrigados, nos tornamos alvo fácil. Na primeira oportunidade, desembarquei e já observei nosso motorista desnorteado, andava no meio da rua de um lado para outro, sob fogo inimigo, havia sido atingido no rosto e no ombro, aquela cena do filme *O exterminador do futuro*, que o rosto do inimigo é desfigurado com um tiro do herói, tive o desprazer de ver de verdade; a realidade é bem mais dura que a ficção.

O impacto de um disparo de fuzil é devastador no corpo humano, a transmissão de energia destrói qualquer anteparo, o soldado estava com o rosto desfigurado, o tiro o atingiu na altura da face, na região inferior aos olhos, sendo inexplicável como poderia estar vivo, e, para piorar a situação, seu braço direito estava pendurado pelo Projétil de Arma de Fogo (PAF) que atingiu seu ombro. Os outros dois cabos, que também estavam na viatura, combatentes experientes, com inúmeras horas de confronto naquela comunidade, respondiam aos disparos que vinham do interior da comunidade, então, em um ato quase reflexo tentei tirar o soldado da linha de tiro e procurar o tenente que, naquele momento, não se manifestava.

Ao procurar nosso comandante, percebo que ele estava apagado sobre a porta da viatura, então, logo pensei, perdemos o tenente. Após deixar o soldado relativamente abrigado no eixo traseiro da roda da viatura, corri na direção do tenente, que ali continuava sendo alvo de ataques. O oficial havia levado um tiro no rosto, mas encontrava-se vivo, tirei-o de dentro da viatura, colocando-o apoiado ao lado do soldado, a situação não era fácil; dos cinco policiais, dois estavam baleados e fora de combate.

O confronto se intensificava, precisava apoiar os demais integrantes da equipe, senão morreríamos todos ali, então, peguei o fuzil do tenente, pois portava apenas pistola e estava sem colete balístico, já que a missão inicial era separar brigas de cachaceiros e patrulhar festas de carnaval, mas, esteja sempre preparado, pois nunca sabemos quando será iniciado um combate, aprendi essa regra quase me fodendo, nunca mais a esqueço. Não sabia a real gravidade dos feridos, eles foram colocados em uma posição de relativa segurança, sem qualquer atendimento, visto que, naquele momento, a prioridade era nos mantermos vivos, resistindo aos ataques que ainda aconteciam, não do veículo que havia se evadido, mas do interior da favela.

Impressionante como em momentos de estresse elevado conseguimos raciocinar e nos lembrarmos dos ensinamentos operacionais aprendidos na escola. Como os ataques vinham de várias direções, a técnica adequada era realizar um perímetro de segurança, tentando cobrir o mais próximo de 360°, então, chamei os dois cabos, que até aquele momento deveriam achar que o aspirante inexperiente se esconderia debaixo da viatura depois do primeiro disparo, e orientei que juntássemos costas com costas, cobrindo o maior ângulo possível, respondendo aos ataques de forma coordenada e mais precisa, diminuindo o ímpeto e avanço dos criminosos.

Na primeira oportunidade, voltei na viatura e pedi prioridade, necessitava de apoio, porque os dois companheiros perdiam sangue abundantemente, e eu não queria perder os dois na minha primeira missão de combate. O Posto de Policiamento Comunitário (PPC) estava a uns 600 metros do evento, quase visível, mas os policiais que ali estavam, ao tentarem sair em apoio, foram atacados, a entrada da base foi praticamente metralhada pelos criminosos. Os valentes integrantes do Batalhão de Policiamento em Vias Expressas (BPVE), tentando avançar no apoio pela linha amarela, também foram atacados, tendo um policial da unidade baleado. A polícia não é um exemplo de integração, é uma instituição, de regra, desunida, mas, nesse momento, aprendi na pele que a *merda* une, ainda podemos ter esperança.

No meio do tiroteio, em inferioridade numérica e bélica, com explosão de granadas por todos os lados, ruas desertas e sem possibilidade de apoio, a preocupação principal era retirar os companheiros dali e levá-los ao hospital mais próximo, que ficava a menos de dois quilômetros, na Barra da Tijuca. É impressionante, no Rio de Janeiro, ao contrário da maioria das cidades, as regiões pobres e os bolsões de misérias estão localizados próximos a importantes áreas nobres, o tiro de fuzil do traficante, ou da própria polícia, sai da favela e cai na cobertura da classe média alta, aqui está tudo junto e misturado.

Os criminosos percebiam que estávamos em inferioridade numérica e com policiais baleados na equipe, então, continuavam avançando em direção à equipe. Abrigado atrás de um poste, colado ao muro de uma igreja, escuto um som nada agradável e inconfundível: tinham jogado uma granada na nossa direção que, por obra divina, explodiu dentro do terreno da casa do Senhor, mas uma vez operando milagres. Buscando uma melhor posição, observo um criminoso armado com um *AK 47* (kalashnikov) cruzando a pista, era muita audácia, o bando queria nos cercar, abri fogo na direção dele, é possível ter acertado, porque esse não voltou mais para nos atacar.

As viaturas de apoio não chegavam, e, ao tentar ligar a viatura, percebo que os tiros a danificaram; preocupado, mas sem perder as esperanças, vi surgir um táxi no meio daquele confronto. Obviamente, tentei parar aquele carro, realizando uma requisição administrativa. Sacanagem, mas era puro estado de necessidade, então, o motorista se desviou da equipe, acelerando o veículo, não era para menos, pois, a qualquer momento, ele poderia ser atingido. Pensando que havia perdido aquela oportunidade, observo o táxi voltando de ré no meio dos disparos, então, sem pensar, nós colocamos os feridos dentro do carro, e nem foi preciso informar o destino para aquele valente cidadão; essa foi a primeira vez que sujei minhas mãos com o sangue de um companheiro, confirmei como tem gente boa e corajosa neste mundo, sei que aquela corrida não tinha preço.

Na correria do socorro, enquanto tentava conter a hemorragia dos companheiros, perguntei ao taxista:

— Não tenho nem como agradecer seu ato, mas o que te fez voltar?

— Estava com medo, mas, quando olhei pelo retrovisor os policiais deitados e feridos no chão, tive que voltar, pois vocês protegem nossas vidas diariamente, pensei que eles poderiam ter filhos, pensei logo nos meus.

— Pior que têm mesmo, mas vão ficar bem.

Aquele homem salvou a vida dos meus companheiros, então, durante meses, procurei aquele profissional, abordava quase diariamente taxistas, cheguei a acreditar que ele não existia e teria sido mandado por Deus para nos tirar daquela situação. Então, por pura ironia do destino, meses depois, o tenente, já recuperado, encontrou seu socorrista, pois as crianças de ambos estudavam na mesma escola. Nós fizemos uma justa homenagem para aquele herói na unidade, dando o simples mas justo reconhecimento por seu ato corajoso.

Com a adrenalina baixando ao receber a notícia dos médicos de que nossos companheiros estavam estáveis apesar da gravidade, percebo que um dos cabos estava sangrando na cabeça, também havia sido baleado, mas, com o sangue quente, não havia sentido nada. Chamei um médico imediatamente para examiná-lo, percebendo que o camarada tinha um projétil preso no crânio. O combatente, como se nada estivesse acontecendo, senta-se, e o médico, na melhor das intenções, tenta retirar, sem sucesso, o pedaço de metal. Aí vejo umas das cenas mais bizarras na polícia, o cabo, com toda a naturalidade do mundo, tira um alicate do bornal todo sujo, utilizado para consertar seu armamento, e arranca o projétil, jorrando sangue para todo o lado, causando susto na equipe médica e sorrisos nos policiais. De fato, aquele camarada tinha a cabeça dura, e, aquela situação, apesar de impactante, foi suficiente para eu entender que estou no lugar certo, no meio de um monte de maluco.

Rapidamente, o comandante da unidade chegou ao hospital e o primeiro questionamento que fez era o que o aspirante estava fazendo ali, cheio de sangue na farda. Não precisava responder, o cenário já dizia tudo e, naquele momento, o que menos importava era uma possível punição administrativa. Sem dúvida, como comandante, essa seria a menor das minhas preocupações.

Conversando com os policiais, uma pergunta vinha à tona: por que tamanha resistência dos criminosos, quem estava naquele carro e para onde eles fugiram? As respostas apareceram rapidamente, pois o sistema informal de inteligência da polícia funciona bem, e o que imaginávamos tinha, de fato, ocorrido: o dono estava saindo da comunidade, por isso, as ruas estavam cheias de criminosos fazendo a escolta dele, até que ganhasse a via expressa. No dia seguinte, o carro foi encontrado todo furado no morro da Chatuba, na Penha, área sob influência da mesma facção atuante na Cidade de Deus.

A perícia realizada constatou mais de 70 perfurações na viatura, difícil de acreditar como todos saíram vivos de um ataque tão brutal. Meu batismo de fogo ocorreu de maneira precoce, me sai bem e, naquele dia, conquistei o respeito da tropa. Não tem nada melhor para um oficial, vi que tinha feito a escolha profissional correta. Antes que alguém pergunte como está a equipe depois disso tudo, o soldado foi reformado devido aos ferimentos – cego de um olho e com um dos braços paralisados – e morreu meses depois ao reagir um assalto, visto que um verdadeiro guerreiro nunca se entrega. O cabo que havia saído ileso, faleceu meses depois na minha frente em outra operação na mesma localidade, e o combatente cabeça dura foi excluído da corporação. O tenente, hoje tenente-coronel, é meu amigo e compadre, comprovando que as amizades formadas no sangue, no calor dos combates e no aço do inimigo são laços eternos que duram a vida inteira.

Ambiente operacional, a miséria é aqui

O início da minha carreira foi na comunidade da Cidade de Deus, localizada na zona oeste do Rio de Janeiro, no bairro de Jacarepaguá, colada a um dos bairros mais nobres e emergentes da cidade, a Barra da Tijuca. Favela planejada, plana, que cresce a cada dia e, por diversos fatores, configura um dos maiores bolsões de miséria no Estado. A favela é dividida em quadras e localidades, sendo as mais conhecidas 13, 15 apartamentos e *karatê*, onde, apesar de fazerem parte da mesma comunidade, apresentam diversas desigualdades de estrutura, IDH ou até mesmo de caráter operacional.

A localidade do *karatê* é a parte de maior resistência armada da criminalidade, com uma condição privilegiada geograficamente, cercada por um mangue e protegida por um rio, apresenta apenas uma ponte de acesso para veículos, dificultando a realização de policiamento motorizado. Região que chama atenção é a conhecida como *Rocinha 2*, sem dúvida, uma das mais pobres que já conheci em toda a minha carreira como policial — barracos de madeira por cima do mangue, esgoto a céu aberto, quando chove, alaga as casas, sem qualquer saneamento básico, condições insalubres de sobrevivência, semelhante a países mais pobres do mundo.

Como pai, todas as vezes em que operava ali, me perguntava como se cria um filho naquelas condições e qual seria o futuro daquelas crianças. Duas coisas sempre me chamavam a atenção em relação às crianças dali: como elas estavam adaptadas àquela dura realidade e como elas olhavam os policiais, pois crianças não mentem, são inocentes, e deixavam claro que não gostavam da polícia. Como teremos uma sociedade melhor, tratando o futuro desse jeito? Se não melhorarmos a relação da polícia com a sociedade, o traficante continuará a ser a referência, aí nunca venceremos essa guerra.

Após cansativa operação, como de costume, esta é a realidade de todo policial operacional: acordar de madrugada, operar com equipes e logística insuficientes, além do monitoramento oportunista da imprensa, esperando você cometer um erro para ser detonado. Desgastado, parei perto de uma sombra para respirar e fiquei observando crianças brincando em uma árvore, e, em um primeiro momento, fiquei até com inveja, elas se balançavam nos galhos e caiam na água do mangue.

A lúdica brincadeira não parava por aí, as águas turvas eram redutos de inúmeros jacarés, então, não me aguentei e fui na direção delas, perguntando:

— Vocês sabem que tem jacaré aí dentro?

— Sim, mas eles não fazem nada não. (responderam os mais velhos, com seus 11, 12 anos, de maneira rude).

Me perguntei onde estava a mãe daquelas crianças, continuei o patrulhamento, mas, por um lado, preocupado com a segurança daquelas crianças, até por que não tive experiências boas com jacarés, e, por outro, pensando que aqueles garotos poderiam ser aproveitados na polícia, pois se naquela idade nadavam com jacarés, como adultos se tornariam bons soldados, rusticidade não seria problema.

Jacaré é um bicho pré-histórico, forte, vive em qualquer ambiente, e o bairro de Jacarepaguá não leva esse nome por acaso. Infelizmente, a inteligência na Polícia Militar ainda é pouco explorada e evoluída. A explicação dessa realidade é lógica, aprendi isso na polícia nacional colombiana, *expert* no assunto. Atividade de inteligência se faz com duas coisas obrigatoriamente – tempo e dinheiro –, e ali, na Cidade de Deus, eram duas coisas que não tínhamos.

Nossa operacionalidade era baseada em informes e coragem. Determinado dia, um sargento me procura e fala:

— Meu chefe, estou com uma informação para dar um prejuízo no *karatê*, um colaborador passou que eles estão colocando os fuzis dentro do rio.

— E aí, *porra*, vai querer mergulhar naquela *merda* toda?

— Claro, chefe, vamos pegar todos os *bicos* deles.

Fui para casa pensando na informação, fazia sentido, os últimos armamentos que havíamos apreendido estavam bem sujos, então, o sargento poderia estar certo. Entrei em contato com um amigo do Exército que me acautelou uns detectores de metais militares, então, pensei, agora sim, vou fazer a maior ocorrência da história.

Já equipados, entramos no rio e começamos o vasculhamento, o aparelho não parava de apitar, tirávamos tudo lá de dentro, bujão de gás, guarda-chuva, pedaços de carros, carrinhos de bebê, mas fuzil, que era o objetivo, nada. Mas, de repente, o sargento que tinha *piruado* (sugerido) aquela *merda* me diz assustado:

— Chefe, não se mexe.

Pensei, estamos cercados, os traficantes vão metralhar a gente aqui dentro, mas onde estão os policiais da segurança? Estou aqui nessa água podre, e os caras dormindo. Sem fazer muito movimento, o sargento aponta para dentro do rio, quando vejo, a menos de 5 metros, aqueles dois olhinhos piscando na água e me olhando; se correr o bicho pega, se ficar, o bicho come, literalmente. O inteligente, para não dizer o contrário, do policial me joga um galho no jacaré, fazendo o animal afundar, então, nesse momento, não sabíamos mais onde ele estava. Debandada total, foi um tal de polícia correndo para todo o lado, todos os valentes que puxavam ponta de patrulha fugiram igual criança, só a PMERJ para proporcionar esses momentos.

Próximo da mesma localidade, tive outra experiência animal. Após intensa troca de tiros, como de costume ali, quase que instantaneamente a vida dos moradores volta à normalidade, e os policiais iniciam o vasculhamento em busca de arma e drogas. A situação pode evoluir a qualquer momento. Ao fatiar um dos becos, observo uma criança de uns 6 anos de idade, achei extremamente arriscado aquele menino estar ali, principalmente sozinho, ele brincava se movimentando energicamente de um lado para outro. Fiquei curioso, cheguei mais perto e identifiquei o brinquedo: era uma cobra venenosa que armava o bote e atacava o menino, que fugia habilmente, então, cometi um crime ambiental, matei a cobra e acabei com a brincadeira da criança. Rapidamente, procurei a família responsável, que não estava em casa, tinham deixado os filhos na casa da vizinha, uma senhora de mais de 80 anos de idade.

Essa localidade, como muitas outras espalhadas pelas favelas do Rio de Janeiro, apresenta IDH semelhante aos países mais pobres do mundo. Quando vejo a brilhante atuação do governo brasileiro em alguns desses países, me pergunto por que não resolvemos os problemas debaixo das nossas barbas. Ali, é fato, o único braço atuante do Estado é a polícia, de maneira esporádica, com a atuação, por vezes, necessária de força, mas com todos os seus efeitos colaterais nefastos. A realização de policiamento nessas áreas só é possível na base da força, ficando impossível praticamente a aproximação da relação polícia e sociedade.

Do outro lado da trincheira, está o traficante que, de regra, é um dos meninos aqui exemplificados, nascido e criado dentro da comunidade, possuindo, sem dúvida, maior simpatia da população local. É impossível mudar essa realidade enquanto os governantes e gestores acharem que o problema da violência e da criminalidade se resolve com polícia, a questão é muito mais ampla, a polícia nesse caso é apenas uma força de intervenção, e, enquanto esse entendimento não for alterado, continuaremos em uma guerra sem vencedores.

A MORTE NÃO SE DRIBLA

Trabalhando na atividade operacional, no enfrentamento direto à criminalidade no Rio de Janeiro, é comum sentir o cheiro inconfundível da pólvora misturada com sangue. O gosto de *merda* na boca significa que a morte está passando por perto. Em diversos momentos, em operações, pensei, chegou minha hora, dessa situação não saio. Isso não é minha exclusividade, é um sentimento compartilhado por todos os meus companheiros policiais operacionais, e, quando saímos ilesos, chegamos a simples conclusão de que a morte é implacável e tem sua hora certa.

Meses antes, durante minha primeira troca de tiro, dos cinco policiais que faziam parte da equipe, somente dois saíram ilesos, eu e um cabo. A perita que fez o exame na viatura perguntou informalmente como a equipe havia saído viva do confronto, só um milagre explicava. Mal sabia que a alegria de sobreviver e ver meus companheiros bem, apesar de tamanha dificuldade, não duraria por muito tempo.

O *modus operandi* da criminalidade é dinâmico, e a polícia sempre está um passo atrás em suas atividades. Até descobrir e entender os atos criminais, e planejar e executar o policiamento, muito crime já aconteceu. A polícia não resolve e nunca resolverá tudo, o crime é um fenômeno social, existe em qualquer sociedade no mundo, mas convenhamos, aqui está demais, mas a polícia não pode levar essa culpa sozinha.

Um morador, revoltado com tráfico local, e não era para menos, pois teve um familiar executado brutalmente, procurou nossa equipe e passou informações valiosas sobre a atuação dos criminosos locais. Segundo ele, o primo, que tinha uma carroça, descumpriu uma ordem do tráfico de não entrar em um matagal atrás da comunidade e, por esse simples motivo, foi morto e esquartejado, tendo suas partes jogadas para os jacarés comerem; no Brasil, não há pena de morte, e o criminoso tem responsabilidade social, mas só se for em algumas novelas do horário nobre.

A informação batia, o último fuzil que havíamos apreendido estava todo sujo de terra, nossa desconfiança tinha se confirmado, os criminosos estavam enterrando seus armamentos naquela região. Levei a informação ao comandante do batalhão à época, que confiava no meu trabalho e tinha me colocado naquela furada, comandar a companhia que cobria a área da Cidade de Deus.

Preparamos uma megaoperação, juntei todo o efetivo disponível, o que não era muita coisa, trouxe policiais de folga, tirei fuzis das equipes de radiopatrulhas, pegando das equipes que atuariam na favela; serviço, em tese, menos arriscado e, assim, ficariam temporariamente sem fuzil, era o jeito. Iniciada a operação, peguei minha equipe de confiança e parti diretamente para a área de mata, não tinha a menor noção de como era o combate nesse tipo de terreno, só havia adquirido poucos conhecimentos na academia, hoje sei o alto risco desse tipo de operação, conhecimento e maturidade são tudo para um comandante.

Batemos aquele mato exaustivamente, e o máximo que encontramos foram vestígios antigos. A operação, apesar do esforço de todos, até aquele momento, tinha sido um fracasso, seria bem melhor se terminasse assim. Desanimado com os resultados operacionais e o desgaste inútil da tropa, já pensava em retrair para base, quando um cabo, que meses antes tinha saído ileso no meu primeiro confronto armado, vira e fala:

— Chefe, por que não vamos verificar aquele mato atrás do colégio? (ali estava sacramentado o seu destino)

— Não é possível, longe demais, os vagabundos não vão ali, ainda têm que atravessar aquela rua ali, não iriam se expor assim.

— Tenente, vagabundo é foda, anda a *porra* toda, já estamos aqui, temos que acreditar.

Com a intenção de não desmotivar a equipe, sem saber mensurar o risco de tal operação, acredito que pela imaturidade e falta de conhecimento técnico, partimos para o objetivo. Ao iniciar o deslocamento com muita coragem e pouca técnica, por meio de um labirinto de trilhas desconexas e charcos fedorentos, observo pegadas e rastros de movimentação recente, então, alerto a equipe e redobro a atenção. De nada adiantou, progredindo menos de 100 metros mata adentro, sofremos um ataque pesado de metralhadora, a rajada foi tão intensa que chegou a devastar toda a vegetação à nossa volta, só tive tempo de diminuir a silhueta e responder ao fogo aleatoriamente.

Após a troca de dois carregadores e disparos aleatórios de todos os lados, cessados os tiros, o silêncio mortal é interrompido pelo chamamento de um sargento:

— Chefe, estou pegado.

Rapidamente, fui de rastejo até o companheiro, e, após verificação preliminar, não localizei sangue ou qualquer orifício de entrada, o disparo tinha parado em uma placa balística nível 3 (capacidade de proteção para disparos de fuzis) particular que o policial usava nas operações. Naquela época, a polícia quase não dispunha de coletes desse nível ordinariamente. A alegria durou pouco, imediatamente escutamos um dos piores sons que já escutei na minha vida, a tentativa desesperada de um homem tentando respirar, se afogando no próprio sangue.

Meu companheiro sobrevivente, de pouco tempo mais intensa jornada, tinha sido atingido no pescoço e na virilha, perdeu muito sangue e estava branco igual uma vela, a hemorragia estava levando a vida dele e, apesar de todos os esforços, nada podia ser feito, pois o disparo havia acertado uma artéria de grande calibre. Aquele olhar nunca mais sairá da minha cabeça. Pouco depois, com muita dificuldade, o combatente foi socorrido, mas faleceu, deixando três filhos, sendo uma especial; meses antes, ele tinha escapado da morte, mas, dessa vez, ela foi implacável.

A mobilização pós-morte de um policial em serviço é grande, deveria ser maior, mas a cada dia estamos perdendo a sensibilidade, nos acostumando com esse ato, que representa um ataque indireto ao estado democrático de direito. Em países desenvolvidos, a morte de policiais é motivo de protestos, a sociedade para, mas aqui estamos bem longe dessa realidade. Se os criminosos têm essa audácia com a polícia, o que farão com o cidadão comum? Isso explica um pouco da nossa realidade.

Em decorrência da morte do companheiro, as unidades especiais da PMERJ foram acionadas, ruas interditadas e, como de costume, objetivando tirar o foco da polícia, *pseudomoradores,* a mando do tráfico, realizaram um protesto nas principais vias do entorno da comunidade. O manifesto não ocorria pela morte do policial, mas sim para que os criminosos sobreviventes do confronto na área de mata fugissem.

Com a cabeça a mil, não tem nada pior do que perder um homem em combate sob o seu comando, sei que essa é a realidade de muitos comandantes e oficiais da PMERJ, mas, comigo, infelizmente, aconteceu cedo demais. De todas as missões operacionais que realizei na polícia, nenhuma é mais complicada e dura do que dizer para uma mãe, uma esposa e os filhos que seu amado ou amada não voltará mais para casa.

A missão deveria continuar, e minha tropa ainda estava no terreno, completamente abalada, tive que juntar os cacos, pegar força onde achava não existir e voltar para a favela, era questão de honra prender aqueles homicidas. O helicóptero do Grupamento Aéreo Móvel (GAM) visualizou movimentação na área de mata, próximo do confronto, porém, mesmo com as tropas especiais da PMERJ acionadas, esperar a chegada delas significaria a certeza de fuga dos marginais.

Eu me lembro como se fosse hoje, diversas equipes deitadas atrás de montes de terra e pedra olhando para o mato como se ali estivesse a porta do inferno. Minha equipe de confiança, a mais experiente nesse tipo de ação, estava destruída, quase toda no hospital, dando e recebendo apoio dos familiares do combatente tombado. Apesar do misto de ódio e vontade, precisava de apoio para entrar novamente naquela mata. Do que adiantaria ser a próxima vítima? Na polícia, ninguém faz nada sozinho.

Nada melhor que a honra para dar força a um homem, entrar ali novamente, apesar de ser considerado por muitos um suicídio, era uma questão de respeito ao nosso companheiro. Olhei para as equipes, na maioria formadas por policiais de radiopatrulha, que não tinham essa prática de combate constante, e falei:

— Temos que entrar novamente, o helicóptero plotou movimentação suspeita. Quem vai comigo? (não demorou para surgirem os primeiros corajosos voluntários)

— Se o senhor entrar, estamos juntos. (claro que entraria, só se comanda pelo exemplo)

Entrando no mato, puxando a ponta, esperando um outro confronto a qualquer momento, encontro rapidamente vários elementos mortos, ainda portando suas armas. O local era um acampamento de média proporção utilizado pelo tráfico, formado por "casas-matas" bem camufladas e água potável abundante, tinha que ter conhecimento para construir aquela estrutura. Nesse episódio trágico, aprendi como nossos policiais são corajosos, independentemente de onde trabalham e, ao contrário do que muitos dizem, não estamos combatendo meros traficantes esfarrapados e sem conhecimentos, o crime evoluía a passos largos.

A apreensão de armas e munições foi considerável, mas qualquer resultado operacional quando se tem um policial ferido ou morto de nada serve. Como comandante, a minha principal missão não é prender ou apreender, mas sim levar todos os meus subordinados ilesos para casa, mas, nesse dia, falhei. Essa ferida nunca se fechará. Infelizmente, foi e primeira e não será a última, além de não ser uma exclusividade minha, mas aquele rosto pedindo ajuda nunca mais sairá da minha cabeça. A filha especial daquele valente policial, chorando e chamando o pai durante seu sepultamento, é algo que poucos já sentiram, e, foi nesse momento que comecei a entender e a cair a ficha do que era ser policial e comandar homens na Polícia Militar do Rio de Janeiro.

Versatilidade e resiliência, tudo pode acontecer em um dia de serviço

Em mais um serviço de oficial de operações, geralmente realizado por tenentes recém-formados no Curso de Operações Especiais (COESP), recebi a missão de operar no morro do São Carlos, localizado no bairro do Estácio. Uma das entradas deste complexo de favelas é de frente ao Hospital Central da Polícia Militar (HCPM), sendo bem comum, durante os confrontos, uma correria entre os pacientes para buscar abrigos, ou seja, nem no hospital nós temos sossego.

Logo no início da operação, uma das patrulhas foi covardemente emboscada. Os criminosos estavam posicionados em uma laje, esperando o deslocamento das equipes, e abriram fogo de cima para baixo com seus *AKs 47*. Os fuzis, de origem russa e fabricados por diversos países mundo afora, são facilmente encontrados nos morros cariocas, vitimando policiais, ano após ano. Como são possíveis deslocamentos tão grandes, sem qualquer interferência das autoridades internacionais e federais? No final das contas, as sequelas e os riscos sempre sobram para os policiais que estão na ponta de linha.

Fato raro, apesar do alto risco das operações, dois policiais do BOPE foram baleados em combate na mesma ocorrência. A partir desse momento, a operação muda de objetivo completamente, e o foco é o resgate dos companheiros. Sob fogo, os dois são colocados dentro de um blindado e conduzidos ao hospital, que estava a menos de 500 metros de distância; essa era a vantagem de operar nesse complexo, pois os médicos, quando escutam a troca de tiros, já estão prontos para atuarem. Sem dúvida, essa é outra exclusividade da PMERJ. Apesar dos ferimentos, os combatentes tiveram poucas sequelas e continuam na ativa até hoje.

Permaneci no terreno na busca dos criminosos, várias ocorrências foram feitas sem a certeza absoluta de que os agressores estavam nelas. O BOPE não desiste até prender ou neutralizar seus agressores e, quando os seus saem feridos, é assim que deve ser. Não é vingança, a questão é combater a impunidade, o criminoso é quem escolhe o seu caminho, se atirou no BOPE, vai morrer; a lei tem que ser cumprida e permite isso.

O bom policial sempre deve agir dentro da técnica e da legalidade, entretanto, determinados criminosos, geralmente traficantes de alta periculosidade e portando armas de guerra, não estão dispostos a se entregarem e, de regra, resistem, lutam até a morte. Na prática, só respeitam o que temem. Pode soar mal ao ouvido de alguns, mas o BOPE é e deve ser temido, não por todos, mas pelos criminosos violentos, sendo esse um dos fatores de proteção da nossa tropa.

As vantagens táticas do tráfico são imensas: conhecimento do terreno, fator-surpresa, apoio de parte da população local, e, por mais que tenhamos técnicas aprimoradas de combate, a guerra é desigual; então, o medo é um fator importante, aquele que atirar contra nossa equipe, estará assinando seu mandado de prisão ou o laudo cadavérico, fique à vontade, é só escolher, mesmo que coloque um *caveira* na sua alça e massa, não atire.

Por volta das 12h, o estômago ronca, e eu já começo a pensar naquela carne monstro do rancho, maneira carinhosa como os policiais chamam o bife da unidade. Até hoje, não sabemos a procedência daquela carne — bovina, suína ou mesmo frango —, mas, como sempre dizia minha mãe, a melhor comida é aquela quando estamos com fome, ainda mais desde às quatro horas da manhã em operação. A fome teria de esperar, pois tocou o telefone funcional, era o comandante que informava que dois policiais haviam sido executados dentro de uma viatura próximo ao Morro da Fé, e a unidade acabava de ser acionada, então, o almoço ficaria para depois, partimos para uma nova jornada.

Chegando à favela, poucos disparos foram ouvidos e rapidamente rechaçados pela equipe, os criminosos sabem quando fazem *merda*, e, covardes, acabam se escondendo como ratos. A morte daqueles policiais foi bem impactante à época, mesmo em uma corporação que perde em média mais de 100 policiais por ano, número incomparável com qualquer polícia do mundo; os dois foram executados dentro da viatura. Mesmo sabendo que dificilmente encontraríamos os assassinos, patrulhamos aquela comunidade a tarde toda, realizando ainda algumas prisões, mas nada traria os companheiros de volta.

No final da tarde, com a equipe já moída, partimos para a unidade, quando novamente tocou o telefone funcional, mais conhecido como portador de más notícias. O chefe da P3, seção de planejamento, informava que a equipe tinha novamente sido acionada, só que agora para uma ocorrência com refém em uma comunidade às margens da linha amarela.

Era hora de trocar o canal, de operações em áreas de alto risco para técnicas de intervenção tática, completamente antagônicas tecnicamente.

Administrativamente, o BOPE é a unidade responsável por esse tipo de ocorrência, geralmente o oficial de operações do dia coordena as ações, comandando a Unidade de Intervenção Tática (UIT). O caso era complexo e, como de regra é esse tipo de ocorrência, as informações eram poucas, e o planejamento, como é comum em operações emergenciais, ocorria dentro da viatura durante o deslocamento, mas só ao chegarmos ao terreno é que saberíamos a realidade. O caos estava instalado, várias viaturas de diferentes unidades encontravam-se no interior da comunidade, polícia civil, diferentes batalhões de área, o risco de tiro amigo era alto. Com toda a calma, procurei o oficial supervisor da unidade da área para saber o contexto e as informações sobre a crise.

Um bonde tinha saído da Favela da Maré em direção a Maguinhos, ambas as regiões sob influência da mesma facção criminosa. No deslocamento, bateram de frente com o Patrulhamento Tático Móvel (PATAMO), do 22º BPM. Após intensa troca de tiros, os criminosos desembarcaram e fugiram para o interior da comunidade, fazendo moradores reféns, mas as equipes ainda faziam um vasculhamento sem saber onde estavam escondidos. Reuni a equipe, dei as primeiras orientações e começamos a busca com toda a cautela. Deslocando-nos pelos telhados das casas, escuto um barulho e, lá de dentro, um homem gritava.

— Se entrar, estouro a cabeça dela! (encontramos os criminosos, faziam dois reféns, pai e filha)

Adotando as técnicas corretas de cerco, *contenção* e isolamento, ações que, na prática, se complicam pelo *animus* e pela vontade de ajudar dos demais policiais, todos podem e devem auxiliar, mas cada um dentro da sua especialidade. Estabelecendo o primeiro contato com o tomador de refém, dando início à negociação, primeira e ideal alternativa tática, o ideal é resolver a crise sem efeitos colaterais.

Horas antes, estava trocando tiros, socorrendo os companheiros baleados e vendo outros mortos, e agora teria que ter toda a serenidade para resolver de maneira pacífica, no diálogo, uma crise gerada por criminosos fortemente armados, mesmo sabendo que, na primeira oportunidade, tentariam me matar. Dentre todos os aspectos de formação de um combatente, o preparo psicológico, sem dúvida, é o mais importante. Sem ele, os aspectos físico e técnico não servem de nada.

O contato com os criminosos foi estabelecido de maneira pessoal, com relativa segurança, através do basculante de um banheiro; eram cinco marginais, todos armados com fuzis e pistolas, fazendo um pai e sua filha de seis anos reféns. A cena era angustiante, ver uma menina com uma pistola na cabeça. Sem dúvida, essa ação era mais complexa do que todos os confrontos realizados naquele dia. A negociação fluía sem maiores dificuldades, os criminosos tinham consciência de que seriam presos, só queriam suas vidas resguardadas, e isso tinham garantido. Aquela imagem do negociador tirando a vida do tomador de refém, sem justa causa, é coisa dos filmes americanos, e, na vida real, é diferente; o fundamental é a credibilidade da polícia e a resolução da crise pela via pacífica.

A relação entre o BOPE e os criminosos não é nada fácil, estamos diariamente em uma guerra irregular contra eles, e, por motivos óbvios, parece ser meio antagônico que a tropa mais letal da polícia seja a responsável por convencer criminosos a se entregarem. Atualmente, principalmente após o episódio do ônibus 174, a unidade amadureceu e evoluiu — técnica e logisticamente —, possuindo uma das equipes exclusivas para ações de intervenção tática considerada uma das mais bem preparadas e atuantes do mundo. Após o trágico evento, que culminou com a morte da refém e do tomador, a unidade se mantém perfeita, resgatando centenas de vida até os dias de hoje, mas isso não dá ibope.

Por vezes, as ingerências externas se mostram mais complicadas do que a própria ocorrência, as ligações de autoridades, em diversos níveis, e a ansiedade da imprensa pressionavam a equipe o tempo todo. Objetivando buscar empatia com o tomador, fiz algo contrário aos meus princípios e aos ensinamentos das operações especiais — nunca abandonar sua arma. Troquei o fuzil pela lábia, não poderia demonstrar para a pessoa, que buscava confiança, que eu poderia ser uma ameaça. O acordo já estava firmado, os criminosos se entregariam com a chegada da imprensa e de um familiar; essas reivindicações são bem comuns nesse tipo de ocorrência, atuam como uma espécie de seguro, mas, para mim, eram desnecessárias, pois já havia lhes garantido a integridade física, e, assim foi feito, a exigência dos tomadores foi atendida, não causaria qualquer prejuízo para a missão.

A equipe da segunda seção partiu ao encontro do familiar de um dos criminosos, e a imprensa — não foi difícil — sensacionalista já transmitia o evento ao vivo. Impressiona como esses caras chegam tão rápido ao local da ocorrência. Mais relaxado e esperando o desfecho, eu apenas monitorava a ocorrência, mas, do nada, me chega um policial de outra instituição

— tinha furado o cerco — armado de fuzil dentro da área imediata, o que só serviu para exaltar o ânimo dos tomadores.

Perguntei para a equipe quem havia autorizado a entrada daquele policial ali, atrapalhando e colocando em risco toda a ocorrência e a vida daquelas pessoas, iriam me pagar por aquele ato. Um sargento, sem graça, falou que se tratava do delegado da área, que queria acompanhar a ocorrência. Toda ajuda é válida, sou totalmente contra as divisões informais que tomam conta do sistema policial brasileiro, somos todos policiais e estamos do mesmo lado da trincheira, mas, ali, a questão era técnica.

— Boa noite, quem autorizou sua entrada na área de intervenção policial?

— Sou o delegado titular da área, também sou negociador.

— Então, se tem esse conhecimento, sabe que está atrapalhando o andamento da resolução da crise. Se precisar da sua ajuda, te chamo. Não sei se percebeu, mas só você está portando fuzil aqui, e, com a sua chegada, os tomadores ficaram mais estressados.

— Nunca abandono meu fuzil.

Depois de um dia "tranquilo", com colegas baleados e mortos, sem comer e operando desde às quatro horas da manhã, a minha vontade foi mandar a autoridade tomar no rabo, mas o controle emocional é uma das qualidades dos policiais operacionais, e ele não entendia essa realidade. Respirei fundo, pedi que voltasse para a delegacia, pois, a ocorrência seria devidamente apresentada. Não brigaria com outro policial na frente de criminosos, seria ridículo, somos profissionais.

Com a chegada dos parentes, fomos para a porta da casa. Observando a presença dos familiares, os criminosos foram saindo individualmente, sem camisa e desarmados. O time tático entrou na casa, fez a verificação, garantindo a segurança dos reféns e dando o limpo no ambiente, apreendendo diversas armas de fogo — fuzis, pistolas e granadas foram recolhidos. Aqueles criminosos não estavam para brincadeira. Queria ver a menina, imaginem o trauma daquela criança. Quando me aproximei, ela, ainda sem graça, agradeceu toda a equipe. Depois de um dia tão duro, nada melhor para renovar as energias, mas ainda tinha uma longa madrugada de serviço, tudo poderia acontecer.

Até hoje me questiono o grau de irresponsabilidade de determinadas autoridades. Vivemos em um mundo midiático, o próprio BOPE vive essa realidade, muito por causa do filme *Tropa de elite*. Muitos policiais não decidiram se querem ser combatentes ou celebridades, nada contra, mas é incompatível. Sabia o real motivo da presença do delegado ali, não era o seu grau de comprometimento, mas sim a cobertura ao vivo do evento pela mídia. Com a rendição dos criminosos e o resgate das vítimas, peguei minha equipe, fui comer umas das comidas mais saborosas da minha vida e deixei que o supercombatente de gabinete fizesse sua almejada entrevista, o importante é ser e não parecer ser.

Retomada do Alemão muito antes da mídia

Sem dúvida, a operação denominada retomada do Complexo do Alemão, em 2010, foi a ação policial de maior cobertura midiática da história. Essa missão já foi contada em bons livros, a quantidade de eventos e ocorrências naqueles poucos dias rendem muitas histórias; como dizemos, foi um clássico da atividade policial operacional. Quem viveu, viveu.

A operação, transmitida ao vivo pela poderosa emissora de TV carioca, em tempo real, quase com um *reality* show de miséria e violência, começou bem antes do acionamento das câmeras, disso pouca gente sabe. Saindo de serviço, tinha por hábito permanecer na unidade resolvendo algumas pendências administrativas da seção que chefiava oficial não é feito só de operacionalidade, aliás, essa é a parte mais fácil, pois tem muito mais papel do que bala.

Fui rendido no serviço por um amigo e companheiro de turma do CFO, que acabara de se formar no último COESP. A unidade não atuava na região dos complexos da Penha e do Alemão há aproximadamente uns dois anos, pois, obras do governo federal eram realizadas na localidade, e as operações estavam vetadas, já que os confrontos interrompiam as obras, então, moradores e trabalhadores podiam conviver sob o jugo e a vontade de traficantes, segundo os governantes. A inoperância policial na região teve um efeito: as favelas tinham se tornado o maior reduto de uma das facções criminosas do Rio de Janeiro; aí está o resultado, aqueles que defendem a limitação da atividade policial desconhecem a realidade ou têm algum interesse em frear a polícia.

O tenente, como todo *caveira* (designação dada aos formados no COESP) recém-formado, está com a faca nos dentes, quer operar o tempo todo, se colocar à prova e mostrar serviço. As equipes adoram isso, quem está no BOPE, quer trabalhar. Não sei se cumprindo ordem, desconhecimento ou excesso de vontade, a equipe foi parar dentro da favela da Chatuba, comunidade localizada na frente do complexo da Penha, então, não podia ter outro desfecho, o mundo se acabou em bala sem muita dificuldade. A área estava largada, a equipe encontrou uma tonelada de maconha dentro de uma residência, e, ao tentar sair, foi emboscada por vários criminosos, dando início a uma intensa troca de tiros.

Sempre brinco com esse camarada, dizendo que ele deu início a uma das guerras mais irregulares do mundo contemporâneo. Esse foi um dos caras mais incríveis que conheci na polícia, figura caricata, e, ainda na escola, era alvo de todas as piadas; se *bullying* fosse crime, todos estaríamos presos. Ele é a prova de que no COESP a força de vontade é mais importante que o condicionamento físico e de que a mente é quem comanda o corpo. Ninguém levava fé naquele gordinho, quem vê cara, não vê coração, enquanto os atletas ficavam pelo caminho, ele conquistava sua caveira, contra tudo e contra todos.

O comandante acionou todos os que estavam na unidade para partir em apoio. Já era a minha folga, mas mal sabia que permaneceria dias operando. Chegando próximo à comunidade — com meia dúzia de policiais da minha equipe, os menos porcos, que tomavam banho antes de irem embora, pois tem uns caras que acreditam que banho espanta o guerreiro; ficar sem tomar banho no curso, tudo bem, mas não leve isso para a vida —, observamos um blindado nosso, que partiu minutos antes com um capitão, voltar praticamente em chamas de dentro da comunidade. Com fogo para todo lado e diversos *miquelitos* (ouriços feitos de vergalhão) jogados no chão para furar o pneu e impedir o deslocamento dos blindados, ali já ficou claro, esse apoio não seria tão simples.

A equipe estava em segurança, mas, à noite, o apoio seria mais difícil, tínhamos que correr contra o tempo. Reunimos rapidamente as equipes e *brifamos* (definição dos últimos detalhes operacionais) que entraríamos em três blindados, dois do BOPE e um emprestado pelo 16º BPM da área, todos em péssimo estado de conservação. A ideia era que dois serviriam de boi de piranha, atraindo os disparos da Vila Cruzeiro e da própria Chatuba, enquanto o meu entraria na rua do evento para retirar os trilhos e *jacarés* (canos de ferro com vergalhões pontiagudos soldados) que impediam o avanço das viaturas blindadas da polícia.

A primeira investida foi frustrada, eram tantos tiros nos blindados que eles chegavam a balançar. Que sensação horrível, a blindagem parecia que poderia ceder a qualquer momento; os vidros, já fragilizados, estilhaçavam, o rompimento era questão de tempo, então, cumprindo ordens superiores, retraímos. A noite se aproximava, insisti que tentássemos mais uma vez, porque, no escuro, a missão seria mais arriscada, os criminosos estavam à nossa espera.

O subcomandante da unidade e coordenador de meu curso, a quem tinha muito apreço e proximidade, convenceu o comandante de que deveríamos tentar novamente. Partimos para uma nova tentativa, e, chegando próximo ao trilho, observei que, além da peça de ferro móvel fincada em um buraco no chão — estratégia muito utilizada nas favelas cariocas para impedir a circulação dos blindados —, tinham nas laterais dois *jacarés* jogados ao solo, eram três obstáculos, não poderia descer sozinho.

Olhei para a equipe e falei:

— Não temos outra opção, teremos que desembarcar e arrancar aquelas barricadas.

Aquela foi uma das poucas vezes em que olhei para os policiais da equipe e muitos não cruzaram o olhar comigo, era tiro para *cacete*.

— Quem vai descer comigo? Preciso de somente dois, um em cada jacaré, o trilho, deixa comigo; a cobertura será de dentro do blindado, não posso expor todo mundo.

Não havia tantos voluntários, pois, arrancar trilho é uma das missões mais arriscadas em nossa atividade, já que você vira um alvo para o inimigo, ainda mais naquele cenário, em que não havia qualquer fator-surpresa. Os criminosos estavam em posição e esperando o primeiro babaca colocar a mão no trilho, naquele caso, eu, pois não colocaria ninguém naquela situação. Rapidamente, dois sargentos, um *caveira* e um *peito liso* (policiais sem curso) se voluntariaram, guerreiros não se definem por um pedaço de borracha ou metal no peito e sim com suas ações no campo de batalha.

— 01, estamos com o senhor, vamos descer nessa *merda*, pois precisamos apoiar os camaradas.

— Vamos com tudo, eu vou no trilho, e, vocês, no *jacaré*, coisa rápida, tirou da frente, embarcamos rápido, os demais, dentro do blindado, *senta o dedo* nessa *porra*.

Dentre todas as progressões em áreas de risco, a retirada de trilhos e barricadas é uma das mais arriscadas, visto que são previsíveis, e os criminosos marcam esses objetos, esperando que os policiais realizem esse movimento. A vantagem é toda deles, pois, abrigados em pontos notáveis no terreno, realizam tiros colocados. Pela complexidade, essa ação é considerada um batismo de fogo dos novos recrutas.

Aquele desembarque foi o mais difícil da minha carreira, era tanto tiro que o barulho era único, e, quando isso ocorre, é possível saber que vários criminosos atiram ao mesmo tempo. Ver pedaços do asfalto levantando e fragmentos passando do seu lado, somados ao deslocamento de ar dos projéteis, é indescritível, uma sensação impossível de colocar no papel ou em qualquer produção cinematográfica.

Corremos o mais rápido possível, fui direto no trilho que pesava muito mais que minha capacidade física, mas o medo dá uma força descomunal ao ser humano, e, como se fosse de isopor, consegui arrancar aquele peso do solo. Mais rápido do que qualquer corredor de 100 metros rasos, voltamos para dentro do blindado, até hoje não sei como não fui baleado naquele dia, tenho minhas dúvidas se um dos disparos ou estilhaços não pegaram no trilho, o estampido de aço com aço é inconfundível.

Os dois policiais suicidas que desembarcaram comigo têm meu respeito eterno, pena que um deles não está mais entre nós. Segundo o livro de um *caveira,* que conta a história dessa operação, aquele foi o nosso desembarque na Normandia, e, guardadas as proporções, assim como nossos heróis de guerra, cumprimos nossa missão.

Chegando para o apoio à equipe encurralada, a cena chegou a ser hilária, parte provendo a segurança, e os demais de sacanagem uns com os outros, os caras levam tudo na sacanagem, e, à beira da morte, sorrimos na cara do diabo. Era maconha para todo lado, e, ao desembarcar do blindado, com disparos passando por cima da equipe, escuto:

— *Porra*, por que demoraram tanto? Que bom, chegou mais gente para carregar maconha.

— Que bando de *filho da puta*, quase morremos naquela *porra*, e vocês aqui de sacanagem. Na próxima, passarão a noite aqui. (todos começaram a rir)

A apreensão de maconha não cabia dentro dos blindados, e, já na terceira viagem, sugeri ao major que havia chegado:

— Vamos parar com essa *porra*, todas as vezes que descemos e subimos, quase somos atingidos, não vale a pena o risco.

— Mete fogo nessa *porra* toda.

Cumprimos a lei. Ela não diz que a droga deve ser incinerada? Economia processual, e, assim, foi feito, foi a maior fogueira de maconha da história, os maconheiros devem ter ficados loucos com aquele cenário. As chamas podiam ser vistas nos bairros vizinhos, e o cheiro deixou praticamente a equipe mais doida do que já é, que negócio fedorento. Como gostam dessa *porra*? Tivemos que sair de perto, senão sairia todo mundo doidão dali, e essa não era uma ideia inteligente, pois a noite seria longa, e combater sob efeito de entorpecentes é uma estratégia do inimigo.

Terminando o apoio, as drogas embarcadas e as equipes prontas, entro em contato com o subcomandante:

— 01, terminamos aqui. Qual a ideia, podemos retrair?

— Vocês estão estáveis aí?

— Tranquilo, alguns tiros, mas estamos abrigados, e os *snipers* estão em posição de defesa.

— Mudou a *porra* toda, acho que teremos que passar a noite aí, está tendo uma reunião no Quartel General (QG), querem aproveitar a oportunidade, tem como manter a posição?

— Só preciso de mais munição.

Na polícia é assim, tudo pode evoluir de uma hora para outra, sabemos quando começa o serviço, mas nunca quando termina, é o famoso até o término, quem é policial conhece bem isso. Não demorou muito, e o próprio subcomandante veio pessoalmente entregar as munições, coisa de louco, ficamos com *cunhetes* fechados, dificilmente outras policias no mundo passam por isso. Me chamou a atenção que o oficial superior já começava a se preparar para permanecer com a equipe no terreno, ali aprendi um pouco do que era ser um comandante de fato, só se comanda pelo exemplo, antes de mandar, tem que saber fazer e fazer junto com a tropa.

Durante a madrugada, evitamos deslocamentos, perguntei ao subcomandante:

— 01, qual é a nossa missão? Por que passar a noite aqui?

— Aguarde, amanhã você terá uma surpresa, só temos que manter nossa posição, para dar apoio para a equipe que entra.

Peguei minha patrulha e fui procurar uma laje segura, então, procurei um ponto notável no terreno. Batemos na porta, o morador autorizou nossa entrada e permanência. Preocupado com aquela situação de risco — uma guerra começaria em poucas horas —, o morador decidiu sair no meio da noite, disse que não ficaria na favela no meio daquela guerra, que poderíamos permanecer ali, só que não quebrássemos nada e nem comentássemos da autorização com os traficantes. Eu entendia sua situação, qualquer trabalhador pai de família não aguentava mais aquela situação de abandono do poder público e a ditadura do tráfico.

A adrenalina tem efeitos importantes no corpo humano, que podem potencializar os riscos. Quando estamos em combate, não sentimos cansaço, fome ou sede, o instinto de sobrevivência se sobressai a todas as necessidades humanas, mas, quando paramos, principalmente a fome chega. Devia ser por volta de 1 da manhã, os tiros de inquietação dos traficantes não paravam, eles sabiam que estávamos na favela, mas não sabiam onde, e só queriam que denunciássemos nossa posição para atacar, mas, como bons *operações especiais*, ficamos nas sombras.

A fome apertava, e o menu dos bornais não era muito variado, as calorias disponíveis — bananadas, paçocas e barras de cereais — que viviam no colete já tinham sido devoradas. Na minha patrulha tinha um sargento que, além das excelentes habilidades de combate — tinha aprendido muito com ele —, arriscava na cozinha, mas, tenho que assumir, tocava muito melhor uma ponta de patrulha do que um fogão, porém, não estávamos em condições de escolher nada.

— Velho, vê lá no armário se tem alguma coisa para a equipe comer, não sabemos o quanto durará essa missão, estamos na *merda* aqui, e ninguém vai trazer uma pizza aqui para gente.

— 01, estamos ricos, tem macarrão, salsicha e sardinha, minha especialidade.

Aquele macarrão ficou melhor do que de qualquer chefe italiano, uma verdadeira iguaria. Comemos tudo, então, agora poderia começar outra operação que a equipe estava pronta. Como em um restaurante, pagamos a conta, a equipe abriu o bolso, fez a famosa *vaquinha* e deixou na mesa do morador o valor arrecadado. Sem dúvida, o valor pagou o macarrão e muito mais, a estadia também estava incluída, e aquele foi o macarrão mais caro e necessário de toda a minha vida.

Amanhecia, os sons se misturavam — galos cantando, cachorros latindo e crianças chorando — e eram interrompidos pelos tiros dos *snipers* de ambos os lados. O nosso atirava, e os traficantes respondiam, sem a precisão e o comprometimento, pois eles querem que a população ali se foda, ao contrário do divulgado por muitos. Essa sinfonia já durava a noite toda, o *sniper* da minha equipe era um dos mais antigos do BOPE, tinha perdido as contas de quantos criminosos ele havia neutralizado naquela noite.

O major me chama nas primeiras luzes do dia.

— Novo, preste a atenção, nossas equipes vão entrar pesado na Vila Cruzeiro a qualquer momento, e a gente deverá dar o apoio.

— Major, nego vai se machucar ali, os caras estão pesados, não temos efetivo para isso, e os nossos blindados estão sem a menor condição, aqueles vidros não seguram mais *porra* nenhuma, uma garrucha velha atravessa aquela *porra*.

— Novinho, preste a atenção, daqui veremos e participaremos de um momento histórico.

Ao olhar no horizonte, observei um enorme comboio militar, blindados da Marinha do Brasil, do tipo *clanf* e *M113*, que só tinha visto em filmes, incursionavam a Vila Cruzeiro por todos os lados, passando por cima de carros e barricadas. Que cena, os vagabundos não acreditavam e corriam feito barata tonta, mas me concentrei e começamos a dar a devida cobertura.

— Major, o que está acontecendo?

— O governador mandou aproveitar a operação e ocupar a Vila Cruzeiro, o comandante-geral falou que nossos blindados não tinham mais condições operacionais de atuarem e seria muito arriscado, aí o governador pediu um apoio à Marinha do Brasil, que prontamente o atendeu; nossas equipes estão sendo deslocadas pelos militares das forças armadas.

— Que luxo! Se deixassem uns quatro desses com a gente, resolveríamos o problema da cidade.

O poderio bélico dos criminosos era elevado, então, tentaram reagir, mas, como sempre, não restou outra opção a não ser fugirem como ratos para o vizinho Complexo do Alemão. A debandada, uma cena histórica da televisão brasileira, bandidos correndo desesperadamente pelas ruas da pedreira da Penha. O fato gerou uma série de análises e opiniões dos *pseudoespecialistas*. Segurança pública no Brasil é igual a futebol, todo mundo acha que entende.

Uma das hipóteses ou dos questionamentos era por que a aeronave da polícia passou metralhando os criminosos em fuga. Simples, estava em manutenção, e somente a Polícia Civil dispunha à época de helicóptero blindado, os da PMERJ eram sem blindagem e, há apenas um ano antes, um dos seus foi abatido no Morro dos Macacos, causando mortes trágicas a seus integrantes. Ser policial não é fácil, e aqui pior ainda, os mesmos que cobram ações enérgicas da polícia são os primeiros a acusarem essas instituições de uso excessivo da força. Como sempre digo, policial tem que agir dentro da técnica e da legalidade, o resto é o resto.

A operação se desenrolava, e os confrontos foram diminuindo a intensidade, pois os criminosos não estavam dispostos a enfrentar as tropas do BOPE, ainda mais agora, com apoio de blindados de guerra. A integração com militares da marinha foi fundamental para a realização da operação, principalmente pela ausência de baixas no nosso efetivo. O apoio pioneiro da Marinha do Brasil foi fundamental, e a ordem de ocupar a Vila Cruzeiro, naquele momento, seria cumprida, pois a polícia não nega missão. Não sei se isso é bom ou ruim, mas, com toda a certeza, dentro daquele contexto de logística deteriorada, com blindados caindo aos pedaços, tropa degastada e criminosos estabelecidos no terreno, todos iriam, pois somos sempre voluntários e voluntariosos, mas nem todos voltariam daquela operação.

Após 24 horas de operações ininterruptas, o comandante mandou todos os oficiais se reapresentarem no pátio do 16° BPM, pois passaria as novas ordens. Segundo determinação superior, o BOPE deveria aproveitar o êxito da missão e, com o apoio da marinha, invadir o Alemão no dia seguinte, sábado. Como comandante de fração, temos como obrigação principal cuidar da nossa tropa, então, olhando em volta, eu observava minha equipe em frangalhos, alguns com 48 horas ou mais de operação ininterruptas. Se a ordem fosse dada, a tropa atenderia sem questionar, missão dada é missão cumprida, mas, naquele estado, perderia algum dos meus companheiros, pois o confronto tinha tudo para ser o mais difícil dos últimos tempos, nenhuma missão vale a vida de um policial.

Umas das funções dos oficiais é o assessoramento do comando, então, após ouvir atentamente o comandante, mesmo com os olhos fechando por conta do sono, mostrei em que estado estava minha tropa. Havia policiais deitados no chão do pátio da unidade ao relento, alguns roncavam alto, ponderei:

— Comandante, pondere junto ao comandante-geral (era um *caveira*) para que essa operação seja adiada por pelo menos 24 horas, visto o estado de nossa tropa. Se o senhor der essa ordem, mandaremos nossos policiais para a morte.

— Concordo, mas é ordem direta do governador.

— É mole, não é ele que vai subir lá, fazer política com nossas mortes é *foda*.

— Vou falar direto com o subsecretário, ele é um dos nossos.

A ponderação foi atendida, o Complexo do Alemão foi cercado pelas tropas do exército e das demais unidades da Polícia Militar. O sábado foi de planejamento e divisão do território entre as diversas forças de segurança e militares. Enquanto a tropa descansava, os oficiais foram divididos em diferentes reuniões de alinhamento operacional em pleno sábado de sol no Rio de Janeiro.

O circo estava armado, homens fortemente armados, tanques de guerra e veículos blindados, todo o apoio logístico que sempre sonhamos, e nunca dispusemos, estava à nossa disposição em um piscar de olhos. Só de imaginar que, dias antes, naquela mesma localidade, policiais quase perderam a vida com blindados adaptados, caindo aos pedaços e vidros rachados, me deixava puto.

Nosso país é a nação dos valores invertidos. Aqui, as forças que mais trabalham têm os menores investimentos e o menor reconhecimento por parte dos governantes e da própria população. O policial operacional sobrevive precariamente diariamente, e aquele aparato todo não passava de um oportunismo político e institucional. No dia seguinte, voltaria tudo ao normal na terra de Cabral, e, desligando as câmeras, os policiais militares continuariam patrulhando o estado baseados sempre em mais coragem do que técnica, mais vontade do que estrutura.

Os criminosos nem sempre são burros, seria suicídio tentar enfrentar aquele aparato, então, muitos já tinham se evadido, e os que permaneciam não eram identificados ou não possuíam restrições judiciais. Vagabundo não tem escrito na testa sua ficha criminal, ele atira em você em um beco e pega uma criança no colo em outro; para aqueles que não possuem restrição judicial, nada pode ser feito, só o flagrante motiva a atuação coercitiva policial para os infratores da lei.

O início da operação estava marcado para as seis horas da manhã. Policiais apareceram de todos os cantos, era um prato cheio para a mídia oportunista e para os policiais fanfarrões. A população aflita, e em suas casas, acompanhava em tempo real a incursão policial. Todas as ruas e vielas do complexo seriam cercadas e invadidas, muitos policiais, de maneira voluntária, aderiram à missão, e muitos outros queriam mais era aparecer e ganhar seu minutinho de fama, contando vantagem de que participaram da maior operação policial da história.

Poucos sabiam que a operação já tinha se iniciado dias antes e que naquele belo domingo de sol nada de interessante aconteceria, a não ser muita *fanfarronagem*. Somos seres humanos, temos nossas fraquezas e vaidades, e, assim como parte da nossa sociedade, muitos policiais adoram um holofote, é muito mais fácil parecer ser do que ser de verdade.

Minha vontade e da equipe era atuar longe dali, tínhamos várias informações de que diversos criminosos, principalmente os líderes, tinham se evadido para comunidades da mesma facção criminosa. Cumpro ordens, e essa foi clara, o BOPE deveria participar da operação, dando segurança para as demais forças, pois, com aquela cobertura midiática, nada poderia dar errado. Às 4 da manhã, bem antes do horário previsto, incursionamos pelo mesmo ponto da fuga dos criminosos dias antes, entramos por um dos pontos mais arriscados do complexo, sem qualquer resistência.

Do alto da Pedra do Sapo, cume do morro, assistimos de camarote à incursão dos efetivos militares e policiais e os belos rasantes de aeronaves que não estavam disponíveis dias antes. Os protagonistas desses eventos não apareceram nas principais reportagens, ficando bandeiras ou dando entrevistas, não tinham tempo para isso — e, se tivessem, não fariam —, pois estavam atrás das linhas inimigas, longe da imprensa, como diz a canção da unidade, somos heróis anônimos.

Evolução bélica do tráfico, inimigos fantasmas

O Rio de Janeiro, em matéria de conflito armado e criminalidade, apresenta algumas peculiaridades: a proliferação de fuzis, na sua grande maioria importada, nas mãos de traficantes é uma delas. Mais do que atacar a polícia, o objetivo é proteger seus territórios e mercados consumidores de drogas, resultando em conflitos constantes, não só contra a polícia, mas também contra facções rivais; não teria outro resultado os consequentes efeitos colaterais, podendo ser destacados os altos índices de homicídios existentes na cidade.

A polícia carioca é a única no mundo que tem como arma de dotação ordinária o fuzil, quaisquer viaturas, seja uma radiopatrulha ou as equipes táticas do Grupamento de Ações Táticas (GAT) ou PATAMO, dispõem desse equipamento como item obrigatório. O atendimento de ocorrências assistencialistas, maioria mesmo na PMERJ, tem como presença obrigatória uma arma de guerra, um verdadeiro paradoxo, mas a explicação é lógica, pois, contrariando as diversas críticas, o policial não precisa desse armamento na ocorrência, mas sim no deslocamento, visto que poderá ser atacado a qualquer momento.

Considerado por muitos o maior estrategista militar da história, Sun Tzu, general chinês, responsável pela expansão de seu império, deixou vários ensinamentos, um deles é que: a possibilidade de vitória em um confronto armado só é possível com o mínimo de igualdade bélica dos opositores. Como os fuzis são encontrados facilmente nas mãos do crime, constatação facilmente alcançada em uma breve análise estatística que aponta que, somente no ano de 2019, a PMERJ sozinha apreendeu mais de 500 fuzis no Estado. Por autoproteção e da própria população, aqui, qualquer viatura de policiamento ostensivo atualmente deve ter esse tipo de armamento para pronto emprego, é a única possibilidade de defesa.

Além da utilização de fuzis, inclusive no cometimento de crimes contra o patrimônio e mesmo contra bens de valor irrisório, as características geográficas e sociais também influenciam nessa decisão operacional. As áreas de alta incidência criminal, normalmente carentes, que, de regra, são utilizadas como refúgio de criminosos, estão, em muitos casos, localizadas dentro das cidades, e, como os infratores da lei se deslocam constantemente, a fim de realizar ataques a territórios inimigos ou para cometer outros crimes, os encontros casuais ou não com a polícia resultam em confrontos de grande complexidade.

A análise da evolução bélica do crime é preocupante. A partir do final da década de 1980 e início da de 1990, começa a ser observada a entrada dos fuzis de guerra nos morros cariocas, em larga escala. Esse fenômeno força uma mudança brusca nas características da atuação policial; taticamente, o combate a esse tipo de armamento necessita de técnicas operacionais diferentes, mais voltadas para ações de caráter militar do que de policiamento propriamente dito. A justificativa de tal mudança resulta de que esse tipo de armamento altera o conceito mais importante para o policial operacional — o abrigo, que é definido como qualquer anteparo natural ou artificial capaz de proteger o homem das vistas e dos fogos inimigos.

A problemática está no alto poder energético presente no projétil arremessado pelos fuzis, sua capacidade destrutiva é enorme e, quando transmitida a um anteparo, o resultado no corpo humano é a morte, e, na melhor das hipóteses, uma mutilação. A proteção policial fica limitada, e, não podendo se proteger do ataque inimigo em qualquer lugar, a escolha do abrigo é fundamental para o combatente moderno.

O próprio BOPE sofreu grande influência desse fenômeno. Inicialmente criado para atuação em ocorrências de crise e para resgate de reféns, se viu obrigado a atender à nova necessidade da corporação — combater a criminalidade violenta nos morros cariocas. O porte de fuzis dificultava a atuação das unidades de área, o BOPE, acompanhando toda a PMERJ, entrava definitivamente nas favelas e não saímos até hoje. Quando escutamos alguns especialistas dizendo que a polícia carioca é violenta, devemos sempre fazer uma ponderação fundamental, por vezes omitida intencionalmente pelos estudiosos. Dependendo do ponto de vista, nossa polícia é violenta, entretanto, opera no ambiente mais hostil e violento do Brasil.

O crime não para, e as dificuldades operacionais continuam aumentando. Nessa corrida armamentista, disputada entre o poder público e o crime, as forças policiais sempre estão um passo atrás, por incompetência ou burocracia. A PMERJ, dentro desse alarmante cenário, deixou a atividade administrativa em segundo plano, esquecendo que a função principal da administração é abastecer o homem na ponta com equipamento de qualidade e em quantidade satisfatória, pois, sem a devida eficiência, estaremos jogando nossos policiais em um combate ainda mais desigual.

O *déficit* logístico também pode ser explicado por questões legais. Enquanto o tráfico atua no mercado negro, com capital irrestrito e sem qualquer controle, a polícia adquire material com muitas limitações administrativas e legais, com um estado de orçamento cada vez mais limitado. De regra, juristas, administradores e burocratas não conhecem a realidade operacional da atividade policial. É necessário um assessoramento de policiais com experiência operacional, dando celeridade para a aquisição de equipamentos e para as alterações legislativas na área.

No tocante ao armamento, especificamente a polícia, por ser força reserva do exército, preceito positivado na Constituição Federal, deve ter todas as autorizações referentes à aquisição de armamento dadas pela força terrestre. A relação entre as polícias militares e as forças armadas é complexa. Muitos militares federais, principalmente aqueles que compõem o alto comando, afirmam, de maneira pejorativa, que as polícias militares são forças auxiliares, esquecendo-se de que, tocante à segurança pública, as forças auxiliares são as principais, atuando na linha de frente do combate à criminalidade.

Voltando para a prática, a polícia atua em ato reflexo, de maneira preventiva. A partir do momento que é atacada por fuzis, começa a adquirir esse tipo de armamento. Os primeiros fuzis foram doados pelas forças armadas, ainda em quantidade e qualidade insuficientes, já a proteção individual e os coletes balísticos, nível 3 e com a capacidade de parada de projétil de alta velocidade, chegaram somente no início do século 21, mesmo assim em quantidade insuficiente.

Com a alta vitimização policial, principalmente durante o serviço, a polícia, visando à proteção da tropa nos deslocamentos motorizados em áreas de alto risco, adquire seus primeiros veículos blindados, popularmente conhecidos como *caveirões*. Nada mais eram do que carros-fortes adaptados para a atividade policial, sem características dos carros de combate, pois não possuem armamento acoplado, as armas utilizadas são as individuais dos tripulantes; devem ser tratados como um veículo de transporte de tropa.

Esses veículos salvaram a vida de muitos policiais, inclusive a minha, algumas vezes, mas é óbvio que não resolveu o problema. Tentando barrar a atuação desses veículos, o tráfico adota inicialmente a estratégia de colocar barricadas, trilhos de trens em buracos feitos no chão, montes de terras e buracos nas vias, dificultando não só o trânsito das viaturas policiais, mas de toda a população local. Vivendo e aprendendo, a criatividade maligna do crime não tem limite e, se arrancar o trilho já era uma tarefa complexa, alguns ainda eram incendiados e outros armadilhados com granada; tirou, já era, tem estilhaço para todo lado. Vietnã, não, é Rio de Janeiro.

Alguns passos atrás, depois de muito policial baleado, muito tiro no trilho e veículos deteriorados, a polícia adquire veículos pesados do tipo retroescavadeira e pá carregadeira, para romper as barricadas. Operações de ocupação eram realizadas para a retirada de toneladas e toneladas de barricadas, melhorando temporariamente a circulação e o patrulhamento. Infelizmente, o efeito não durava muito, era sair do terreno e já estava tudo barricado novamente. Maldita fábrica de trilhos, não sei de onde vinham tantos, deviam ter produção própria dentro das comunidades, só isso explicaria tanta barricada.

No meio dessa evolução bélica, aparecem as granadas, industriais ou improvisadas, e, mais uma vez, a polícia encontra-se em desvantagem. Os criminosos possuem de todos os tipos; as denominadas defensivas, que produzem estilhaços, exclusivas das forças armadas, são encontradas com facilidade nas favelas cariocas. As forças policiais, por força legal, têm apenas dotação para as granadas ofensivas, que não produzem estilhaços e, normalmente, são de efeito moral e emissoras de gases de menor potencial ofensivo. Na prática, é combater exércitos com flores.

O enfrentamento aos criminosos armados com granadas é difícil, pela produção de danos pessoais e materiais e por questões operacionais propriamente ditas, pelo motivo de que esses explosivos fazem curva, ao contrário de disparos, já explicarei melhor. Um indivíduo armado, para agredir você, deve estar com a arma apontada na sua direção, se expondo mesmo que minimamente, já uma granada pode ser arremessada, fazendo parábolas, não precisando o agressor ter visão das vítimas.

Os confrontos armados ocorrem em linha reta, e, mesmo que os criminosos estejam abrigados ou barricados, o policial pode acertar a arma, neutralizando o ataque. Com as granadas é diferente, o ataque pode acontecer sem qualquer exposição do criminoso. Durante patrulhamento no Complexo da Maré, criminosos, posicionados no alto de lajes, arremessavam granadas na equipe sem ao menos colocar a cara para fora, e, só de ouvir nossos passos, nos atacavam, não tinha nada a ser feito, a não ser diminuir a silhueta e procurar o abrigo mais próximo.

Outro agravante das granadas é a grande produção de estilhaços primários e secundários oriundos do próprio artefato ou do ambiente. Durante patrulhamento em favela da zona norte do Rio de Janeiro, seguindo por um beco estreito após uma intensa troca de tiro, realizando as devidas coberturas, ponta, retaguarda e lajes, pontos vulneráveis do deslocamento, escuto o barulho inconfundível de extração do capacete, não tinha muito o que fazer, avisei a equipe e me joguei no chão para diminuir os danos. O criminoso, do alto de uma laje e sem se expor, arremessou a granada, que feriu levemente três policiais da minha equipe. Sem qualquer possibilidade de defesa, ficamos surdos por alguns dias e tínhamos que agradecer pelas pequenas sequelas; eu podia ter morrido naquele dia, então, fiquei no lucro.

Durante patrulhamento na Vila Cruzeiro, ao desembarcar de um veículo blindado, um policial do BOPE tomou um tiro no peito; pelo estampido, aquele disparo tinha partido de mais de duzentos metros de distância. Os combates nas áreas urbanas do Rio de Janeiro são caracterizados pelo enfrentamento à curta distância. Nossas operações ganhavam mais um dificultador, o tráfico possuía *snipers,* criminosos com elementos ópticos em seus fuzis, habilitados a realizar tiros de longa distância, nada é tão ruim que não possa piorar, havia aprendido isso no curso.

A unidade, apesar de já ter em seu quadro alguns profissionais com essa habilitação, ainda eram poucos e destinados às ocorrências com reféns. Dando uma resposta imediata, foi necessária a criação e implementação da função de *caçador* dentro das patrulhas de combate, um policial era responsável pela segurança precisa das equipes durante os deslocamentos, exercendo a dupla função, combatente para longas e curtas distâncias. Apesar da evolução, pela especificidade da missão, não se formam profissionais desse gabarito da noite para o dia.

A utilização de camuflagem — mais especificamente *roupas Ghillie* que são utilizadas por atiradores, principalmente na área de mata — potencializa o risco, pois as equipes são vistas sem ver os inimigos. Hoje observamos com frequência a utilização de supressores de ruído, munições especiais antiblindagem e fuzis .50, todos os materiais já apreendidos com traficantes cariocas.

Durante patrulhamento na comunidade da Chatuba, velha conhecida no bairro da Penha, ao me deslocar por dentro de um beco, entre dois abrigos, observo um projétil bater em uma parede, próximo do meu rosto. Ufa, essa foi por pouco, meu anjo da guarda já devia estar cansado. Não escutamos o som do disparo, mas, pela experiência, foi realizado de uma distância considerável, porém, sem o estampido, era praticamente impossível identificar a origem do tiro.

O som do disparo é muito útil no combate, pois por ele é possível identificar o armamento utilizado, a direção e a distância aproximada do agressor; essas informações são relevantes para defesa e ataque, então, a utilização do supressor de ruído inviabilizava nossa operação. Assim, não restou outra opção a não ser retrair, pois, naquele dia, alguém sairia machucado. Precisávamos voltar para nossa sala de aula, aprimorar nossas técnicas de combate, já que um novo desafio se apresentava; treinamento duro, combate fácil.

Continuamos nessa corrida armamentista desigual, o crime está sempre à nossa frente, mas o BOPE conseguiu diminuir essa distância, desenvolvendo uma seção de aquisição e projetos, e hoje possui o melhor fuzil e a melhor pistola, segundo estudos realizados na própria unidade. A criação de uma seção exclusiva para projetos e aquisições de materiais é o caminho para a eficiência, pode e deve ser replicada para todas as unidades da corporação e de outras instituições, tudo pode ser copiado com as devidas adaptações. A atividade operacional está em constante evolução, a logística precisa continuar evoluindo e o policial se especializando, nada melhor que o próprio operador adquira seus equipamentos, assim, não tem erro, polícia não é só tiro, *porrada* e bomba.

Maluco atrai maluco

Dois seres com certeza gostam do policial, cachorros e malucos. Ao tirar um serviço, é certo que um cachorro vem se deitar ao lado da viatura e um maluco vem trocar ideia. Na polícia, desenvolvemos o companheirismo, e, como se diz no jargão policial — a *merda* une —, mas, como na vida, amizades de verdade são poucas, e, mesmo na polícia, conquistamos poucos amigos. Durante meu curso de formação, incrivelmente, os dois mais doidos da turma, os maiores corações que conheci na polícia, tornaram-se camaradas supericais e prestativos, com estes posso contar a qualquer momento.

Um deles é problemático demais, tudo acontece com ele, e, desde os tempos de escola, tenho de aturar; são tantas histórias que dariam mais que um livro. Ligações de madrugada, brigas e confusões na folga, toda vez que encontrava com a mãe dele, sempre vinha o mesmo pedido:

— Novo, toma conta dele, você tem juízo. (coitada da tia, não me conhecia tão bem assim)

Vibrador, gostava de guerra, combatia bastante, mas nunca teve muita sorte, e, por força do destino, saiu da operacionalidade, pois, se continuasse, não duraria muito tempo; a pista não perdoa.

Nunca trabalhamos na mesma unidade; somente nos cruzamos algumas vezes em alguns serviços, e, para variar, sempre de maneira hilária, com ele não podia ser diferente. Tenente, de regra, é acelerado, ainda mais recém-saído do curso de operações especiais, então, voltando de uma operação na zona oeste da cidade, passando pela Avenida Brasil, com a equipe sempre disposta a trabalhar um pouco mais, dá a sugestão de dar uma entradinha na comunidade do Parque União. Essa comunidade, historicamente, era uma das mais pesadas do Rio de Janeiro, ainda mais em pleno sábado, por volta das duas horas da madrugada, os vagabundos estariam à vontade e não esperavam nossa incursão ali.

Estávamos com dois blindados e duas patrulhas desembarcadas, não tínhamos objetivos específicos, apenas realizar as denominadas patrulhas de contato. A atuação policial naquela região é totalmente justificada a qualquer hora do dia ou da noite, visto que os crimes acontecem 24 horas por dia; o flagrante é permanente, seja pelo tráfico de drogas, pela corrupção de menores e pelos roubos ou, ainda, a quantidade de carga e veículos roubados usados pelos criminosos, mas ocorre naturalmente, como se nada tivesse acontecendo, uma verdadeira área de exclusão do código penal.

Essa favela tinha uma característica operacional muito peculiar, os criminosos construíam buracos no chão e os tampavam com placas de ferro, e, quando os blindados passavam, os traficantes ou simpatizantes as retiravam. Era comum que as equipes ficassem presas com as viaturas blindadas da polícia, tornando-se um alvo fácil dos criminosos; estáticos, os tiros grupados, as granadas e bombas incendiárias comprometiam a segurança dos policiais.

Sabendo desses detalhes, orientei o sargento, comandante do outro blindado:

— Sargento, fica atento com os buracos, observe as placas de ferro e evite ir até o final das ruas, não entre em ruas estreitas, ficar garrado com o blindado esse horário será uma pica.

Nunca gostei de andar dentro do blindado, não é coragem, pelo contrário, consciência e medo, pois, dentro desses veículos, somos alvos fáceis e perdemos a agilidade. Desde aquela época, os carros ficavam em constante ameaça, os traficantes já dispunham de armamento com munição antiblindagem, fuzis .50, e lança-rojões, conhecidos popularmente com *AT4* e capazes de destruir qualquer blindado da polícia, vários já foram apreendidos pelas equipes.

Não demorou meia hora, e o sargento me liga:

— 01, estamos com um problema aqui.

— Que *merda* arrumaram aí? Estou escutando tiros e granadas. É com vocês isso aí?

— Sim, senhor, caímos em um buraco aqui.

— *Caralho*, não tinha falado isso.

— Esse é novo, essa rua não era barricada.

Fiquei furioso. Como uma cara experiente como ele tinha dado esse mole? Mas, a essa altura do campeonato, não adiantava reclamar, era só ir apoiar o companheiro, o esporro ficaria para depois. Não foi difícil encontrar, era só seguir na direção dos confrontos mais intensos; o blindado, parado, estava virando uma verdadeira bola de fogo, disparos de todos os lados, granadas arremessadas embaixo do veículo e *coquetéis molotov* incendiavam a parte externa do *caveirão*, a ideia era colocar fogo no carro com os policiais dentro, qualquer desembarque ali era suicídio.

A técnica de contraguerrilha, coquetel molotov, muito utilizada em manifestações populares — corrigindo, em manifestações populares onde marginais infiltrados aproveitam a multidão e o anonimato advindo dela e atacam as forças policiais — foi adaptada pelo tráfico nas favelas, causando inúmeras baixas na polícia, provocando queimaduras em vários policiais militares.

Caso concreto interessante — para o aprendizado pela dor — ocorreu quando um dos nossos blindados entrou em uma rua estreita demais, ficando preso na viela sem conseguir retornar. Criminosos emboscaram as equipes e começaram a lançar os artefatos incendiários na direção da viatura, e, um dos policiais, visando a preservar seu armamento, o puxou para dentro do veículo, derrubando todo o combustível incendiário sobre seu o corpo. Apesar das graves queimaduras, ele sobreviveu e ganhou o apelido carinhoso de churrasquinho. Na polícia, brincamos com tudo; essa é uma maneira de manter o psicológico menos abalado perante uma realidade tão dura.

Voltando ao resgate do blindado, a situação da equipe era complicada, e, para chegar até eles, foram praticamente 20 minutos de muito confronto, cercados por todos os lados, atacados de cima para baixo; os vagabundos se concentravam nas lajes, era praticamente impossível realizar o desembarque. Chegando próximo, o atirador da minha patrulha se colocou em um ponto notável, subindo em uma das lajes mais altas da comunidade, e começou a realizar seus disparos colocados, tirando os criminosos da zona de conforto, dando o mínimo de segurança para a nossa aproximação.

O segundo blindado chegou para apoio, e, com a equipe já desembarcada, tentamos fazer um reboque com um blindado puxando o outro. Tirar um veículo de toneladas de dentro de um buraco não é fácil, o bravo e resistente blindado, já cansado, não foi feito para isso e baixou. Agora estou lascado, dentro de uma das piores favelas cariocas com duas viaturas inoperantes, seria bala a madrugada toda, aquela *piruação* estava me custando caro.

O que fazer? Eu me questionava internamente, pois essa instrução não havia aprendido no curso, muito menos na academia. O BOPE não dispunha de outro blindado, tinha baixado os dois, teria que pedir um emprestado para alguma unidade da área. O 22º BPM era o mais próximo, então, me dirigi até lá, mas o blindado deles também estava quebrado, aquele ali operava demais, pois esse batalhão é dentro da comunidade da Maré, portanto, deslocamentos ali só de blindado. Outra unidade que dispunha desse tipo de viatura era o 16º BPM, Olaria; então, peguei uma equipe e parti rapidamente com uma viatura leve na direção do batalhão.

Chegando lá, a surpresa, encontro meu grande amigo, muito maluco, mas igualmente prestativo. Estava de serviço como oficial de dia, e, apesar de não ser um serviço realizado por oficiais na Polícia Militar, o camarada acabara de ser baleado na folga e não podia ir para a rua, tirando somente serviços internos. A cena era hilária, ele, com uniforme de educação física, assistindo à televisão no meio da madrugada, pois sempre teve dificuldade de dormir à noite, desde os tempos da academia. Quando o vi, pensei, graças a Deus, meu problema está resolvido.

Dei-lhe um abraço, fazia tempo que não o via, desde quando havia sido baleado.

— Fala, Novinho, está fazendo o que aqui uma hora dessas?

— Estou com meus dois blindados presos lá dentro da Maré, preciso de outro, para rebocá-los. Como está o seu?

— Daquele jeito! Tem algum blindado bom na polícia? Mas estão rodando.

— Tem como me emprestar ele?

— Claro! (o maluco pegou a chave e me jogou como se fosse o carro dele)

— Não precisa informar ao comandante nada, sou o oficial de dia, portanto, na ausência dele, o comando é meu.

Não podia perder mais tempo, meu motorista assumiu o carro e, enquanto ele verificava o veículo, fui ao banheiro. Depois, entrei na viatura leve e parti, sem me despedir do companheiro de turma que havia sumido. Chegando à entrada principal do Parque União, paramos a viatura leve para embarcar no blindado, aí a surpresa, o maluco estava lá dentro, desarmado e de uniforme de educação física.

— *Puta* que pariu! O que você está fazendo aqui dentro, quer acabar com a minha carreira, *porra*? (como explicaria o oficial de dia do 16º BPM na área de policiamento do 22º BPM, junto com uma equipe do BOPE?)

— Tranquilo, Novinho, não vou fazer nada não, só queria ver uma guerra mesmo, maior tempão sem trabalhar, não podia perder essa oportunidade.

— Nem dá tempo de te levar de volta, fique aí dentro, você é um *para-raios* do *caralho*. Se tomar um tiro, vou te deixar aí, você já vai ficar preso e quer me levar junto! (o maluco e a equipe começaram a rir)

A área estava estabilizada, mas não podia dar bobeira, os vagabundos ali são covardes, então, chegando ao evento, desembarquei rapidamente e falei:

— Não desce dessa *porra*.

Avancei mais a fim de verificar se as equipes que davam cobertura estavam em segurança, enquanto os policiais que estavam comigo amarravam os carros para realizar o reboque. Minutos depois, voltando para os blindados, escuto a equipe elogiando o oficial, e, quando olho, não acredito, o cara estava deitado no chão, amarrando os blindados. Já sabia que era doido, mas, naquele dia, ele tinha passado de todos os limites, perdi a linha, dei-lhe outro esporro e o tirei dali o mais rápido possível.

Depois de horas nessa furada, ainda tive que voltar, já pela manhã, ouvindo os comentários:

— Pô, 01, tenente bom da turma do senhor, prestativo e corajoso, será que não quer fazer o COESP, não?

— Vocês só podem estar de sacanagem, esse cara é maluco, bom para comandar vocês mesmo. (todos começaram a rir)

Como tem gente boa nessa polícia, é um orgulho ombrear com esses caras, e, no final, tudo correu bem, apenas recebi um esporro por ter quebrado os carros e quase fui parar no rancho. Todas as vezes que nos encontramos, faço questão de contar essa história, mas ele sempre diz que é mentira, que estou aumentando; mas foi exatamente isso que aconteceu, meus amigos malucos, fazer o quê, se doido atrai doido.

Experiência é tudo, temos que respeitar os mais *antigos*

Desde pequenos, nossos pais nos ensinam a respeitar os mais velhos, e, na cultura oriental, isso é quase uma cláusula pétrea. Infelizmente, aqui está caindo em desuso. O respeito aos idosos faz com que aquele povo valorize o que tem de mais importante para os seres humanos, que vivem em sociedade, o conhecimento e a experiência.

A Polícia Militar tem como princípios basilares a hierarquia e disciplina, presentes em qualquer instituição organizada, pública ou privada, não sendo esses princípios uma exclusividade das organizações militares ou militarizadas. A hierarquia apresenta efeitos interessantes em nível coorporativo, pois basicamente nem sempre é o mais experiente que dá as ordens, o que em nível operacional poderá ter graves consequências se o mando estiver na mão de pessoas egocêntricas ou despreparadas, por exemplo.

É lógico que tempo de serviço não é sinônimo de experiência operacional. Alguns policiais trabalharam seus trinta anos de serviço na atividade administrativa, enquanto outros, mesmo após o desgaste natural da profissão, permanecem na atividade operacional mesmo com o avançar da idade. As carreiras são heterogêneas. Na Polícia Militar, tem espaço para todos, é a mais democrática das instituições públicas, e, ao contrário do divulgado, não temos restrições de acesso aos nossos quadros. O que vale nem sempre é o tempo de serviço, mas sim a intensidade, fazendo com que policiais, mesmo com pouco tempo de carreira, já possuam considerável bagagem operacional, e, para aqueles que vivem a PMERJ intensamente, isso acontece naturalmente.

A denominada antiguidade prevalece nas instituições militares, pois esse termo nem sempre está relacionado ao tempo de serviço, ele tem aplicabilidade entre os postos e as graduações. Na prática, um tenente recém-saído da escola, com apenas três anos de carreira, é mais antigo que um subtenente com 30 de atividade policial, teoricamente, ele dará as ordens para as equipes. Essa é uma aflição presente em qualquer aspirante oficial. Como comandarei uma tropa formada por policiais bem mais experientes, saberei me colocar, orientar, fiscalizar, estou pronto para exercer o mando? São perguntas mentais inevitáveis.

As leis da vida são perfeitamente aplicadas na polícia, respeito aos mais experientes é fundamental, mas isso não significa que o oficial perderá o comando ou enfrentará qualquer insubordinação por parte dos subordinados; como na etimologia da palavra, comandar é mandar com; acompanhado. Nas operações especiais, existem características comuns em todo o mundo, e uma delas é que a hierarquia é mais achatada e flexível, a qualificação e a história operacional têm um peso grande nas decisões.

De regra, os cursos de operações especiais são idênticos para oficiais e praças, as dificuldades são as mesmas, justificando, em parte, a assertiva acima. Com o término da formação, por força regulamentar, os oficiais assumem o comando da tropa, sendo investidos de todas as responsabilidades do mando em missões que beiram a morte diariamente, reforçando os laços de irmandade criados durante o curso.

Não é tarefa fácil comandar uma tropa desse nível, mesmo que preparado físico, técnico e psicologicamente, e, diferente dos duros treinamentos, os novos *caveiras* oficiais e sargentos assumem equipes e patrulhas formadas, muitas vezes, por policiais mais experientes. Aqueles profissionais que, durante meses, foram instrutores, após a formatura, viram companheiros e subordinados leais dentro das suas respectivas patrulhas. Essa situação causa certa estranheza, pois, instrutores que até então eu achava que queriam me matar e vice-versa, agora cobrem minhas costas em deslocamentos sob fogo em área conflagrada, salvando a minha vida.

Nas diversas confraternizações dos *caveiras*, o assunto é sempre o mesmo — operações e proezas dos "velhos". As histórias, sempre repetidas, são mais do que uma terapia do riso, na verdade, não tem maneira melhor para esquecer nossa dura rotina. Algumas histórias jamais serão contadas, só quem viveu sabe, pois "o que acontece na ilha, morre na ilha". Se quiser saber, coloque a cara. Se tem uma coisa que o BOPE sabe fazer bem é respeitar os seus *antigos guerrilheiros*, eles são quase uma entidade dentro da unidade, nunca podemos esquecer que ritos e tradições são os pilares que sustentam toda instituição. Se a unidade chegou aonde está hoje, foi pelo sangue, suor e lágrimas dos mais antigos.

Estratégia utilizada de maneira acertada pela unidade é que grande parte dos *velhos* (maneira carinhosa como são chamados os com mais tempo de batalhão) está na seção de instrução especializada, passando todos os seus conhecimentos para os novos alunos, sem perder o contato com a atividade operacional. Segurar esses camaradas dentro do quartel, longe das operações, é um dos maiores desafios para qualquer oficial, pois, uma vez combatente sempre combatente.

Eu me considero um recruta perto desses policiais, apesar de viver intensamente a unidade, dedicando 10 anos da minha vida, nada se compara a trinta anos de efetivo serviço dedicados a uma causa como essa. É inexplicável tanta dedicação e, mesmo depois de reformados, estão sempre disponíveis para somar com a unidade, digo que o BOPE é a vida desses homens, e, quando se aposentam, perdem sua principal motivação. Para quem não conhece, é difícil de entender, mas meu respeito e minha admiração só aumentavam com essa atitude.

Assim que assumi as equipes, sempre procurei observar e aprender com os mais experientes, nunca tive receio de tirar dúvidas ou perguntar se havia tomado a melhor decisão, mesmo sendo o comandante da equipe, em diversas situações, fui salvo pela voz da experiência. Empolgação é algo natural aos novatos, é um fator importante para a polícia, oxigena a instituição, não podendo essa qualidade ser confundida com afobação e irresponsabilidade. Nas favelas cariocas, não há margem para erros, pois decisões impensadas podem ser pagas com a vida, e, no caso dos comandantes de equipes, pior ainda, com a vida dos outros; nada pior do que enterrar um subordinado.

Recém-formado, é normal que as equipes queiram testar o novo comandante, prática comum nas tropas operacionais, pois não posso entregar a minha vida sob o comando de qualquer um. Recebo como sugestão incursionar no pior complexo de favelas do Rio de Janeiro à época, e, de imediato, atendi à solicitação. Naquela fase da vida, o que mais queria era combater, pois pensava que quantos mais criminosos presos ou neutralizados, melhor seriam os resultados para a segurança pública, mas as coisas não eram tão simples assim. Eu me sentia um herói colocando aquela farda preta com uma caveira no peito, só queria me colocar à prova e testar meus conhecimentos operacionais.

Após realizar o planejamento, equipar e preparar a equipe, embarcando no blindado, um sargento me chama de lado:

— 01, temos algum objetivo para cumprir?

— Não, só meter bala neles.

— 01, vale a pena colocar toda a equipe em risco se não temos nenhum objetivo? Além do mais, essa comunidade é extremamente política, e o último oficial que caiu nessa *pilha* foi parar no rancho, quase acabando com a carreira dele por uma operação malsucedida ali. Melhor irmos lá num outro momento, teremos outras oportunidades.

O camarada havia sido curto e grosso, nunca tinha refugado em qualquer operação da unidade, era reconhecido por todos por seu destemor e sua coragem. Aquela postura me chamou a atenção, essa era a principal função de um subordinado, orientar o comando, pois só o simples fato de sermos chefes não significa que estamos sempre certos, pelo contrário. De fato, a voz da experiência tinha razão, não demorou muito tempo, e minha vontade foi atendida, operamos na região meses depois, mas, naquele dia, a voz da experiência salvou minha pele e quem sabe de toda a equipe.

Um dos *velhos* mais emblemáticos que conheci na minha carreira pode ser considerado uma figura diferenciada, era fácil identificar sua equipe no terreno, pois todos usavam boina. Uma prática operacional comum é retirar a "cobertura" durante o patrulhamento em áreas de alto risco, apesar de ser uma infração disciplinar, é algo aceitável, mas não para esse *caveira velho*. Segundo seus subordinados, ele não tirava a boina nem para tomar banho, mas não falavam isso na frente dele, é claro.

Sem dúvida, foi o maior farejador que conheci na polícia, melhor do que qualquer cachorro policial, e olha que os cães do Batalhão de Ações com Cães (BAC) são referências no mundo. Era começar a incursionar que, cessados os primeiros confrontos e com a estabilização da área, em pouco tempo, meu telefone tocava ou ouvia pelo rádio que a patrulha do então sargento estava com ocorrência.

As operações policiais em áreas de alto risco apresentam basicamente dois momentos: na entrada, confrontos, e, após a incursão das equipes, normalmente, os criminosos se escondem, dando início à fase de vasculhamento. Como na maioria das vezes não temos informações, é quase procurar uma agulha no palheiro ou achar pessoas procuradas pela justiça, armas e drogas, pois, em favelas com milhares de pessoas, densamente povoadas, sem direções e colaboração dos moradores, só a experiência e o talento policial para resolver isso.

Enquanto estava morto de tanto andar de um lado para outro, subir e descer o morro igual a um cabrito, entrar em buracos, esgotos e barracos, o sargento já havia apreendido fuzis, pistolas e drogas. Aquilo não era possível. Inconformado, cheguei a pensar que aquele policial tinha algum tipo de pacto com uma entidade policial. Mudei de estratégia e, durante as operações, comecei a operar na patrulha dele, tinha que aprender aquela técnica, pois, por mais que meu curso tenha sido de alto nível, essa não tinha apreendido, devia ter dormido na aula. Observando todos os seus passos, disse:

— Sargento, me ensina tudo, como você consegue achar as coisas assim?

— 01, a primeira coisa que o senhor tem de saber é que o ambiente operacional fala com a gente, nós temos que interpretar as diversas mensagens que a favela nos dá.

— Como assim, *porra*? Já vi maluco falando com planta, com bicho, mas com favela, essa é nova para mim. (ele deu seu tradicional sorriso de canto de boca, o que era raro, estava sempre de cara fechada)

Não era algo tão simples, somente a experiência e as horas intermináveis de operações poderiam dar tal conhecimento, curso ou instrução era insuficiente, é preciso colocar a cara, a leitura de cenário que ele fazia, eu, com minha ignorância, não passava nem perto, tinha muito a aprender. A atividade policial operacional é um conjunto de conhecimentos, alguns não se aprendem nos bancos escolares; técnica, coragem e honestidade são somente o ponto de partida.

Com o término dos confrontos, o sargento parava sempre abrigado e de cobertura na cabeça, ficava olhando para a comunidade com a cabeça fervilhando de tanto conhecimento, fazendo uma leitura quase que paranormal da atividade criminosa local. A primeira aula foi no Morro da Providência, morro histórico do centro do Rio de Janeiro. Do nada, ele me chama e mostra um telhado, era uma oportunidade única aprender sob estresse, pois, enquanto nós conversávamos, tiros passavam por cima da gente e granadas explodiam à nossa volta, depois me perguntam como consigo estudar com barulho.

— 01, o que o senhor está vendo ali no telhado?

— Algumas telhas reviradas. (até então não significavam *porra* nenhuma)

— Isso, comandante, o que fez aquilo com a telha, e por que me chamou a atenção?

— Pode ter sido o vento, um bicho ou alguém.

— Vento, não, pois quando vem arrasta tudo, nenhum bicho consegue tirar telhas daquele jeito; a resposta é alguém, alguém, quem? Já fiz muita ocorrência em telhados, os vagabundos atacam as equipes de cima para baixo e, quando chegamos perto, entocam as armas e descem como se nada estivesse acontecendo.

— Agora está explicado.

Olhando melhor, observei poucas telhas mal encaixadas, só alguém poderia ter feito aquilo, então, a viagem inicial começava a fazer sentido, o problema era meu que não conseguia acompanhar seu raciocínio. Batemos na casa do morador, e o oficial, com toda a educação do mundo, essa era uma de suas marcas, foi retirando as informações necessárias sem a pessoa nem desconfiar e de maneira rápida, simples e dentro da legalidade tudo que queria.

Bingo, tudo estava batendo. Segundo o próprio morador, barulhos eram ouvidos no seu telhado principalmente à noite. Não perdi tempo, subi correndo, retirei as telhas e meti a mão no buraco do telhado, puxando logo de cara uma alça de mochila, o peso já dizia tudo, havia armas e droga dentro. Mais uma arma retirada das ruas, mas o mais importante foi a lição que levo para o resto da vida, temos muito que aprender com os mais antigos, na polícia, assim como na vida, experiência é tudo.

Um dos combates mais complexos são os que ocorrem em áreas de mata, a ausência ou escassez de abrigo aumentam consideravelmente os riscos das equipes policiais. Criminosos, sabendo disso, utilizam essas áreas limítrofes às favelas cariocas para deslocamento, esconderijo e guarda de materiais ilícitos. É questão de sobrevivência para os policiais operacionais saberem atuar nesse tipo de terreno.

Durante patrulhamento na favela da Rocinha, que apresenta essas características, buscando armas e drogas possivelmente enterradas, outro sargento da unidade, que havia sido meu instrutor no curso, com mais de 20 anos de BOPE, me chama para mostrar um material encontrado. Não era possível, eu já tinha feito mais buraco que tatu e não tinha encontrado nada, brinquei com o graduado:

— Você sabia que esse material estava aí, não é possível. (mais uma vez aprendendo com os mais velhos)

— 01, nem tudo é na brabeza, o senhor precisa ler o terreno.

— Que *porra* é essa de ler o terreno?

— Basicamente, é observar se tem alguma coisa que não deveria estar aqui, ou seja, se teve interferência do homem na área de mata, nesse caso o criminoso. Em alguns momentos, temos que pensar como eles. Para enterrar alguma coisa que terei que ter acesso em breve, não pode estar com acesso impossível e para encontrá-la tem que ter sempre uma referência.

— Mas tem muito lixo, e o local está mexido aqui.

— Sim, 01, mas, geralmente, o local onde o tráfico usa, eles proíbem os moradores de circular — isso havia aprendido anos antes na Cidade de Deus —, então, é bem provável que as alterações artificiais do terreno sejam feitas pelo crime.

— Me dá um exemplo, então.

— Aquela pipa, que não está na copa da árvore, somente uma pessoa poderia ter colocada ela ali, tinha um motivo, sinalizava um tonel de drogas enterrado próximo dali, pedras e árvores grandes sempre são referência; sempre vale a pena olhar se a terra próxima a elas não está revirada e sem raízes que, para cavar, foram arrancadas.

Esses conhecimentos não entram em manuais, são resultantes da prática, e a aquisição deles custa caro. Mais do que nunca, os policiais operacionais devem ser valorizados, principalmente os mais experientes. Graças a muitos desses conhecimentos empíricos, transmitidos de gerações em gerações, e que nunca podem se perder, é possível fazer ocorrências importantes para o enfraquecimento da criminalidade. Quem não valoriza os mais velhos, despreza sua história, assinando um contrato com o fracasso, todas as honras e homenagens ao *velho caveira*.

Unidade de Polícia Pacificadora (UPP),
a esperança que virou pesadelo, pelo oportunismo e pela incompetência das autoridades públicas

Uma nova esperança surgia para o cenário da segurança pública carioca, a implementação das Unidades de Polícia Pacificadora (UPPs). Não havia nada de novo, era modelo copiado da Colômbia, para ocupação permanente dos territórios sob influência de criminosos, possibilitando, assim, a chegada a esses locais e a prestação de diversos serviços públicos nessas comunidades carentes que, até então, eram inviáveis por conta do risco.

O projeto era eficaz, pois os resultados do país vizinho demostravam isso, mas era de complexa aplicação. Tive a oportunidade única de conhecer o projeto pessoalmente, quando fui fazer o curso de operações especiais na polícia nacional colombiana, no ano de 2009. No Brasil, participamos de todo o processo de implementação pelo BOPE, e, por pura coincidência, a primeira UPP, na favela Dona Marta, ocorreu em 2007, ano da minha chegada à unidade.

O processo basicamente consistia em etapas, a denominada retomada do território era normalmente realizada pelas tropas especiais da PMERJ, de regra, BOPE e BPCHQ, e, com a exploração midiática e política do processo, começaram a chegar outras forças. A segunda fase, denominada de estabilização, era a permanência das unidades especiais até a implementação da UPP propriamente dita, com o viés de policiamento comunitário, possibilitando, assim, a entrada dos demais serviços públicos, com destaque para os de caráter social, sendo a polícia um abre-alas para os demais entes públicos e privados.

Operacionalmente, as unidades especiais da PMERJ eram as primeiras a incursionaram. A ideia da então Secretaria Estadual de Segurança Pública era avisar sobre as operações antecipadamente pelos meios de comunicação, evitando danos colaterais, mas, em contrapartida, permitia que os criminosos locais fugissem levando o grosso das drogas e dos armamentos.

A ação tinha por objetivo evitar danos resultantes do enfrentamento entre os traficantes e as forças policiais e preservar vidas.

De fato, a medida surgiu efeitos. Dificilmente essas incursões resultavam em confrontos intensos, ou grandes prisões ou apreensões. A estratégia utilizada, de demonstração de força para não precisar usar, tem suas vantagens, principalmente no tocante à vitimização e letalidade policial, entretanto, apresentou alguns revezes, de descentralização e pulverização do crime pela cidade, inicialmente.

Criminosos de alta periculosidade não deixam de ser criminosos da noite para o dia, alguns nunca deixarão de ser, mesmo que tenham todas as oportunidades, psicopatia não tem cura. Com a ocupação do território pelas forças policiais, não restou outra opção para esses criminosos além de migrarem para outras regiões da cidade e, por mais que alguns especialistas digam o contrário, vi e vivenciei esse momento na prática. A unidade, a partir desse momento, passou a operar mais nas regiões da Baixada Fluminense, Niterói e São Gonçalo e em algumas cidades do interior, tais como Macaé, Cabo Frio e Angra dos Reis, algo até então longe da realidade das nossas tropas.

Os policiais sabiam da importância da missão, mas, como uma tropa de combate em sua essência, eram decepcionantes as denominadas operações de retomada sem qualquer resistência. Utilização de blindados das forças armadas, forças policiais das mais diversas origens, para mim, parecia um circo, todo mundo queria ter seu minutinho de fama, com a cobertura quase em tempo real da nossa imprensa oportunista.

Sempre me questionava se operações avisadas em redes nacionais, com toda a estrutura — blindados, aeronaves, posto móvel de polícia judiciária, ambulâncias, dentre outras necessidades operacionais — eram mesmo necessárias. Dias anteriores, em operações de maior risco, estávamos com a nossa já conhecida realidade, sob todos os riscos. Se tivéssemos essa estrutura constantemente, não somente em operações de apelo midiático, não teríamos enterrado tanta gente.

Os motivos do fracasso são óbvios, ficamos sozinhos na missão, nada havia mudado, pois, desligando as câmeras, todos iriam embora, seguindo o raciocínio simplista de que segurança pública se faz só com polícia. Os políticos criminosos da época — afirmativa comprovada pela justiça — viram no projeto uma oportunidade única para sucessivas reeleições e perpetuação de suas quadrilhas no poder. Ampliaram o projeto além das capacidades públicas, mesmo com diversos pareceres técnicos do próprio BOPE indicando sobre o fortalecimento do programa nas UPPs já instaladas. Contraindicamos a criação de novas unidades, mas, como de costume no nosso país, a vontade política supera os critérios técnicos.

O resultado foi trágico, pois, dia a dia, policiais foram morrendo nessas áreas, a PMERJ começou a pagar caro pela decisão irresponsável de políticos e gestores. O então secretário de segurança pública, acreditando no projeto, investiu na formação de polícia comunitária e, seguindo correntes teóricas internacionais, descentralizou comandos, renovou efetivos, basicamente criando uma nova polícia.

Segundo suas ideias, os novos policiais não poderiam se contaminar com os vícios existentes na tropa, justificável, pois ele não conhecia nada de polícia operacional, muito menos no Rio de Janeiro. Nossa polícia tem problemas, mas o diferencial é o ambiente, não era só copiar e colar, as ideias e os projetos devem ser adaptados, aqui a banda toca diferente.

A mudança da repressão qualificada, realizada pelo BOPE meses antes nessas áreas pelo policiamento comunitário, não acontece da noite para o dia. Uma simples mudança de farda e a colocação de policiais recém-formados jamais mudariam as estruturas sociais e o ranço existente na relação polícia e sociedade nessas localidades. Era fato que só os inocentes e mal-intencionados não viam, e, num piscar de olhos, um bom projeto seria jogado no lixo e uma boa oportunidade de mudar solidamente a política de segurança pública no Rio de Janeiro era perdida.

Estudando o modelo do projeto no nosso vizinho, observamos alguns fatores fundamentais para o sucesso. Em primeiro lugar, a participação popular, a sociedade colombiana não aguentava mais estar sob jugo do crime, no país havia se formado um *narcoestado* disputado por cartéis de drogas, grupos guerrilheiros e milícias armadas. Cidades como Medellín, Cali e a própria capital Bogotá chegaram a ter picos nas taxas de homicídios acima dos três dígitos por 100 mil habitantes.

Todas as autoridades públicas se uniram em prol de um mesmo objetivo, a explicação é simples, lá é diferente daqui. Todos estavam morrendo — juízes, políticos e eclesiásticos, dentre outros. Por aqui, só morriam os policiais que estão na linha de frente, e, por vezes, sozinhos no combate à criminalidade violenta. A *merda* só não une na polícia. No Judiciário, todas as mudanças legislativas e de investimentos aconteceram a toque de caixa, mudar era a única opção.

O investimento, questão complexa no campo da segurança pública, se deu por várias fontes, como, por exemplo, capital internacional dos EUA através do plano Colômbia, investimento público e, principalmente, da iniciativa privada, consciente de que sem uma segurança pública estabilizada seria impossível ter uma economia minimamente saudável e realizar investimentos. Os capitais foram aplicados nas mais diferentes áreas: infraestrutura das comunidades periféricas, educação com a ampliação das vagas em escolas, moradia, inclusive para policiais, além de cultura e lazer, gerando empregos e melhorando a qualidade de vida dos cidadãos colombianos. Em suma, entenderam que o problema da segurança não se resolve só com polícia.

Especificamente, a polícia teve investimentos consideráveis, mas a ação mais importante na instituição foi o resgate da credibilidade institucional, com foco nas áreas de ensino, bem-estar profissional e principalmente correição. A título de exemplo, os cursos de formação foram ampliados em sua carga horária, focando nos conhecimentos em direitos humanos sem se descuidar da parte operacional, um conhecimento não inviabiliza o outro. Foram criados programas habitacionais específicos para policiais e, somente em um ano, 7.200 policiais foram excluídos por infrações relacionadas à corrupção, quase 10% do efetivo total, essa é a verdadeira política da goiabada e *porrada*; fez certo, ganha; errou, está fora.

Tanto no Brasil como na Colômbia, os indicadores eram consideráveis e animadores, principalmente na redução dos números de homicídios. Atualmente, o projeto foi abandonado e desconfigurado, novos políticos oportunistas atacam as medidas e os resultados alcançados. Sem decidir pela extinção ou não do programa, enquanto o impasse continua, os policiais permanecem sozinhos, sobrevivendo em bases que de temporárias viraram permanentes, replicando as mesmas ações policiais do passado, vivendo um dia de cada vez, sobrevivendo e contando com o nosso apoio quase que diariamente.

De áreas praticamente controladas, hoje as áreas de UPP voltaram a ter forte influência do tráfico. As técnicas de polícia comunitária foram substituídas pelas de repressão qualificada, sem o devido preparo, causando inúmeras baixas e inúmeros efeitos colaterais. A aproximação da população local e a implementação de projetos sociais foi paulatinamente substituída pela utilização de blindados e apoio das tropas especiais. Voltamos à estaca zero, alimentando o histórico ciclo de violência e desconfiança mútua entre a população carente e a polícia, e, além do dinheiro público, perdemos uma real oportunidade de avançar.

Acredito muito no projeto, pois todos que conhecem o BOPE sabem que a relação polícia e sociedade pode e deve ser saudável. A única UPP que deu certo é a da própria unidade, que está situada no alto de uma comunidade carente chamada Tavares Bastos. Não serei hipócrita em dizer que ali não ocorre crime, pois, como todos sabem, condutas infracionais são um fenômeno social, mas posso assegurar que ali a paz reina, é o único lugar do Estado que ando fardado e desarmado; a relação é salutar, qualquer dúvida, pergunte aos moradores de lá se querem a nossa saída.

Perder um companheiro sob seu comando, pior sentimento para um comandante

Não tem missão mais desagradável para um comandante do que perder um subordinado sob seu comando; a perda de um irmão de armas em ação é uma ferida que nunca se fechará em nossos corações. A única alternativa é aprender a viver com ela. No ano de 2014, após breve passagem pelo glorioso BPCHQ, voltava ao BOPE, renovado e disposto a voltar a operar para o que tinha sido formado, âmbito das operações especiais.

Uma das áreas mais problemáticas da cidade estava localizada na região do 18º BPM, minha primeira unidade policial e, coincidentemente, o bairro onde nasci e fui criado. A denominada Serra dos Pretos Forros, região de mata atlântica cercada por diferentes bairros cariocas, era ocupada gradativamente pelas favelas da Covanca, São José Operário, Fubá, Saçu e 18, sob influência de diferentes facções criminosas, como o Comando Vermelho, Terceiro Comando e a Milícia, sendo este o motivo principal da instabilidade local, impactando diretamente na vida de milhares de pessoas.

Era necessária uma intervenção imediata, o terreno era extremamente complexo, combater em áreas de mata necessita de técnicas específicas e apresenta altos riscos aos operadores, somente o BOPE estava tecnicamente habilitado a operar ali. Diversas operações foram desencadeadas sem impactar consideravelmente a criminalidade local, e, com informações de inteligência e conhecimentos empíricos resultantes das diversas operações realizadas, começamos a entender o *modus operandi* da criminalidade local.

Os criminosos deslocavam-se pela área de mata fechada, caminhando quilômetros, montavam acampamentos permanecendo ali durante o dia e assumindo a plenitude de seus postos nas favelas somente durante a noite. Em uma de nossas investidas, localizamos um desses acampamentos, neles, algumas características chamavam a atenção, primeiramente a quantidade de barracas, aproximadamente umas 40, se calcularmos que cada uma caberia quatro criminosos, foi possível calcular o número da força inimiga, em torno de 160 marginais.

A disposição das barracas se dava em formação de círculo de segurança, onde as extremidades protegem o centro do acampamento, técnica de combate apurada, não estávamos lidando com qualquer um, não foi no tráfico que aprenderam isso. Havia estrutura de rancho, fornecimento de água potável e energia por geradores, podiam permanecer ali por longos períodos, com relativo conforto e relativa segurança. Infelizmente, quando chegamos, eles já tinham fugido, abandonando a base, mas o resultado foi satisfatório, colhemos informações de extrema relevância para uma futura ação; criminoso é assim, se não pegamos em um dia, pegamos no outro.

Era preciso saber os horários aproximados de deslocamentos, quantidade e poder de fogo dos criminosos, bem como as possíveis rotas utilizadas, para a aplicação da tropa de operações especiais no terreno. A utilização de patrulhas de reconhecimento seria muito arriscada, o terreno não favorecia, a estratégia aplicada foi a utilização de aeronaves com câmera de alta resolução, tecnologia a favor do combatente, preservando a tropa. Sem dúvida, o apoio da unidade aérea foi fundamental para o cumprimento dessa missão.

Não foi difícil, pois os criminosos estavam tão à vontade no terreno que, em apenas alguns sobrevoos, identificamos a rota, o horário aproximado e o que mais chamou a atenção foi a quantidade de marginais, aproximadamente uns 80, tudo registrado em vídeo, nunca tinha visto nada parecido. Em termos militares, a quantidade era superior a um pelotão, numericamente superior a qualquer equipe do BOPE, e, me arrisco a dizer, do que qualquer equipe do batalhão da PMERJ que cobria aquele setor de policiamento; aquilo era uma afronta ao Estado.

A inteligência já tinha feito a sua parte, agora era planejar e implementar a missão. Acho engraçado os argumentos de alguns *pseudoespecialistas* em segurança pública, quando afirmam que a solução para o problema da violência passa pelo maior investimento em inteligência policial. Isso é óbvio, apesar de, por vezes, defender que o óbvio deve ser dito, a informação deve ser complementada, inteligência sozinha não resolve nada, porque alguém, como nesse caso, terá que meter as mãos nos caras, e aí a inteligência pouco ajuda; nesse caso, somente a força e a coragem resolvem.

O planejamento foi detalhadamente realizado, duas equipes entrariam um dia antes da missão em uma localidade oposta à serra, onde estava o objetivo, realizando uma operação em uma comunidade de facção diferente, evitando, assim, a comunicação entre elas. Após contatos armados iniciais, a equipe de serviço no dia começou o deslocamento pela área de mata até o objetivo e, depois de horas de caminhada no meio de mata, pedras e barrancos, chegamos já à noite no Ponto de Reunião Próximo do Objetivo (PRPO). No alto da montanha, no meio do nada, tínhamos a última oportunidade de realizar as necessidades básicas, era a hora de fazer a denominada "mijadinha do medo"; verdade, os *caveiras* também sentem medo.

Reuni minha patrulha, uma dentre as quatro escaladas para a missão, a operação era tão complexa que cada equipe era comandada por um oficial, todos subordinados ao subcomandante da unidade que, mesmo no posto de major, estava com a gente no meio daquele matagal todo. Nas unidades de operações especiais, todos estão aptos para o combate, inclusive o comandante, e, mesmo com as diferentes atribuições administrativas, nunca nos afastamos da operacionalidade, ainda mais em uma missão desse tipo.

Passei as últimas orientações à patrulha, a nossa missão seria impedir que os criminosos seguissem pela trilha e entrassem na região de mata fechada, teríamos que empurrá-los na direção das demais patrulhas, em uma ação de combate aproximado. Chegando a hora de partir, terminando de equipar e ajustar meus equipamentos, observo que meu subcomandante, um subtenente, *caveira* e *catiano* (denominação para o policial formado no curso de ações táticas) da unidade, referência para todos os policiais da unidade, sentado em uma pedra, ainda estava desequipado, olhava para baixo, vendo a nossa bela e pacífica cidade iluminada; enquanto as pessoas dormiam em suas casas, nós estávamos ali, colocando nossas vidas em risco.

Cansado pelo longo deslocamento, visto que não era mais nenhum garoto, mas se mantinha muito bem na linha de frente dos combates, não perdi a oportunidade e, como era muito sacana, brinquei com ele:

— Velho, não quer mais não? Agora não tem como pedir para ir embora, o helicóptero não tem como te buscar aqui e agora.

Tragicamente, buscou horas depois. Naquele momento, ele me olhou e deu um sorriso. Infelizmente, foi o último que vi desse grande homem e combatente.

De acordo com o planejamento, as equipes ficariam distribuídas no caminho por onde os criminosos se deslocavam rotineiramente, a minha patrulha era a última, entretanto, a mais próxima da trilha, portanto, o confronto seria inevitável. Tínhamos a missão de impedir a passagem deles, fazendo com que corressem na direção das demais equipes. Chegando ao ponto planejado, era só aguardar o contato, faltando poucos minutos para o possível confronto, o sub e outro sargento me chamam:

— 01, nossa posição não é a ideal. Com esse matagal e essa neblina, corremos o risco de não ver os vagabundos passando.

— Por mim, está ótimo, vamos descer mais um pouco.

Nós nos deslocamos e ficamos a menos de dois metros da trilha, deitados em linha no alto de um barranco, prontos para dar voz de prisão para aqueles infratores da lei. Sacanagem, né! Esse discurso é bonito, mas de pouca aplicação prática na nossa realidade, ali seria uma guerra mesmo, poucas vezes vistas no próprio BOPE.

A hora passava e nada acontecia, o rádio estava em silêncio, não tínhamos contato visual com as demais equipes e, para piorar, desceu uma neblina que não estava no planejamento, já que a previsão era de tempo bom. Passando o horário previsto da passagem dos criminosos, o *brifado* no planejamento era uma reunião dos comandantes de patrulha com o comandante da missão em um PRPO, para decidir as novas medidas, descer pela favela, abortar a missão ou até mesmo patrulhar a área de mata.

Comecei a me ajeitar para iniciar o deslocamento, desanimado, porque a missão não tinha se concretizado como o planejado, quando, de repente, escuto um falatório vindo na nossa direção, comentei com o sub, que estava do meu lado.

— Esses caras estão de sacanagem, estão se deslocando pela trilha dos criminosos, só porque os caras não passaram, vão queimar a operação.

Pela barulheira, pensei se tratar das nossas equipes já retraindo, até porque o combinado era ser avisado de movimentação inimiga, e o rádio não havia dado um pio. Mantive a atenção, e essa foi a minha sorte, e, quando olho para frente, a menos de dois metros de distância, observo, por entre o mato, um criminoso portando um *AK 47*, cruzamos olhares, e ele se surpreendeu comigo deitado ali, então, só deu tempo de falar:

— Ih, é alemão!

Fui mais rápido e abri fogo na direção dele, iniciando o maior tiroteio que participei até hoje na minha carreira. Os disparos vinham de todos os lados, eram praticamente 50 criminosos contra uma patrulha de 10 homens; as demais equipes, que deveriam nos avisar quando vissem movimentação, não conseguiram devido à forte neblina e, por estarem mais longe, não escutaram os marginais em deslocamento.

A troca de tiro era intensa, confronto em área de mata geralmente vence quem possui a maior capacidade de disparo e poder de fogo; em menos de um minuto, eu já tinha disparado três carregadores. Nesse caso, a agressividade dos nossos policiais salvou a equipe; agressividade é fundamental para a atividade policial desde que seja controlada. Os criminosos covardes, como de costume, mesmo em superioridade numérica, correram, e, abrigados, começavam a entrar em confronto com as demais equipes. Nossa localização estava nítida, um deslocamento era inviável, disparos de média e longa distância vinham na nossa direção, não tínhamos outra opção senão responder ao fogo.

A sensação do mato sendo cortado por projéteis de fuzil é tensa, mas se desesperar não ajudaria em nada. No meio do confronto, escuto:

— 01, estou pegado.

Um dos sargentos, que havia se formado anos antes no Curso de Ações Táticas (CAT), tinha tomado um tiro na altura do ombro, então, fiquei no dilema, faço os primeiros socorros ou continuo no combate. Não parecia grave, continuei disparando, porque senão seria o próximo baleado. De repente, um cabo urra de dor, havia sido baleado por um disparo de baixo para cima no joelho, outro combatente fora de combate. Os tiros não paravam, não tínhamos abrigo, só o matagal dava a mínima cobertura, o deslocamento era um suicídio, e a realização de disparos permitia nossa localização pelo inimigo.

No meio do confronto, focado nos criminosos que tentavam cercar a patrulha, escuto um barulho que jamais me esquecerei, tipo quando reagimos a uma pancada forte na altura da barriga. Olho para meu lado direito e vejo o sub largando a sua arma na frente do corpo, deitado, perdendo as forças; algo grave havia acontecido, um *caveira* nunca larga a sua arma em combate.

Não pensei duas vezes, fui tentar socorrer o companheiro, inicialmente não vi sangue, mas, fazendo uma verificação detalhada, identifiquei o disparo na altura da coxa, sem orifício de saída. Ali mesmo, um dos maiores combatentes que conheci me olhou nos olhos, deu sua última respirada e partiu. Não é possível explicar aqui o que senti naquele momento e o que sinto até hoje, olhei para a equipe e fiz um sinal de que tínhamos perdido nosso irmão.

O sargento, terceiro homem na hierarquia da patrulha, outro *operações especiais*, extremamente experiente e considerado um monstro do combate, amigo do sub, veio no rastejo na nossa direção e falou:

— 01, não podemos morrer aqui, os caras estão tentando cercar a gente, temos que tirar os feridos daqui.

Com o fuzil dele em pane, passei o meu para ele e peguei o do falecido; com certeza, ele estava comigo naquele momento. Tomamos a posição torre, cobrindo o maior ângulo possível, e começamos a disparar como loucos, fazendo com que os homicidas entrassem nos buracos que estavam acostumados a frequentar. Os que tentavam desbordar e pegar nossa equipe pela retaguarda foram atacados pelas nossas outras patrulhas, o apoio era precário, a visualização ainda era deficiente por conta da neblina, diferenciávamos forças amigas e inimigas pelo som dos disparos. Naquele dia, a acuidade auditiva fez toda a diferença.

Cessado o confronto, as equipes começaram a se agrupar e contar os resultados, era criminoso morto para todo lado, diversas armas apreendidas, mas a operação estava acabada, era um desastre, perdemos um dos nossos, um dos melhores na história do BOPE. A equipe estava arrasada, e não era para menos, o sub era praticamente uma lenda na unidade, e vê-lo sem vida era traumático para qualquer um. Precisávamos continuar, pois no matagal tinham vários rastros de sangue e vestígio de criminosos, aquela situação não ficaria assim, pedi autorização para o major, peguei outra patrulha e parti, tinha que ir atrás dos assassinos, a melhor homenagem que poderia fazer para o combatente tombado seria continuar lutando.

Caminhando lentamente por dentro da mata fechada, seguindo os rastros de sangue, mato amassado e plantas quebradas, com toda a cautela, visto que a vantagem nesse tipo de combate é de quem já está no terreno. Ouviu algo, basta se abrigar e atirar em qualquer coisa que se movimente, os criminosos estão sempre na nossa frente nesse aspecto tático. Uma equipe incursionou por dentro da comunidade, vindo ao nosso encontro, a ideia era fazer uma operação denominada martelo e bigorna, objetivando deixar os criminosos encurralados entre duas equipes, mas, apesar de bons resultados, essa estratégia, principalmente em áreas de mata densa, aumenta consideravelmente o risco de fogo amigo.

Durante o patrulhamento, extremamente tenso, preocupado em fazer o menor barulho possível, com a adrenalina a mil, escutando as aeronaves dando o apoio e retirando o corpo do sub do local do confronto, aproveitávamos esse ruído para realizar nossos deslocamentos sem sermos plotados. Então, escuto uma voz bem próxima:

— Força — dizia a pessoa.

Um companheiro, achando se tratar de uma senha, quase lança a contrassenha, nesse caso específico seria "honra", sendo este um dos lemas de uma equipe do BOPE. Achei aquilo estranho e fiz um sinal para diminuir a silhueta e ficamos em silêncio, com a equipe estática e abaixada, o indivíduo solta de novo o termo:

— Força.

Continuamos em silêncio, quando observo um elemento saindo de trás de uma árvore, de bermuda, portando um *G3* (fuzil alemão), mas não poderia em hipótese alguma ser um integrante do BOPE, iniciando, assim, um novo tiroteio. Não demorou muito e mais um criminoso ficou pelo caminho. Até hoje me pergunto como ele sabia nosso código, ele lançou uma senha, ele sabia um termo utilizado por nós, e, se não tivesse mantido a calma, poderia ter tombado naquele dia também, mas ainda não era a minha hora.

Nossos paramédicos ainda tentaram socorrer o criminoso mesmo depois de tudo, aquele rosto não me era estranho, depois descobrimos se tratar de um traficante conhecido que havia fugido de um presídio recentemente. O pior depois de toda essa luta — de perder um companheiro e colocar nossa vida em risco — era a dificuldade de explicar para as autoridades burocráticas os detalhes dessas ocorrências.

Sem dúvida, esse foi o pior confronto da minha vida, até hoje tenho *flashes* da ação durante as noites maldormidas; nunca tinha ouvido nada igual ao barulho infernal da troca de tiros. Incrível, não havia intervalos entre os disparos, era um barulho único, os deslocamentos de ar resultantes dos projéteis cortando o mato ainda estão na memória. Quanto ao sargento, ele está bem, já voltou a operar e hoje comanda sua própria patrulha; o então cabo foi reformado devido ao tiro no joelho e usa uma muleta pelo resto da vida; já o nosso camarada recebeu uma justa homenagem, dando nome a uma escola no Rio de Janeiro. Sem dúvida, sua missão foi cumprida e está em um lugar bem melhor do que nós.

Quanto custa um furo de reportagem?

O então subcomandante do BOPE recebeu a missão de assumir o Batalhão de Polícia de CHOQUE, maior unidade operacional da PMERJ, e, por confiar no meu trabalho, me convidou para formar a equipe. A unidade passava por sérios problemas. Sair do BOPE não é tarefa fácil, as coisas ali funcionam, era minha segunda casa, mas, como combatente, a mochila está sempre pronta, não negamos a missão, então, acompanhei o comandante e amigo para uma nova jornada.

Muitos dizem que a nossa chegada revolucionou a unidade, digo que as mudanças só foram possíveis pela união e coesão da equipe, pois oficiais e praças que já estavam na unidade compraram a ideia, leais o tempo todo às diretrizes do comando. As medidas foram simples, especialização, formação e treinamento constante, atividade correcional ativa, o CHOQUE é uma unidade de elite, quem não se adaptava, estava fora, seleção natural, resgate das místicas tradições da unidade e, o mais importante, comando pelo exemplo. Os resultados foram imediatos, a unidade de castigo da polícia voltou a ser referência em pouco tempo, tornou-se uma máquina operacional dentro da corporação, todos queriam servir nela.

Tínhamos uma capacidade única operativa, e, diferente do BOPE, o CHOQUE possuía um efetivo bem maior, sendo possível desenvolver um *modus operandi* de demonstração de força sem precisar usar, aumentando a segurança das equipes, minimizando todos os danos colaterais. Entrávamos em horários regulares, permanecendo mais tempo no terreno, sendo possível fazer grandes vasculhamentos, fazendo diversas buscas a pessoas, veículos e edificações, sempre dando bons resultados.

Rapidamente, de unidade esquecida e desprezada por muitos, o BP-CHOQUE tornou-se referência técnica e operacional, sendo a unidade mais versátil da PMERJ. Durante uma única operação, eram realizados patrulhamentos a pé, motorizados em viaturas quatro rodas e em motocicletas, além das ações de controle de distúrbios, e, somando-se todas as companhias, era possível realizar operações com mais de 200 homens simultaneamente, nenhum traficante estava disposto a enfrentar uma força dessa envergadura.

Dentre as várias operações realizadas, uma chamou a atenção pelo fim trágico que poderia ser evitado. A região de Santa Cruz, zona oeste da cidade, apresentava grande instabilidade, traficantes e milicianos disputavam o controle da região, era necessária uma missão enérgica de estabilização na área. Recebemos a determinação de operar em um domingo logo pela manhã, após a realização de um baile *funk*, que normalmente concentrava todos os traficantes da região.

Missão complexa, pois atuar nesse contexto aumenta a possibilidade de efeitos colaterais. Além dos traficantes, esse tipo de evento reúne verdadeiras multidões entre simpatizantes do crime e pessoas que desprezam os perigos, para curtir esse tipo de evento musical. Grande parte da imprensa possui grande interesse nas operações policiais, basta observarmos qualquer jornal para perceber que as pautas estão relacionadas a assuntos ligados à segurança pública, violência e às forças policiais.

Os comboios da unidade são enormes, reúnem dezenas de viatura, entre carros, motos e blindados. Por diversas vezes, a imprensa ficava na porta da unidade, esperando as equipes saírem para acompanharem as operações *in loco*. Já havia orientado vários jornalistas dos riscos de entrar em comunidades durante operações, pois favela com a presença da polícia evolui do nada e o que parece relativa tranquilidade se transforma em um inferno em frações de segundos. Legalmente, nada poderia ser feito, as orientações, de regra, entravam por um ouvido e saíam pelo outro; o furo de reportagem era mais importante, a liberdade de imprensa e a vedação da censura são direitos constitucionais e fundamentais para a manutenção da democracia, qualquer intervenção mais incisiva poderia ser mal interpretada, com a polícia geralmente é assim que funciona.

É fato que somado a isso existem profissionais, e não só policiais, que adoram uma lente, querem sempre um minutinho de fama, ajudando e muito a atuação dos profissionais de imprensa. Não tenho a menor dúvida de que os jornalistas recebiam informações privilegiadas em todas as operações em que saíamos acompanhados. Essa missão, em particular, apresentava alta complexidade, então, decidi comandá-la pessoalmente, pedi para um policial reforçar as orientações aos profissionais de imprensa, que já estavam de plantão à porta do nosso castelo.

Como de costume, puxei o comboio dentro de um veículo blindado, já havia operado nesta favela várias vezes, conhecia bem o terreno e o *modus operandi* da criminalidade local, queria ser o primeiro a incursionar.

Segundo o planejamento, as equipes estabeleceriam um cerco e, após a estabilização da área, com a entrada do blindado, todos entrariam simultaneamente a pé, em forma de patrulhas. As características operacionais do CHOQUE são distintas do BOPE, fazemos a diferença no volume de policiais ocupando rapidamente e com segurança o terreno, diminuindo o número de confrontos e praticamente inviabilizando a fuga dos criminosos.

A comunidade do Antares é cortada por um rio, existindo somente uma ponte para a passagem de veículos, no nosso caso o blindado, então, geralmente está barricada por trilhos. Logo, a primeira medida é retirar esse obstáculo, permitindo o patrulhamento em segurança dos dois lados da comunidade. Essa missão deve ser feita rapidamente, caso contrário, a travessia seria feita pela ponte de pedestre sob fogo, um verdadeiro tiro ao pato, isso eu não queria, não podia expor minha equipe a tal risco. Como nada é tão ruim que não possa piorar, se demorássemos, os traficantes incendiavam os trilhos, dificultando a retirada, era preciso apagar o fogo e depois com uma manta encharcada retirar o trilho sob alta temperatura; eles desenvolvem suas técnicas de guerrilha, e nós inventávamos as nossas, vivendo e aprendendo.

Incursionando poucos metros, o blindado foi metralhado, não fizemos nenhum disparo, aqui basta ser policial para ser atacado; uma realidade ímpar pouco conhecida pelo público geral. Procedendo para a missão de retirar a barricada, não deu tempo, o olheiro tocou fogo nos pneus e incendiou o trilho, logo, desembarcar ali seria muito arriscado naquele momento, pois, sem abrigo, exposto por todos os lados, era exatamente isso que os criminosos queriam. Dei meia-volta e me direcionei ao baile *funk*, que ainda rolava em pleno amanhecer e durante a operação policial, como se nada estivesse acontecendo.

As caixas de som fechavam a rua, impedindo a circulação de todos. Chegamos por trás delas sem que os participantes, dentre eles os traficantes que curtiam o evento, percebessem. Um belo *strike,* derrubamos todos com uma só *porrada*, pois, quando as caixas caíram, foi uma correria total, era tanto fuzil que não dava nem para contar. Com certeza, tinha mais que no batalhão que realiza o patrulhamento na área. Só deu tempo de determinar:

— Ninguém atira, tem gente para *cacete* na rua.

Seria uma tragédia, os traficantes corriam pelo meio dos *funkeiros*, qualquer disparo ali teria efeitos colaterais consideráveis e, com certeza, as balas perdidas seriam atribuídas à polícia, mesmo sem investigação, perícia ou contraditório; já estamos acostumados com isso, aliás, traficante não indeniza ninguém.

Após a correria, desembarcamos e realizamos uma breve revista no local, encontrando uma pequena quantidade de droga. Atravessei com mais dois policiais a ponte amarela, alguns disparos foram realizados de longe, batiam na estrutura de ferro e se fragmentavam para todos os lados. Já ocupando o outro lado, dei o pronto para iniciar a incursão das demais equipes, dificilmente os criminosos continuariam a resistência contra um efetivo tão grande. Equívoco.

Era possível ouvir diversos contatos com as equipes do CHOQUE, não demorou e escuto uma equipe aos berros pedindo prioridade, não ouvia direito, mas teria alguém baleado. Imediatamente, corri para o local, a equipe já havia socorrido o ferido e, para meu espanto, não se tratava de um policial, traficante ou morador, mas sim um cinegrafista que acompanhava o deslocamento da equipe.

No Rio de Janeiro não é raro que equipes de reportagens fiquem no meio do fogo cruzado, o BOPE até chegou a desenvolver treinamentos para esses profissionais, ensinando técnicas mínimas de proteção em áreas conflagradas. Nesse episódio específico, a equipe usava colete balístico, que não foi suficiente, uma vez que o profissional foi atingido por disparo de fuzil no peito, e seu equipamento não tinha capacidade de proteção suficiente.

A equipe deu todas as orientações, reforçou sobre os riscos da região, mas não impediu, e acredito que legalmente não poderia. A audácia e a vontade pelo furo da reportagem custaram caro nesse dia, infelizmente mais um pai de família foi vítima da violência carioca. Naquele dia, a imprensa, que tanto critica a polícia, conheceu nossa dor e a dura realidade enfrentada por todos os profissionais da segurança pública. Apesar dessa difícil relação, nunca queremos o mal de ninguém, nossa função é servir e proteger a todos, essa morte poderia ter sido evitada.

Controle de distúrbios civis em áreas de alto risco

O ambiente operacional do Rio de Janeiro apresenta muitas peculiaridades: banalização de fuzis, disputas de territórios entre várias facções criminosas, vulnerabilidade extrema do policial, somos atacados pela simples condição de sermos policiais e, em determinadas localidades, não temos a possibilidade, mas sim a certeza do confronto.

Controle de distúrbios civis nunca foi minha especialidade, mas, como o BPCHQ é uma unidade multifunção, estava apto para servir nela. No Rio de Janeiro, todas as forças policiais operam em favelas, com o CHOQUE não era diferente, por isso, acabei me adaptando rapidamente. Outra exclusividade das terras cariocas é o que denominamos de Controle de Distúrbios Civis (CDC) em área de alto risco, necessitando a junção dos conhecimentos de patrulha em áreas conflagradas e distúrbios civis. O policial, além dos equipamentos de menor potencial ofensivo, usa seu armamento letal e escudos balísticos, visto não ser incomum que as equipes de CHOQUE sejam alvos de disparos de arma de fogo de dentro da localidade onde atuam ou até mesmo da própria turba.

Em 2013, o país estava fervendo com manifestações populares, as causas poderiam até ser justas, reivindicar é um direito garantido por lei, fundamental para o processo democrático, que deve ser garantido pela polícia, mas o problema nunca foi o que mas como se exerce esse direito. Geralmente, uma minoria radical e oportunista acabava por deslegitimar os movimentos em prol de mudanças. Nesse momento de excesso e distúrbios, a atuação da unidade era inevitável.

É comum, após ocorrências policiais com resultado de morte durante a operação em comunidades carentes, que traficantes locais determinem que moradores dessas comunidades desçam para a "pista" a fim de causar tumultos, fechando ruas, queimando ônibus, intimidando e agredindo as pessoas que transitam pela região. É claro que esses manifestos não são legítimos, essas pessoas não são manifestantes e sim marginais a mando do tráfico de drogas.

A ideia é simples, tirar o foco da polícia, passando a imagem de que as ações policiais foram ilegais. Não demora muito para aparecerem os oportunistas do caos para darem ouvidos e fazerem eco às reclamações. Não estou dizendo que a polícia não comete ilegalidades, ocorrem, mas estas devem ser apuradas pelos órgãos competentes e, caso comprovadas, exemplarmente punidas. Não é causando distúrbios que resolveremos esse problema, nosso direito termina quando começa o do outro.

Começamos a perceber que esses atos nem sempre ocorriam após a morte de alguém em confronto com a polícia. Durante operação no Complexo da Maré, realizando apreensões atrás de apreensões, começo a escutar no rádio:

— Comandante, estão fechando a linha amarela, colocando fogo em lixos e sofás.

— Avance uma equipe para lá.

Os manifestantes corriam para o interior da comunidade novamente.

— Comandante, estão fechando a linha vermelha.

— Avance uma equipe para lá agora.

Meus pontos dentro da comunidade começavam a ficar descobertos, e os tiroteios voltavam, tinha algo errado, devíamos estar perto de algum objetivo. Liguei o rádio que usava para ouvir a comunicação dos criminosos, quando escuto:

— Aí da *visão*, tem que mandar os *moradó* ir para pista tocar o terror, para tirar a CHOQUE daqui, estão dando um *preju* na gente.

É o que sempre digo, na favela tem basicamente três atores: o trabalhador que, sem dúvida, é a maioria, pois pobreza nunca foi sinônimo de criminalidade; o traficante; e os simpatizantes, pessoas que se beneficiam direta ou indiretamente com o crime, estes são pouco comentados pelos especialistas.

Normalmente, aproveitando o momento de instabilidade, criminosos usam a aglomeração de pessoas e a possibilidade de anonimato para cometer diversos tipos de crimes. São comuns roubos, furtos, dano ao patrimônio público e privado, além de agressões verbais e corporais contra as forças policiais, usando sempre a população civil como escudo. Os agentes químicos não apresentam a precisão de um armamento letal, e, com a atuação das forças de controle de distúrbio, acaba sobrando para todos os presentes, tornando a atitude policial antipática, entretanto, necessária.

Na Avenida Brasil, principal via de circulação da cidade, margeada por inúmeras favelas com forte influência do tráfico de drogas, ocorreu um desses eventos. Mais precisamente na altura das favelas do Parque União e Nova Holanda, criminosos, aproveitando o fechamento da via, em um *pseudoprotesto*, começam a saquear carros e pessoas que se encontravam paradas na via. Acompanhava a movimentação em tempo real pelo centro de comando e controle da unidade, aguardando iminente acionamento das equipes, reportando as informações ao comandante.

— 01, não vai demorar muito, vão começar a roubar as pessoas que estão paradas no engarrafamento e seremos acionados.

Não demorou muito para o coronel receber a ordem de o CHOQUE avançar, sirene toca e todos rapidamente estão prontos para uma ação de CHOQUE rápido. Sabia que, apesar do curto deslocamento, as equipes demorariam a chegar por conta do engarrafamento, montei em uma motocicleta e parti rapidamente para o evento. Chegando ao local, como de costume, foi gás para todo o lado. A manifestação foi debelada em menos de um minuto, era uma correria só, pessoas largando seus carros no meio da rua, viciados em *crack*, que aproveitavam a confusão para roubar e furtar, para sustentarem seu maldito vício, saíam de todos os lados.

Apesar de resolvermos o problema, a população não ficou satisfeita, cheirar gás lacrimogênio não é nada agradável, mas, sem dúvida, é melhor do que ser roubada. Dizemos aqui no CHOQUE que não existe meia ação de CHOQUE, não somos nada delicados. A unidade, quando vai para o terreno, é para decidir; somos uma tropa de intervenção; quer carinho, está no lugar errado.

Não demorou muito e, devido à nossa presença ali, começaram os disparos de dentro da favela em direção à via e às equipes. Nós policiais sabemos o que fazer nesse momento, mas a população normalmente se desespera, e não é para menos. Para os marginais, que se fodam, pois, ao contrário do que muitos pensam, vagabundo não tem consciência social, não tem qualquer responsabilidade, a impunidade é grande e ainda tem gente que prefere a eles. O CHOQUE fez o cerco, desobstruiu a via, contendo a principal ameaça e cumprindo a missão determinada. O BOPE foi acionado, iniciando uma incursão no interior da comunidade, os criminosos deveriam ser repelidos rapidamente, seus disparos colocavam toda a população que transitava naquela importante via em risco.

Operações emergenciais são de altíssimo risco, e essa comunidade está entre as mais complicadas do Rio de Janeiro, alguns fatores explicam a dificuldade de atuação policial ali. Apesar de plana, possui casas com vários andares, onde os criminosos utilizam-se de lajes para atacar a polícia em posições privilegiadas; faz limite com outras favelas de facção diferente, ocorrendo diversos conflitos por disputa de território, explicando o potencial bélico dos criminosos locais, além de vários pontos de barricadas e buracos na via, dificultando os deslocamentos dos veículos blindados.

Esses fatores de risco fizeram o BOPE perder mais um *caveira* nesse trágico dia, mestre na arte de puxar a ponta em uma patrulha de combate, craque do nosso time de futebol, policial diferenciado, possuía várias habilidades. Ao desembarcar de um blindado para retirar um trilho, levou um tiro no crânio partindo do alto de uma laje, chegou a ser socorrido, mas, infelizmente, o ferimento foi fatal. Quando recebi a notícia, não pensei duas vezes, e, mesmo estando no BPCHQ, embarquei no primeiro blindado do BOPE e cai para o interior da comunidade, foi uma madrugada intensa, com diversos confrontos. A unidade, como sempre, não iria parar até encontrar os assassinos.

Eu, com um uniforme diferente, era um alvo em potencial, então, todo desembarque era uma agonia, o filme dos ataques de cima para baixo passava em nossas cabeças, quem poderia ser a próxima vítima. Decidi com a patrulha: vamos desembarcar e deixar o blindado rodando sozinho com o motorista, e, quando os criminosos atacarem o veículo, pegamos todos.

O desembarque foi difícil, coloquei o veículo atravessado na pista e abri a porta na direção de um bar, ali seria nosso próximo abrigo. Sempre fui o primeiro a desembarcar, o comandante deve ser o primeiro a entrar e o último a sair da área conflagrada. No bar, pessoas tomavam sua cerveja como se nada estivesse acontecendo; o ser humano é assim, tem o poder de adaptabilidade, acostuma-se com tudo, até mesmo com o caos e com a morte.

Abrindo a porta lentamente, explodiu uma granada na retaguarda do blindado, erámos monitorados o tempo todo. Sai rapidamente e mergulhei dentro do bar, então, um criminoso de cima de uma laje abriu fogo na minha direção. Os moradores que se fodam para ele, alguns ainda os defendem. Todos se deitaram atrás do balcão, instinto de sobrevivência. Não conseguia nem colocar os olhos para fora, quando escuto um único disparo e uma cascata de água caindo, meu atirador de dentro da torre do blindado tinha pegado o *filho da puta*, lavamos a alma literalmente.

Cessados os disparos, procedemos ao local, subimos a laje e encontramos o criminoso que tinha quase tirado minha vida ainda respirando, agarrado com o seu fuzil bem equipado com uma luneta. Não trouxemos nosso amigo de volta, nosso time e nossa patrulha ficaram desfalcados para sempre, e, ao socorrer aquele desgraçado, fui questionado pelo morador quem pagaria seu prejuízo, então, puto com toda aquela situação, respondi com o coração:

— Vai cobrar do tráfico.

Cavar ou morrer

    Meses depois da morte do sub, voltar àquele terreno não era tarefa fácil, mas precisava superar essa etapa, até hoje me lembro dele me olhando na hora da partida, e, por mais que se tenha preparo e controle emocional, essa tarefa não é fácil para ninguém. Apesar da atuação constante do BOPE na região, a área continuava instável, disputa entre facções criminosas pelos pontos de venda de droga e a atuação da milícia, que anteriormente oprimia a região, inflamavam as tensões no bairro. Quantas vezes tenho que dizer? A polícia não resolve nada sozinha, mas, se não tem ninguém, vamos nós mesmos; eles fazem a *cagada*, e a gente tem que limpar.
    O *modus operandi* da criminalidade pouco tinha mudado, o grande número de criminosos passava o dia dentro da extensa área de mata em local desconhecido, em acampamentos, mudando de ponto toda vez que as equipes de operações especiais chegavam próximas. No final da tarde, os marginais faziam longas caminhadas para ocupar seus postos na favela, curtindo seus bailes *funk* regados a drogas e bebidas, que ocorriam geralmente nos fins de semana.
    Com o levantamento da inteligência da unidade, novo planejamento foi realizado, e, como de costume, na unidade, missões com esse nível de risco têm a presença de mais de um oficial. Ninguém gosta de perder a oportunidade de viver esse momento, apoiar a tropa, disputam por furadas, vai entender. Além de todos estarem engasgados com aquele lugar, pois havíamos perdido um dos melhores policiais que já passaram pela unidade ali. A infiltração não foi fácil, entramos de viatura descaracterizada pela área de uma facção diferente, mas mesmo que a equipe fosse plotada, eles não avisariam, as facções odeiam mais o alemão — como é chamado o rival da outra facção — do que a própria polícia. Essa guerra é por mercado, só os otários acreditam na ideologia, para vender seus livros que contam belas histórias para idiotas úteis.
    Mesmo não recomendado, o deslocamento foi feito pela área de mata à noite, sem a utilização de Óculos de Visão Noturna (OVN), fundamental para esse tipo de missão. O BOPE, apesar das importantes evoluções logísticas dos últimos anos, tem como diferencial ainda a raça e a coragem do

policial, agindo com mais vontade que tecnologia, sendo essa a característica da maioria dos policiais operacionais no Brasil. Até hoje não sei como chegamos ao alto daquele morro, subindo equipados por meio de pedras e matagal, sem ninguém se quebrar ou ser picado por um animal ou inseto peçonhento, é muito brabeza da equipe, os deuses da guerra estavam com a gente.

As informações davam basicamente o horário aproximado e a trilha por onde o *bonde* de marginais passaria, só haviam mudado o itinerário, em torno de 30 estariam no deslocamento, todos armados de fuzis. Me posicionei com a patrulha, mais dois capitães da minha turma comandavam outras equipes e deslocaram-se para suas respectivas posições perto dali; a escuridão não era intensa, a lua iluminava um pouco o terreno.

Meu *canga* (companheiro) de curso, de maneira audaz ou até mesmo suicida, dependendo do ponto de vista, entrou em uma ravina feita pela água da chuva e ficou esperando os criminosos, ganhei o alto do barranco, mas, àquela altura do campeonato, ninguém mais sabia a exata localização das demais patrulhas; o terreno era extremamente complexo, e o mato tinha crescido muito desde a última operação. Alguns detalhes só podem ser observados *in loco*.

Devia ser por volta das 4 da manhã, equipes já a postos, silêncio nos rádios, que também não funcionavam na íntegra por conta de interferências das redes de alta tensão que passavam pelo local. Presumíamos que o evento seria por volta das 5h30, no amanhecer, o que facilitaria o combate, teríamos a oportunidade de apoio aéreo com condições de acionamento, pois, por questões técnicas, só voariam com a luz do dia. Do nada escuto um falatório na direção da trilha, geralmente os criminosos não possuem disciplina de ruído, deslocam-se falando, arrastando os pés, mexendo no armamento, facilitando a nossa identificação. Havia chegado o momento, provavelmente o baile não estava bom, estavam voltando para seus esconderijos mais cedo.

O primeiro contato se deu com a equipe do meu *canga* de curso, o primeiro criminoso que puxava a ponta da patrulha caiu literalmente dentro do buraco, em cima da equipe, só escutei uma rajada de metralhadora cortando o traficante ao meio. É, meu amigo, nem sempre tiro à curta distância é execução, muitas vezes, o confronto é aproximado mesmo. Infelizmente, algumas autoridades desconhecem a realidade policial, julgando sem o devido conhecimento de causa, trazendo prejuízos irreparáveis.

Aquele foi o *start*. A partir desse momento, começou uma troca de tiros insana, em plena escuridão, só era possível enxergar o fogo do quebra-chamas dos fuzis e as munições cortando o mato e rasgando o céu. O maior problema era definir o que era equipe e quem eram os criminosos, e, mais uma vez, foram fundamentais as instruções de acuidade auditiva, visto que os armamentos produzem sons diferentes no momento do disparo, assim, definia nossos armamentos e, consequentemente, nossas equipes.

Os criminosos, ao contrário das nossas equipes, não paravam de gritar:
— Vai morrer, é o *bonde do marreta*. Vai morrer, *alemão*.

A confusão nos ajudou, pois eles, em um primeiro momento, acreditaram se tratar de um ataque de outra facção e ficavam aos berros, tentando intimidar, não conseguiam, e burros denunciavam sua posição, era tudo que a gente queria. A situação evoluiu, não contávamos que podiam ter criminosos no alto da cota, na função de *contenção*. Era um lugar muito ermo, mas, depois do último prejuízo que levaram, tinham colocado um plantão 24 horas por dia ali, o inimigo estava evoluindo.

Geralmente, no combate, quem ganha o alto, ganha a guerra. Começamos a tomar tiros de metralhadora do alto da cota, os *filhos da puta* tinham conseguido comprar armamentos iguais aos nossos; tínhamos demorado anos, e eles já estavam portando. Com os tiros batendo próximos, só deu tempo de cada um procurar um buraco e entrar, abrigo quase zero. Os tiros pegavam cada vez mais perto, só sentia o barro pipocando do meu lado, e, igual a uma cobra rastejando, fui procurar uma salvação, nosso corpo faz movimentos que nem imaginamos quando estamos na *merda*. Já era tarde, todos os buracos que encontrava já tinham alguém dentro, não restou outra opção, troquei o fuzil pela faca e fui cavando meu próprio abrigo, se não fizesse isso rápido, ali seria minha própria cova.

Tirando as longas noites frias do curso em Ribeirão das Lajes, nunca, em toda a minha vida, quis tanto ver o nascer do dia, as trocas de tiro eram intermitentes, vários disparos, várias rajadas e explosões de granadas alternavam com silêncios sepulcrais. Sinceramente, não sei o que era pior. Às vezes, a expectativa da morte é pior que a própria morte. Amanhecendo, não enxergava ninguém, todos cobertos ou abrigados no terreno, falei que era a hora de nos movimentarmos, senão correríamos o risco de sermos cercados ali, seria o fim da equipe. Descendo lentamente, já encontrei um criminoso caído a menos de três metros de onde estava morto, com seu Fuzil Automático Leve (FAL) ainda na bandoleira, conferi se estava mesmo morto, pois, naquele momento, minha preocupação era com a equipe, principalmente a do meu *canga*, as rajadas foram muito próximas da patrulha dele.

Durante as buscas, encontramos vários criminosos mortos, todos armados, e diversos rastros de sangue descendo montanha abaixo. Muitos corpos, sem dúvida, estão lá até hoje. Ainda tenso pela intensidade do confronto, chega o 15 com sua paz habitual e diz:

— 14, você viu? O vagabundo caiu dentro do buraco que a gente estava, cavou a própria cova, a metralhadora rasgou ele no meio, caiu no meio da patrulha, essa eu nunca tinha visto.

— *Porra*, você está maluco se enfiar dentro de um buraco no caminho dos caras? Quer me matar do coração? Quase me fodi com aquele *desgraçado* no alta da cota, tive que fazer um buraco com a minha própria faca para entrar dentro.

— Jesus abençoou.

Com a chegada do apoio aéreo, tivemos segurança para realizar o vasculhamento, mais de 10 fuzis foram apreendidos, e, cumprindo a lei, fizemos questão da realização de perícia no local, é importante que eles também conheçam a nossa realidade. A nossa própria aeronave trouxe a autoridade de polícia judiciária, que eu já conhecia. Depois de uma longa caminhada, ele falou:

— Vocês são loucos? O que aconteceu aqui? Como chegaram aqui? (todos rimos)

Ficamos ali até as 15 horas aproximadamente, com certeza já tinha mais de doze horas de operação, as ocorrências eram relevantes, mais o mais importante é que dessa vez levei toda a equipe para casa; essa é a missão mais importante de um comandante. Tinha superado meus traumas. Quando tiver um, nunca fuja, enfrente. Não fiz isso só por mim, mas por ele, nos encontraremos um dia, mas não agora.

O DIA EM QUE TIVE MEDO EM UMA AÇÃO DE CONTROLE DE DISTÚRBIOS CIVIS (CDC)

Em 2012, estava servindo no BPCHQ, unidade responsável por diversas modalidades de policiamentos como, por exemplo, patrulhamento em áreas de alta incidência criminal, com veículos e motocicletas, escolta de autoridades e o tradicional controle de distúrbios civis. Apesar de não ser minha especialidade, pois era a atividade menos realizada pela unidade à época, haja vista a realidade de estabilidade social, com poucas e pacíficas manifestações populares.

Por ser motociclista, primeiro curso que realizei na polícia, ainda como aluno oficial, e pela formação em operações especiais, entendi que a adaptação na unidade se daria de forma natural, pois também realizava operações de alto risco em favelas, então, minha especialidade na polícia poderia somar em algo. Com a polarização política, as péssimas condições dos serviços públicos, a corrupção de governantes — resultando na prisão de alguns dos ex-governadores do Estado —, a aproximação de eventos internacionais de grande magnitude — Copa do Mundo de Futebol e Olimpíadas —, permitiam grande visibilidade e tornavam o Rio de Janeiro o cenário perfeito para a eclosão de manifestações populares.

Antes de qualquer observação, deve ficar claro que manifestações populares são direitos constitucionalmente garantidos, fundamentais para a manutenção e evolução da democracia, e a Polícia Militar tem a obrigação de garantir esse Direito. Entretanto, nada justifica o cometimento de crimes para alcançar objetivos; manifestação é completamente diferente de agressões e de depredações. O batalhão de CHOQUE, tecnicamente, é uma tropa de controle de distúrbios civis, o que se difere da atuação de controle de multidões, conceito óbvio, mas de difícil compreensão para diversas autoridades, inclusive dentro da própria polícia.

Tecnicamente, a atuação dessa unidade deve ser aplicada como *ultima ratio*, (último recurso). Somente após o esgotamento das demais forças policiais, essa unidade deve ser acionada, chegando em momentos de caos, aplicando a força de maneira gradativa, firme, mas moderada. Os gestores públicos e principalmente políticos querem o resultado em curto prazo, querem o problema resolvido de maneira efetiva, por vezes, priorizando a quantidade em detrimento da qualidade, subutilizando as tropas especiais, fenômeno altamente lesivo, que já vinha vivenciando no BOPE havia muitos anos.

O treinamento foi praticamente abandonado pela PMERJ. As tropas que se destacam no quesito qualidade são as únicas que ainda treinam constantemente seus efetivos. O episódio das manifestações populares de 2013 deixou claro essa vulnerabilidade da Polícia Militar; as tropas convencionais não estavam preparadas tecnicamente e principalmente logisticamente para esse tipo de ocorrência policial.

Existe a previsão dos denominados Grupamento de Ações Táticas (GAT) em cada batalhão da corporação, esse grupamento deveria ser considerado a elite da unidade, possuindo diversos conhecimentos, incluindo controle de distúrbios. Quando os eventos começaram a se avolumar nas ruas do centro do Rio de Janeiro, a polícia começou a entender que quantidade não representa qualidade, que o treinamento é fundamental e faz toda a diferença. O BPCHQ, apesar do grande efetivo, não atenderia todas as demandas, e, por anos, nossas forças ficaram voltadas exclusivamente para o policiamento em favelas, mas a atividade policial é muito mais complexa do que isso.

As manifestações populares apresentavam basicamente uma sequência lógica. Os manifestantes, a maioria bem-intencionada, reivindicavam causas justas, começavam a proferir palavras de ordem, evoluindo para xingamentos ao governador e, como ele estava bem longe dali, protegido por sua numerosa segurança, acabava sobrando para o único representante do Estado presente — a PMERJ. Criminosos infiltrados, verdadeiros descontentes congênitos, muitos jovens alienados somados aos adultos com mágoas históricas e pessoas contra a instituição policial aproveitavam-se do anonimato da multidão para atacar a polícia.

Após o início de desacatos e injúrias coletivas, não demorava muito tempo para voar pedras, latas e até mesmo bombas incendiárias na direção das equipes. Nesse momento, nossa ação estava legitimada, o BPCHQ chegava metendo a *porrada*, e, por mais que parecesse antipático, essa era a única opção, pois o policial, apesar de seu juramento, não está na polícia para apanhar ou morrer. Infelizmente, atuação de Técnica de Menor Potencial Ofensivo (TMPO) não é precisa, mas bem usada não mata ninguém; acabava sobrando para todo mundo, até para a polícia; em distúrbios civis é quase impossível individualizar a conduta.

O dia 20 de junho de 2013 ficou na história. Após intensas manifestações populares, algumas violentas, com o argumento de negação ao aumento das passagens de ônibus e o lema "não vai ter copa", eu até concordava com a motivação, era contra a realização de eventos internacionais superfaturados, os investimentos deveriam ser aplicados em outras áreas mais importantes. Sem entrar no mérito da legitimidade do movimento, que é óbvio, a corrupção no alto escalão do governo corria solta, o governador da época está preso até hoje, as obras do Maracanã foram as mais superfaturadas da história, e que podíamos ter construído vários estádios, hospitais e várias escolas nem se fala, mas nada justifica a implementação da ideia pela força, violência e pelo cometimento de crimes, como ocorreu naquele dia.

O ato foi marcado em frente à prefeitura do Rio de Janeiro, as convocações, via internet, chegavam a mais de um milhão de confirmações; políticos e aspirantes oportunistas a cargos públicos aproveitaram a ocasião para a manutenção de seus currais eleitorais, garantindo suas rentáveis reeleições, incendiando os manifestantes. Aquela manifestação prometia. A ideia era impedir a realização do jogo Espanha e Taiti pela Copa das Confederações. A ordem do comando era clara, o evento teria que ser realizado a qualquer custo, a segurança dos espectadores e dos profissionais que trabalhariam no evento deveria ser garantida pela polícia, ia sobrar para o BPCHQ.

O planejamento foi intenso, estávamos acostumados a trabalhar no Maracanã, principalmente em grandes clássicos. O terreno era conhecido, e, pela primeira vez, todas as quatro alas da unidade foram convocadas, aproximadamente 400 policiais do CHOQUE seriam empregados ao mesmo tempo; sem dúvida, seria um desafio operacional e logístico. Todos os oficiais estavam reunidos na sala do comandante para realizar o alinhamento final, e, apesar de ser o P3 da unidade (chefe de operações), deixei os especialistas do assunto opinarem tecnicamente, me colocando à disposição para ajudar. A palavra final deveria ser dos técnicos em Controle de Distúrbios Civis (CDC), o que não era o meu caso.

Pensando na utilização plena dos meios e no fator psicológico, fundamental em qualquer ação policial, sugeri a utilização do veículo blindado. Apesar de não ser para esse uso, poderia dar proteção às equipes, ser utilizado com plataforma de lançamento de agentes químicos, além do impacto intimidador contra agressores. Os especialistas contraindicaram, mas, como sou teimoso, preparei o veículo, reuni minha equipe e assumi minha missão. Fui designado a formar a última linha de proteção do estádio, minha equipe era uma das mais bem preparadas da unidade, formada pelos policiais da seção de instrução especializada, mas, de fato, ali dificilmente seríamos empregados.

Entediado, assim como minha tropa, queria entrar em ação. Dali, só era possível visualizar torcedores dentro da mais completa ordem. Próximo a uma unidade do Exército Brasileiro, via grande mobilização, e, segundo um oficial dessa força, estavam de prontidão 500 homens para qualquer intercorrência, e, mesmo sabendo que a *merda* sempre sobra para a PMERJ, me senti mais confortável. Atento ao rádio, comecei a perceber que a tensão entre os oficiais da unidade só aumentava, era questão de tempo para evoluir a situação, nossa atuação era inevitável.

Os manifestantes começaram a se aglomerar em volta da tropa da cavalaria que protegia a Prefeitura, que ficou cercada pela multidão. Um indivíduo, querendo iniciar a tão almejada confusão, deu um murro em um dos cavalos, deve ter machucado a mão, sendo este o estopim da correria. Iniciou-se uma chuva de tudo que poderia ser jogado contra a polícia, dando início a maior ação de controle de civis da história recente da unidade. Pelo rádio, só ouvia o comandante da unidade coordenando as equipes com bombas de efeito moral explodindo ao fundo, de onde estava, cerca de uns dois quilômetros de distância, ouvia o tumulto e o som característico de uma turba; olhava para a equipe e, mesmo sem falar nada, entendia a pergunta estampada na cara deles. O que estamos fazendo aqui, chefe?

Pedi autorização para proceder em apoio, foi negada. Minha missão era proteger o estádio, o jogo ainda estava em andamento, me senti mal, mas ordens são ordens, e a missão deve ser cumprida sempre. Com o término do jogo, e após vários pedidos de prioridade, equipes do CHOQUE encontravam-se encurraladas sem munição, então, não pensei duas vezes, embarquei no blindado junto com a equipe e partimos para a crise. Chegando pela rua de trás da Prefeitura, o cenário era caótico, pessoas correndo para todos os lados, gás lacrimogênio no ar, bombas de efeito moral explodindo, e a todo momento equipes policiais encurraladas por uma multidão enfurecida.

O blindado, utilizado para operações em favelas, cravejado de balas, teve o efeito psicológico esperado. Ao começar a subir as calçadas, buzinando, foi uma correria total. Foi o tempo suficiente para os bravos policiais convencionais saírem de uma condição de grave risco, pois encontravam-se sem qualquer equipamento de proteção individual ou *antidistúrbio*; pedradas com pedras portuguesas fazem um estrago, podem até matar.

Durante o deslocamento, aconteceu uma das cenas mais inusitadas da minha carreira como policial. Um indivíduo ajoelhou-se na frente do blindado e, abrindo uma bandeira do Brasil, repetiu a histórica cena ocorrida na Praça da Paz Celestial, na China, que ele deve ter visto nos livros deturpados de história. Estávamos em prioridade, policiais estavam em risco, inclusive de vida, criminosos escondidos no meio de manifestantes avançavam protegidos por tapumes de obras, arremessando pedras e *coquetéis molotov* nas equipes, parecia uma linha de choque inimiga, e, naquele momento, nada me pararia.

Após buzinar e verbalizar de dentro do blindado, ordenando que o pseudopatriota saísse da frente do carro, não restou alternativa além de desembarcar. Ao abrir a porta e descer com a calibre doze, com munições de menor potencial ofensivo, disparando ao solo, foi suficiente para o manifestante correr, aliás, deve estar correndo até hoje. Escutei de dentro do blindado:

— Meu amigo, aqui não é a China, é uma democracia, e, para ajudar um companheiro em perigo, metemos bala de borracha mesmo. (de maneira enérgica, sempre dentro da legalidade).

Depois, descobri que essa cena foi gravada por outra manifestante, sendo um dos vídeos mais visualizados na internet na época. A imagem mostra policiais descendo de um veículo blindado, conhecido como *caveirão,* e atirando contra um homem desarmado, um idealista portando uma bandeira nacional. Descontextualizada, a imagem representa a implementação de uma ditadura violenta, um exemplo claro de violação de direitos humanos, e assim era narrada.

Cabe a ressalva de que os disparos foram de advertência, nenhum passou nem perto do cidadão, senão este teria aparecido rapidamente na imprensa, cheio de advogados nos denunciando. A ação foi realizada após tentativas frustradas de ordens verbais, usando devidamente as regras de uso progressivo da força e, o mais importante, os policiais estavam em emergência, nossa paralisação colocava em riscos os companheiros. Que sirva de ensinamento — imagens nem sempre demonstram a realidade dos fatos.

Após o rompimento da resistência, e dado o devido apoio aos companheiros, fornecendo munições, as tropas agruparam-se e receberam novas orientações, pois a turba enfurecida deslocava-se pela Avenida Presidente

Vargas, no centro do Rio, quebrando tudo o que via pelo caminho. Formando uma única linha de choque, não era possível preencher todas as vias. Ao se aproximarem de um viaduto, criminosos travestidos de manifestantes arremessavam lá do alto paralelepípedos, e, se acertassem qualquer policial, a lesão poderia ser letal. Avançamos com o blindado que, naquele momento, funcionava perfeitamente como um carro *antidistúrbio*, subindo o viaduto pela contramão, dispersando os agressores, foi bala de borracha para todo lado, somente assim as equipes começaram a avançar no terreno.

No deslocamento tático, a posição do blindado era atrás da linha de escudos, e, apesar do emprego máximo de efetivo, nossas forças não eram suficientes para cobrir as largas ruas do centro da cidade. Do nada aparecem mais viaturas; aquelas, eu conhecia de longe, o BOPE, pela primeira vez na história da PMERJ, havia sido acionado para atuar em uma ação de CDC. A atuação conjunta das unidades era comum em operações nas áreas de alto risco, mas em CDC era algo inédito. A história da polícia acontecia sob os meus olhos.

Apesar da falta de prática, vários oficiais do BOPE eram oriundos do CHOQUE e, juntamente com o nível de adestramento daquela tropa, foram possíveis a rápida adaptação e o emprego tático. A integração era perfeita, eu, o comandante e o sub tínhamos acabado de sair de lá. Agora sim, a linha de choque estava completa. Ao subir na torre do blindado é que tive a dimensão do tamanho da multidão, não era possível enxergar o final dos manifestantes, as estimativas indicavam um milhão de pessoas, e o rastro de destruição era terrível, sinais e placas de trânsito, veículos e lojas ficaram todas destruídos.

A turba recuava, arremessando tudo que era possível na direção da tropa; fogos explodiam sobre nossas cabeças, ali vi a importância dos pesados escudos e equipamentos que costumávamos carregar. Por estar no alto da torre do blindado, somente minhas munições de lacrimogênio chegavam no meio da multidão, e, quando isso acontecia, era um barulho que dava medo, parecia um gol do Flamengo no Maracanã multiplicado por dez, aquele barulho nunca mais saiu da minha cabeça, e, naquele dia, tive medo em uma ação de CDC.

Até hoje me questiono sobre o risco, só bastava um indivíduo, com um bom poder de convencimento, para jogar aquela multidão em direção às nossas equipes, era praticamente um milhão de pessoas sendo empurradas por 200 policiais no máximo. A dispersão era necessária, mas os riscos extrapolavam todos os limites do aceitável. Se em vez de retraírem, avançassem, ficaria ruim de segurar aquela grande massa.

No deslocamento, passamos em frente ao monumento de Caxias, patrono do Exército, normalmente vigiado 24 horas por dia pelas tropas das forças armadas. A imagem incomodou — arruaceiros depredando e subindo em um dos nossos heróis nacionais —, e logo me perguntei, de maneira silenciosa, cadê os quinhentos homens do Exército, pois seriam úteis nesse momento, mas tinham desaparecido, não estavam nem mesmo protegendo suas instalações. Ali reafirmei o que já sabia: a *merda* sempre sobra para a PMERJ, que fica cotidianamente com as medidas antipáticas. Como ser uma polícia cidadã em uma sociedade sem cidadania?

Após o lançamento de incontáveis munições químicas, a multidão foi dispersa. Alguns indivíduos quase caíram em plena Baía de Guanabara, policiais do próprio CHOQUE abriram os portões das barcas, permitindo a entrada dos que utilizariam aquele transporte. A cidade estava destruída, o estrago seria pago por todos nós. Aquele dia ficou para história negativa da cidade, marginais jogaram a multidão contra a polícia, e a democracia foi violentada, não pelas forças de segurança, mas sim por vândalos e marginais que mancharam uma gigantesca mobilização nacional.

Reivindicações sempre serão bem-vindas, vivemos em uma democracia e jamais devemos abrir mão dos nossos direitos, e a polícia tem obrigação de garanti-los, somos forças de Estado em defesa do povo. Mas, enquanto não entendermos que o cometimento de crimes deslegitima qualquer ato popular, não evoluiremos como sociedade, e o CHOQUE estará sempre pronto para cumprir qualquer missão.

Crise no museu do índio

O Rio de Janeiro estava tenso, manifestações contrárias ao governo estadual ocorriam quase todos os dias na cidade, o batalhão de CHOQUE ficava constantemente de prontidão, era comum ficar uma semana inteira na unidade sem regressar para casa. As operações, os patrulhamentos e o controle de distúrbios diários colocavam à prova a capacidade de versatilidade da unidade. Os eventos internacionais dariam a divulgação necessária para os oportunistas, que manipulavam a grande massa; essa era a oportunidade perfeita para chegar ao poder.

As reformas no complexo esportivo do Maracanã, superfaturadas, tornaram-se alvo de manifestações, causa justa, mas, como de costume, o problema nunca foi a motivação, mas sim a maneira como eram conduzidos os movimentos reivindicatórios. Ao lado do complexo esportivo, havia uma construção em ruínas, ocupada por moradores de rua e usuários de drogas, mas, no passado, era ocupada por índios, apresentando importância histórica e cultural para pessoas dessa etnia.

A partir da divulgação da demolição do prédio, manifestantes, dentre eles alguns índios, ocuparam o prédio, queriam uma destinação diferente da proposta pelo governo. Após embate ideológico, político e jurídico, a justiça determinou a desocupação do imóvel, e essa missão ficaria a cargo do batalhão de CHOQUE. O cenário político era caótico, denúncias de corrupção e superfaturamento nas obras, confirmadas posteriormente pelas investigações; políticos, autoridade e a imprensa, todos oportunistas, esperavam ansiosamente uma falha nossa, para aferir seus lucros de sempre. Mais uma vez a polícia na linha de frente para a operacionalização de outra ação antipática.

O oficial de justiça estava de posse da ordem judicial, mas o cumprimento não seria fácil, mais por questões políticas, pois as operacionais estavam dominadas. O combate dos bastidores, por vezes, é mais complicado que as missões de enfrentamento contra criminosos armados. Planejamento realizado e *brifado*, o cerco amplo incluía o fechamento da Avenida Radial Oeste, umas das principais vias de acesso ao centro da cidade, o que, em plena sexta-feira, traria graves problemas de trânsito. Apesar da importância viária, aquela região era uma importante área de escape, e, em caso de uma eventual ação de intervenção da CHOQUE, não poderíamos correr o risco de ninguém ser atropelado.

Pela experiência adquirida no BOPE, minha missão seria a negociação, tentaria que os manifestantes saíssem sem a necessidade de uso da força. A situação era complexa, famílias inteiras, idosos e crianças, além dos mesmos baderneiros de sempre, e, devido à proximidade, alguns alunos da Universidade Estadual do Rio de Janeiro (UERJ) mataram aula e aderiram à resistência. Com o cerco formado, a determinação aos policiais era clara, ninguém adentraria na área de intervenção policial sem a autorização do gerente da crise, o comandante da unidade. Interferências externas poderiam potencializar a resistência, o uso da força não era interessante para ninguém, sendo a última opção.

Desde o início, sabia que não seria uma negociação fácil, pedi auxílio da psicóloga da unidade, pois, além de sua qualidade técnica e profissional, a presença da mulher no CHOQUE humanizava mais a unidade, que é reconhecida por suas ações de uso de força. A abordagem inicial foi complicada, os índios não queriam diálogo, agressivos, portando arcos e flechas, ameaçavam a integridade física de quem se aproximasse.

Os demais ocupantes da instalação, verdadeiros descontentes congênitos, só dificultavam a negociação, tentando deslegitimar a atuação policial, colocando os índios contra as autoridades constituídas. A ideia era retirar os índios da crise, os demais manifestantes profissionais estavam ali só para tumultuar, só sairiam na base da força, esse era o objetivo deles — buscar as lentes oportunistas da mídia, que estava ali somente para divulgar a truculência policial.

A negociação não evoluía, quando escuto no rádio que um conhecido deputado estadual chegava ao local, só a presença dele já instabilizava as forças policiais. Um hipócrita, pago pelo dinheiro público para criticar fervorosamente a Polícia Militar, e, ao sofrer ameaças, não se furtou em solicitar a escolta policial que tanto criticava. Assumo, não tinha nenhum apreço por essa autoridade desde a época do BOPE, que, por sinal, foi quem o elegeu; ele fazia críticas oportunistas à unidade que faziam sucesso entre maconheiros e vítimas da sociedade. A pessoalidade não interessa para os servidores públicos. Na missão, o que vale é o profissionalismo, ele poderia ser útil e, de fato, foi.

Autorizada a entrada, abordei o deputado e, antes que ele chegasse ao local da negociação, tivemos uma rápida conversa, a ideia era usá-lo como interlocutor.

— Deputado, estamos aqui com o mesmo objetivo, resolver essa crise da maneira menos traumática possível, não permitirei que o senhor inflame os manifestantes.

— Com certeza, capitão, estou aqui para ajudar.

Como bom político, jamais entraria em rota de colisão comigo naquele momento e, para ser justo, a participação dele foi fundamental para o sucesso da negociação. Durante a conversa, percebi que ele não parava de olhar para a caveira no meu peito, era muita frustração, será que gostaria de ter feito o curso? Mas, infelizmente, não é para qualquer um. Ele não resistiu e, em tom de desdém, perguntou:

— Capitão, desculpe a pergunta, mas qual a formação do senhor em negociação e gerenciamento de crise?

— BOPE do Rio de Janeiro. (era isso que ele queria ouvir, e, se desse uma *merda*, esse seria o argumento, mais voto no radar)

— Ótimo, temos um policial altamente qualificado para resolver essa crise.

Quanta falsidade, mas nas operações também aprendemos a ser dissimulados, principalmente quando lidamos com esse tipo de situação. As coisas ficaram mais fáceis, com exceção dos alienados, os índios começaram a ceder, meu objetivo inicial foi alcançado, crianças e idosos saíram do edifício. A cobertura midiática era grande, e, nesses casos, diversas autoridades com veias artísticas aparecem rapidamente, conhecemos bem, são quase umas *autoridades popstar*.

Com a negociação bem encaminhada, escuto no rádio que um procurador da República e um advogado geral da União queriam passar pelo cerco. Me dirigi até o local e perguntei para o sargento:

— O que está acontecendo?

— 01, esses cidadãos encostaram a viatura e, sem desembarcar, colocaram a carteira funcional para fora, mandando a gente tirar as viaturas.

A velha e boa carteirada. Infelizmente, algumas autoridades se enxergam superiores a outras no Brasil, confundem poder fiscalizador com superioridade hierárquica, se sentindo chefes da polícia, mas, quando pegam um policial preparado, esclarecido e bem orientado, rapidamente são colocados no seu devido lugar.

Me aproximei das autoridades.

— Posso ajudar?

— Você é o comandante? Este policial não quer deixar a gente entrar, eu sou defensor público, e ele é um procurador da República.

— Bom dia, o policial está certo e cumprindo ordens. Essa área está sob intervenção policial. Logo, quem determina quem entra e sai somos nós, até porque temos riscos e, se acontecer algo com os senhores, a responsabilidade será nossa. Não vejo problema algum na entrada de vocês, mas dando carteirada e tentando intimidar meus policiais não é a maneira certa, os senhores, como conhecedores da lei, sabem bem disso.

Nós policiais somos estereotipados como burros e ignorantes, principalmente por determinadas autoridades públicas, mas, quando confrontamos com conhecimento e educação, e assim deve ser feito, ficam sem argumentos, é um tapa na cara sem as mãos e, melhor ainda, sem responder por qualquer crime.

O comandante me chama:

— Novo, o governador não para de ligar, perguntando por que a medida judicial estava demorando tanto para ser cumprida. Falando que o trânsito da cidade estava dando um nó por conta dos fechamentos.

— 01, evoluímos muito já, tiramos adultos e crianças, mas a negociação não tem prazo definido, o trânsito que se *foda*.

— Faça seu trabalho, não estou nem aí, já até desliguei meu telefone, somos técnicos. (esse tinha peito, não estava preocupado com o cargo ou a carreira, exceção no nosso mundo)

Negociação concluída, crianças e idosos fora, os índios solicitaram fazer uma reza, antes de sair, em homenagem aos antepassados ali sepultados. Não vi qualquer problema e autorizei. Já ia me retirando com a sensação de dever cumprido quando observo a chegada de equipes do BOPE, aquilo me chamou a atenção, como as autoridades não conseguiam falar com o comandante do CHOQUE, mandaram a unidade de operações especiais para resolver o problema. Que *merda*, a presença deles desestabilizou todo o ambiente, índios com medo de morrer, deputados e autoridades querendo fazer da ocorrência um palanque, rapidamente a paz se transformou em caos por conta de uma ordem irresponsável. O BOPE não tinha culpa, cumpria ordem, mas, em vez de ajudar, só atrapalhou naquele dia.

Situação controlada, pedi que os companheiros se retirassem, e, como iria para uma operação em uma favela na parte da tarde, pedi autorização ao comandante para partir para a unidade. Na saída, fui parado pelo deputado.

— Capitão, com licença.

— Pois não, deputado.

— Gostaria de agradecer e elogiar o seu profissionalismo. Se a PMERJ tivesse profissionais do seu nível, teríamos outra realidade na nossa segurança pública.

— É o meu trabalho, e aqui nós nunca perdemos ou vencemos sozinhos, somos uma equipe.

Virei as costas e fui embora, seria uma longa tarde, sabia que aquilo era mera política, mas meu voto jamais ganharia, já estava vacinado. Chegando à unidade, ao ligar a televisão, vi o CHOQUE entrando no edifício — tiro, *porrada* e bomba para todos os lados — ao contrário do que tínhamos acertado na negociação. Sem entender o que ocorria, descobri que o comandante intermediário, funcionalmente acima do meu comandante, havia chegado ao local e determinado a entrada da unidade. Era uma medida política, *atécnica* e desnecessária, expondo a unidade, bem como seu efetivo, dando motivo para que os inimigos da polícia faturassem com mais uma ação truculenta.

Sinceramente, fiquei muito puto, perdemos a oportunidade de tirar 10 naquela ocorrência. Naquele dia, não tomei nenhum tiro, o máximo de risco seria uma flechada, mas, nessa ocorrência, aprendi que, por vezes, lidar com autoridades e políticos é mais complicado do que com traficantes, com estes o confronto é direto. A atuação da unidade repercutiu, o deputado não perdeu a oportunidade e rapidamente instaurou uma investigação por meio de uma Comissão Parlamentar de Inquérito (CPI), responsabilidades deveriam ser imputadas.

Absurdo completo. Adivinha quem foi investigado? O comandante da unidade e o profissional elogiado como negociador que passou rapidamente de exemplo a incompetente e violador de direitos humanos. O coronel, autor da ordem, nem aparece nos autos, e, segundo informações extraoficiais, seria amigo do investigador. Infelizmente, na política e na polícia é assim, a distância entre o sucesso e o fracasso é muito mais perto do que vocês imaginam.

13 mortos no Fallet

Sempre almejei duas coisas na polícia: ser *operações especiais* e trabalhar na formação. Era instrutor e, depois de uma longa jornada no BOPE, havia assumido a nobre missão de ser comandante do corpo de alunos do Centro de Formação e Aperfeiçoamento de Praça (CFAP). Os astros haviam se alinhado, consegui uma transferência para a escola de praças, que, naquela época, era responsável pela formação de aproximadamente 1.000 alunos. Tenho que assumir, bateu uma insegurança, tinha dúvidas se estava preparado para tamanho desafio, estava muito tempo fazendo a mesma coisa, minha vida era praticamente só operações.

Fui agradecer ao comandante que havia me ajudado na transferência. Amigo, havia sido meu comandante no BOPE havia pouco tempo. Ocupava o cargo mais importante da instituição e não tinha mudado em nada sua postura, mantinha a mesma humildade de sempre, não perdi a oportunidade e perguntei:

— 01, como faço para cumprir bem essa missão?

— Seja você mesmo.

Ouvindo isso dele, entendi que estava preparado. Sem dúvida, esse foi o momento mais feliz e gratificante da minha carreira, e, mesmo com a falta de praticamente tudo, principalmente nas áreas de recursos humanos e logística, era possível ver o resultado do trabalho, mas, infelizmente, fiquei apenas poucos meses lá.

Recebo um telefonema de um ex-comandante que atuava como chefe das unidades especiais da polícia.

— Fala, Novinho, e essa moleza aí no CFAP?

— Muito bom, 01, qualidade de vida total.

— É, mas aí não é lugar para você, preciso que você volte, será o subcomandante do CHOQUE.

Um *caveira* assumiria a unidade e precisaria da minha ajuda, e, como já tinha servido ali, poderia ajudar. Mesmo sem ter trabalhado com ele, sua competência era conhecida por todos; pessoalmente, não me interessaria — com filho pequeno, trabalhando perto de casa —, voltar para operacionalidade não era a melhor opção. Não negamos missão, ainda mais para ajudar um camarada, nossa mochila está sempre pronta, mais uma vez priorizava o profissional em detrimento do pessoal.

Com apenas semanas de unidade, somos recebidos com uma guerra na região central da cidade, mais precisamente no bairro onde ficava a nossa unidade — o Estácio. Os morros do Fallet e Fogueteiro, velhos conhecidos, tentavam invadir o vizinho, Coroa, dominado por facção rival, e, tentando proteger seus mercados, os aliados do São Carlos saíram rapidamente em apoio, gerando confrontos armados, apavorando a população ali residente.

Mais uma guerra estava instalada, traficantes disputam seus mercados, população no meio do fogo cruzado. Nesse caso, não tem alternativa, a polícia que vá lá colocar a cara para resolver o problema. Uma operação do Comando de Operações Especiais (COE), envolvendo BOPE, BAC e a gente do CHOQUE, foi iniciada para estabilizar a região. Pela experiência, não existe cenário melhor para operar, e, em relação a resultado, de regra, a facção que invade não conhece o morro e não tem o apoio da população local, aumentando consideravelmente o número de denúncias.

De acordo com o planejamento, o CHOQUE, por possuir o maior efetivo, ficaria com os morros do Fallet e Fogueteiro, possivelmente a área de onde tinham saído os invasores. Equipes no terreno, até então os confrontos eram moderados, logo no início, uma das equipes *bateu de frente* (entrou em confronto) com um criminoso que fazia a *contenção* de uma *boca de fumo*, e, ao realizar disparos em rajada contra os policiais, foi baleado, ficando por ali mesmo.

Equipes do GETEM, um dos grupamentos de motociclistas da unidade, formadas por três motocicletas e cinco homens, todos armados de fuzil, faziam o cerco quando receberam uma denúncia, criminosos teriam entrado em uma *van* escolar, não pensaram duas vezes, partindo em perseguição.

Esse policiamento é o mais eficiente da polícia atualmente, brincamos que é mais fácil fugir do diabo do que desses camaradas; com motos potentes, especialização e treinamento constante, é a tropa com mais resultados no CHOQUE. Ao realizar a abordagem, usando um dos lemas da unidade, demonstração de força para não precisar usar, os criminosos se renderam rapidamente, atuação precisa e cirúrgica, uma ocorrência com reféns crianças naquela altura do campeonato traria vários transtornos operacionais.

A unidade já estava com diversos resultados operacionais, a operação entrava na fase de estabilização, tentar enfrentar o CHOQUE com seu numeroso efetivo não é interessante, é questão de tempo para as ocorrências começarem a aparecer. O chefe da inteligência me liga, informando que tinha acabado de chegar na seção um Disque Denúncia com informações precisas e relevantes. Disque Denúncia é um instrumento em que a população passa informações sobre crimes e criminosos, gerenciado por uma organização não governamental, sem relação com as polícias, garantindo o anonimato do denunciante, trazendo bons resultados.

De regra, o próprio policial não leva muita fé no instrumento, alguns chamam inclusive de disque vingança, pela quantidade de denúncias infundadas, principalmente contra a própria polícia. Segundo a denúncia, criminosos estariam escondidos no interior de uma residência, próximo a um dos acessos do morro, tentando fugir das equipes do CHOQUE. Analisei o documento e vi que havia fundamento diante do cenário atual na favela. De posse da denúncia somada a informações relativamente precisas, como endereço e *modus operandi*, determinei que as equipes mais próximas procedessem ao endereço com toda a cautela.

A comando do chefe de operações da unidade, um capitão experiente, a equipe procedeu à localidade, o morador, muito nervoso, franqueou a entrada das equipes, informando que não teria ninguém em sua residência, mas que uma segunda casa nos fundos do terreno estaria desabitada. As equipes bateram na porta, que estava trancada, e, instantaneamente, inicia-se o ataque dos criminosos, que estavam escondidos dentro da residência, os tiros vinham de dentro da casa e, sem alternativa, as equipes responderam de maneira incisiva.

Não demorou muito, e meu telefone tocou. O capitão informou que o Disque Denúncia tinha batido e que a equipe estava com uma expressiva ocorrência, informei ao comandante e procedi para o local. Chegando lá, os paramédicos da unidade realizavam o socorro dos feridos, todos os policiais estavam bem e nove criminosos eram socorridos gravemente feridos. O cenário era de guerra, a casa estava destruída, era sangue, munição e armas para todos os lados; fuzis, granadas e pistolas deixavam claro o poder de fogo daquele *bonde* de vagabundo, os traficantes não estavam para brincadeira.

Normalmente, o pós-ocorrência é mais complicado que qualquer confronto armado contra traficantes. Imediatamente, começaram as pressões externas, autoridades ligando, imprensa questionando e a população simpatizante do crime preparando suas manifestações por ordem do tráfico local. Não demorou a que um grupo de populares tentasse fechar uma das ruas principais de acesso à comunidade, a imprensa estende logo o microfone, fato explicável, vivem de tragédia, são oportunistas do caos.

Escutando a faixa de comunicação dos criminosos, era possível ouvir as ordens dos traficantes:

— Manda os *moradó* pra pista, toca o terror, chama a imprensa, esculacho que fizeram no morro, mataram *os irmão*.

Essa história é comprada por muitos, já estamos acostumados, pois normalmente só um lado é ouvido. Às vezes, me questiono — será que trocamos tiros sozinhos no morro? Conter manifestações é a nossa especialidade, as equipes procederam rapidamente, gás em todo mundo, e os simpatizantes do tráfico voltaram para dentro de suas casas.

Ao final dessa ocorrência, nove mortos, número, de fato, expressivo, mas no confronto, apesar de considerável violência, todas as mortes aconteceram dentro da legalidade; resistência armada só se responde de uma maneira, com arma. Fuzis, pistolas e granadas foram retirados de circulação, havia mais armas do que criminosos, agora era esperar os mesmos oportunistas de sempre aparecerem para dar *porrada* na polícia.

Área estabilizada. Enquanto a perícia ocorria, me dirigi até a unidade, que fica a menos de um quilômetro do morro. Muitos questionamentos atormentavam minha cabeça, mas um detalhe naquele evento me chamava a atenção. Uma porta, que dava para um terreno baldio, estava aberta. Os criminosos preferiram o confronto a fugir, eles não costumavam ser tão corajosos assim. Alguma coisa não batia.

Quando estive no local, fiz o vasculhamento pessoalmente na área, encontrando um fuzil e nada mais, mas aquela situação me incomodava, meu sexto sentido policial queria me dizer algo. Almoçando com um rádio na minha frente, sintonizado no canal que os criminosos usavam, escuto uma voz baixa, sussurrando:

— Da visão, na escuta, tudo calmo, a CHOQUE já foi, não abandona a gente aqui, papel. (repetidamente, sempre baixo e apreensivo)

Estava explicado. Aquela fala só poderia ter um significado, alguns criminosos estavam escondidos perto das nossas equipes, e os que morreram deram fuga para alguém importante da quadrilha, por isso, combateram tentando segurar as equipes; nada mais importante que ler o cenário, pois a favela fala.

Deixei o prato pela metade, peguei uma equipe e voltei para o morro. Reuni todos e determinei:

— Vamos bater a *porra* toda aqui, casa por casa, tem vagabundo escondido aqui ainda.

Apenas duas casas após o evento da troca de tiro, ao bater na porta da casa, escutamos lá de dentro:

— Perdi, meu chefe. (meu pressentimento estava correto)

— Fiquem calmos, sem esculacho, deixem as armas aí dentro e saiam sem camisa, com as mãos para cima, um de cada vez, vocês são quantos?

— Cinco, chefe, sem esculacho.

— Podem sair, garanto sua segurança.

Cinco criminosos saíram de dentro da casa, e, dentre eles, o 02 do morro, um velho conhecido da polícia. Estava certo, o confronto anterior tinha por objetivo segurar o CHOQUE para que o chefe fugisse, e os protestos não eram tão legítimos como o noticiado. Após os procedimentos legais e administrativos, várias armas foram encontradas no interior da casa. Antes de sair, o líder dos marginais pediu para falar comigo:

— Aí, chefe, tem um desenrolo, não posso perder essas armas não, o morro está em guerra, a gente já foi de dura, então, 150 mil para deixar as armas dentro da casa, que os garotos pegam depois.

— Você me conhece, está vendo essa caveira aqui no meu peito, *porra*, não me deram, eu conquistei! E está vendo essa farda aqui, é o CHOQUE, maior batalhão de polícia do mundo. (minha vontade era dar uma *porrada* na cara daquele *filho da puta*)

Tentou me oferecer 150 mil reais não para não ser preso, mas para deixar o armamento dentro da casa. Segundo ele, o morro estava em guerra e não poderia perder as armas.

Aquela operação deixou claro uma coisa: é o criminoso, de regra, que escolhe o destino dele; acompanhamos isso em ocorrências idênticas, nas quais os que reagiram morreram e os que se renderam foram presos. A imprensa e alguns órgãos públicos tomaram seu lado, até aí nenhuma novidade, já estamos acostumados, divulgaram que o novo comandante do BPCHQ queria transformar a unidade em um novo BOPE, que em apenas semanas de comando já haviam cometido uma chacina.

Chama a atenção que na cobertura diária da imprensa, que durou semanas, somente a ocorrência com resultado morte teve destaque, os presos e a tentativa de suborno ficaram totalmente de fora de qualquer pauta jornalística. Claro, pauta positiva — ainda mais da polícia — não vende.

Peritos contratados, testemunhas de acusação e familiares dos mortos davam sua versão sobre o ocorrido: execução sumária. O total de mortos na operação, 13, eram todos jogados na conta do CHOQUE, buscando sempre um maior impacto e a manipulação da opinião pública.

As medidas persecutórias penais foram mais do que exaustivamente repetidas, depoimentos em sede de polícia judiciária, Ministério Público, questionamentos da Defensoria Pública, Ordem dos Advogados do Brasil (OAB) e, principalmente da imprensa, duram até hoje. Pode parecer clichê, mas nunca vi tal empenho nos casos de mortes de policiais, olha que já vi algumas, já relatadas neste livro. A impressão que tenho é que há uma mensuração do valor das mortes, algumas se investigam, outras nem tanto, a imprensa manipula os órgãos públicos que, por medo ou vontade de aparecer, empenham-se mais ou menos em determinados casos.

A Polícia Civil que, de regra, tem uma relação conturbada com a Polícia Militar, isso não é segredo para ninguém, fez seu trabalho de maneira exemplar, com profissionalismo e probidade, emitindo desde os relatórios preliminares a ausência de crime por parte dos policiais, segurando uma pressão imensurável. Informações como quantidade de disparos realizados, distância dos disparos e ausência de preservação do local do crime eram facilmente desconstruídas pelas circunstâncias da própria ocorrência. Confrontos em ambiente confinado não têm outro resultado, os disparos são realizados à curta distância, inclusive à queima-roupa, a quantidade de disparo depende do poder de fogo do inimigo, e a preservação do local do crime possui incalculáveis variáveis.

Dentre todas as curiosidades relacionadas a essa ocorrência, duas chamaram a atenção. Na primeira, durante um debate em um canal específico de jornalismo, a comentarista ou especialista em *porra* nenhuma comenta:

— Essa ocorrência está muito estranha. Em confrontos, sempre temos baixas dos dois, e nessa só morreu gente de um lado.

Desconhecimento ou manipulação da informação. Para os policiais que colocaram sua vida em risco ali é revoltante, mas é uma realidade, pois grande parte da imprensa não gosta da polícia, isso é fato, tentam colocar a população contra as forças policiais a todo momento. Gostaria de perguntar para a bem remunerada jornalista qual foi o confronto policial que ela já participou e se para ela, nesse caso específico, teria que ter morrido um policial militar também, para a ocorrência ficar menos estranha. Por vezes, me pergunto se é desinformação ou mau-caratismo. Na verdade, é um pouco de cada coisa.

Mais intrigante ainda foi o ato probatório da reprodução simulada, adiado algumas vezes. Segundo a Polícia Judiciária, o Ministério Público fazia questão de participar. A cobertura da imprensa parecia um circo, qualquer policial, inclusive os mais experientes, mesmo com a certeza da legalidade dos seus atos, se sentiriam desconfortáveis naquela situação. O comandante fez questão de acompanhar todo o ato. Chegando ao local, fomos cumprimentar todas as autoridades, algumas eu já conhecia. Um fato me chamou a atenção, era a primeira vez que via a participação da Defensoria Pública em uma reprodução simulada, não me lembro de ter estudado na faculdade ser essa uma das atribuições desse órgão, mas, como meu conhecimento jurídico é limitado, posso estar equivocado; mas que, no mínimo, era incomum, temos que concordar.

Delegados e promotores possuem entre suas atribuições a função investigativa, apesar de entender que, nesse caso, como a jurisprudência, trata-se claramente de crime militar, devendo ser investigado pela própria Polícia Militar. Discussão que aqui não vem ao caso, a presença de defensores públicos chamava a atenção, o que faziam ali, e, quando os vi, não resisti, criando um mal-estar.

— Pessoal, fiquem tranquilos, apesar de estarem sem advogados, quaisquer dúvidas podem ser tiradas com os defensores públicos, eles estão aqui para defender os investigados.

Uma aberração jurídica. Sabia claramente que os defensores estavam ali para defender os interesses das famílias dos mortos, deixaram isso claro em várias entrevistas. Para investigar, tinham a Polícia Civil, o Ministério Público e o próprio inquérito Policial Militar. A defensoria aqui se transformou em órgão acusatório ou órgão fiscalizador da atividade investigativa. É muito perigoso quando se empregam ideologias em órgãos fundamentais da justiça, os agentes públicos devem trabalhar baseados no princípio da impessoalidade, dentre outros, e ali não era isso que observávamos.

As equipes foram intervir em uma guerra de facções criminosas que colocavam milhares de pessoas em risco, quase morreram em uma troca de tiro, pouco vista em qualquer parte do mundo; apreenderam armas de guerra e, no final, estão sendo questionados por seus atos. Tem horas que achamos que estamos sozinhos, parece estar todo mundo contra, uma completa inversão de valores; quem paga com isso é a sociedade, que observa inerte a escalada do crime. Aonde vamos chegar com isso tudo?

Cárcere privado de policiais

Ser instrutor é uma das funções mais gratificantes na polícia. Ensinar é uma dádiva. Nos cursos do BOPE, pelo alto nível de exigência, alunos e instrutores sofrem juntos, criando vínculos que duram a vida inteira. De regra, os *caveiras*, após a formatura, permanecem na unidade, e não poderia ser diferente, o alto investimento e a gama de conhecimentos devem ser empregados exclusivamente em um batalhão de operações especiais.

Já os *catianos*, nome dado aos formados no Curso de Ações Táticas (CAT), dependem de questões administrativas para permanecerem na unidade. Em um dos cursos em que fui instrutor, identifiquei um aluno que, provavelmente, já havia me encontrado com ele em outro momento da carreira.

— Aluno, te conheço de onde?

— No CFAP, senhor.

— Você é aquele aluno que foi criado na roça e morava no interior do Estado? O que está fazendo aqui, *porra*? Não temos vaca para você tomar conta não.

Sempre fui um instrutor bonzinho, e, para sacanear o aluno, já tinha muita gente, eu tinha o coração mole. No final do curso, o agora *catiano* teve que regressar à sua unidade, uma pena, pois, depois de tanto sofrimento, todos querem vestir aquele uniforme preto. Mas faz parte, antes de tudo, somos policiais militares. Perdi contato com o militar, o nome dele sempre estava em uma lista de transferência para a unidade, o que nunca aconteceu.

Em mais um dia de serviço, um sargento de minha extrema confiança me chama para uma conversa.

— 01, está sabendo o que aconteceu com aquele garoto *catiano* lá do interior?

— Morreu. (é sempre a primeira coisa que pensamos)

— Não, o moleque bateu de frente (não concordou) com umas sacanagens lá na área dele e tomou um bico para um dos piores batalhões da capital. Está na *merda*, me procurou para ver se podia ajudar ele.

— Vamos ajudar, pede para ele dar um voo aqui.

— Já está aí.

Policiais oriundos do BOPE, quando chegam a outras unidades e veem o brevê do BOPE no seu peito, são colocados em alguma furada. Com ele, não foi diferente, Posto de Policiamento Comunitário (PPC) de uma das piores favelas do Rio de Janeiro.

Após o primeiro serviço, o policial não aguentou o que viu e saiu direto da sua unidade para o BOPE, basicamente implorando ajuda. Quando ele começou a contar, eu não acreditei.

— 01, entramos de serviço no posto, e os criminosos locais trancam a gente lá dentro por fora, abrindo somente no dia seguinte, e ainda esculacham, passam de um lado para outro, armados, só falta colocar a *boca* na porta da base.

Absurdo, era um verdadeiro cárcere privado de policiais dentro do próprio posto policial. Por mais corajosa que fosse a equipe, nada poderia ser feito, pois, em inferioridade numérica e bélica, qualquer ação ali seria suicídio. Esse tipo de policiamento não existe, só expõe o policial em diversos sentidos.

Essa era novidade, mas na PMERJ a gente está sempre se surpreendendo, o crime não tem limites de audácia. Pensei como poderia ajudar o companheiro, antes de qualquer coisa, tinha que garantir a integridade física do policial. Após a operação, saberiam que foi ele que passou a informação para o BOPE, então, a primeira medida foi garantir a transferência dele de unidade. Há males que vêm para o bem, e aquela humilhante situação levou ele, finalmente, para o BOPE, mas tínhamos que fazer alguma coisa. Essa afronta não poderia ficar assim.

Preparamos a operação. O acesso até a base era realizado com o carro do próprio policial, não tinha viatura à época. Então, o policial pegava seu veículo particular, entrava na favela, cruzando bocas de fumo e criminosos armados até seu posto de policiamento, e, como o veículo já era conhecido, não tinha problema. A PMERJ já tentou várias vezes a implementação de policiamentos permanentes no interior de favelas, PPC, Grupo de Policiamento em Áreas Especiais (GPAE) e agora as UPPs, todos sem sucesso prolongado. É fato que esse tipo de policiamento é vulnerável e, por mais que não tenha uma capacidade contundente de reprimir o tráfico, ainda existe em larga escala.

Reuni os *operações especiais* da equipe, tínhamos que dar uma *porrada* nesses caras, mas a ação era de alto risco, então, colocaríamos os uniformes convencionais e entraríamos com o carro do policial, nos passando por integrantes do PPC. O carro do policial tinha *insufilm,* o que facilitaria nosso trabalho; três dos nossos teriam que se somar ao policial, no caso, dois, porque uma vaga era a minha, não podia perder essa, fui obrigado a dar a famosa *divisada*, a polícia ainda é baseada na hierarquia e disciplina. A ideia era entrar para o PPC e, quando os criminosos montassem a *boca* perto do posto, sairíamos pegando todo mundo.

O risco era alto, pois se fôssemos descobertos, seríamos quatro contra o morro todo, nossas equipes não poderiam se aproximar, visto que isso mudaria toda a rotina do morro, podendo estragar nossa ação. Os demais policiais do PPC foram escalados em outros policiamentos, para não ficarem sabendo da ação, não podiam ser expostos a riscos desnecessários. A parte mais difícil da missão foi escalar os dois que iriam comigo. Naquele dia, sem dúvida, perdi algumas amizades, os caras quase saiam na *porrada* para entrar em uma furada assim. Vai entender, coisas do BOPE.

Depois de muita briga, dois sargentos usaram do mesmo argumento que eu, a antiguidade. A discussão nos fez perder minutos preciosos, atrasando o que seria a assunção do policiamento. Logo na subida do morro, já identifiquei dois elementos armados com fuzis colocando as barricadas, e minha vontade ali já era descer abrindo fogo, mas o sargento mais experiente falava:

— Segura, 01.

O policial, que conhecia a rotina, piscou o farol do carro, e o criminoso chamou a atenção do policial.

— Está atrasado, não vou ficar colocando e tirando as barricadas por sua causa não, *Pompeu*.

Pensei que nunca veria um absurdo desses na polícia, o vagabundo fiscalizando o horário da tropa. O policial começou a ficar nervoso, porque no horário que costumava passar não via essa quantidade de homens armados ali, tinha alguma coisa de errado, os traficantes, em vez de irem embora, ficaram parados, só observando. Se notassem policiais diferentes dentro do carro, com certeza iriam estranhar, eles conheciam todos os policiais do PPC.

Percebi que logo acima, em um corrimão, em uma posição privilegiada, tinham mais dois criminosos fazendo a *contenção* do morro. Com a situação, o policial havia parado o carro um pouco antes, chamando a atenção de todos. Os criminosos que colocavam as barricadas fizeram um sinal para avançarmos, tive que tomar uma decisão rápida, não poderia colocar todos em risco. Com a aproximação, pegaríamos os dois da rua, mas seríamos alvos fáceis para os posicionados no alto do morro, seríamos atacados de cima para baixo, sem qualquer possibilidade de abrigo.

Dividi os alvos e ângulos de responsabilidade, determinei:

— No três, saímos. Eu pego o *contenção*, e vocês, os da rua. Você rala com o carro daqui.

A ação foi perfeita, desembarcamos sabendo o que cada um tinha que fazer, neutralizamos os agressores, o fator-surpresa fez toda a diferença, as armas dos criminosos que barricavam a via foram recuperadas, os demais, mesmo atingidos, desapareceram. Ficamos pelo menos uns 30 minutos abrigados, tomando tiro de todos os lados, até que a equipe de apoio chegasse. Voltamos lá algumas vezes, não sei em que condições ficou o PPC, nem se mudou o procedimento, acredito que, finalmente, tenham tirado os policiais daquela condição, o *catiano* ficou com o carro todo furado, mas valeu a pena, finalmente estava no BOPE.

Somos uma família, mexeu com um mexeu com todos

O BOPE possui várias leis internas subliminares, uma das principais é a união de seus integrantes, principalmente nos momentos difíceis; mexeu com um, mexeu com todos. Ainda tenente recém-chegado à unidade, certa vez, um major antigo comentou:

— Aqui na unidade não existe essa figura de plano de chamada, não é necessário ligar para os policiais de folga, quando um de nós é baleado em serviço; é automático, todos aparecem na unidade rapidamente, largam a família e o segundo emprego.

Na função de chefe da reserva de armamento era quase que protocolo, policial baleado tinha que abrir a reserva e dobrar o efetivo, aparecia policial de folga, férias e até mesmo de licença-médica. Os sentimentos de irmandade e camaradagem são um dos pilares da unidade, que têm reflexos diretos na vitimização dos policiais da unidade. O que digo aqui pode incomodar muita gente, mas criminoso de alta periculosidade só respeita o que teme, a resposta contra um ataque às forças policiais tem que ser dada de maneira rápida, efetiva e dentro da legalidade. O vagabundo pode até me colocar na alça e massa do fuzil dele, mas tem que pensar mil vezes antes de atirar. Matar um policial nunca pode valer a pena, deve ser a assinatura de sua sentença de morte ou prisão, ele escolhe.

Um dos casos mais emblemáticos que demonstraram a união da unidade foi a morte de um cabo, *catiano* experiente, combatente habilidoso nos becos e nas vielas, além de exímio chargista. Representava perfeitamente a rotina da unidade, sempre de maneira bem-humorada, sem ofender ou desrespeitar pares e superiores; exemplo disso é que adorava retratar os oficiais e nunca foi preso ou transferido da unidade, sem dúvida, era um dos mais queridos, fazia parte da família BOPE.

Na época em que foi morto estava na função de segurança do comandante da unidade. Administrativamente, os comandantes de unidade da PMERJ possuem motoristas, e os do BOPE, especificamente, possuem segurança. Mesmo contra a vontade de muitos, tornaram-se figuras públicas, principalmente após o filme *Tropa de elite*. Por vezes, seu rosto era mais conhecido que o do próprio comandante-geral, deviam ser preservados, representam a unidade.

O comandante, no caminho para a unidade, costumava deixar sua filha na escola. Nesse dia, o cabo de serviço aguardava o coronel à porta. Ocorreu um roubo e, ao tentar intervir, nosso policial é baleado na cabeça por integrantes de uma moto que estavam na cobertura dos assaltantes. Em estado grave, foi rapidamente socorrido pelo próprio coronel, para o hospital mais próximo; o comandante de dentro da escola correu, mas quando chegou já era tarde, os criminosos já tinham fugido, nem imaginavam a besteira que tinham feito.

Estava de serviço no dia e parti para o apoio, tiramos o comandante do local a fim de evitar exposições desnecessárias. Conversando com testemunhas, todas foram enfáticas, os criminosos roubavam por ali todos os dias e costumavam fugir para o morro mais próximo do local do crime. Criminalidade não é sinônimo de pobreza, se fosse, o sertão nordestino só teria criminoso; nas favelas, moram pessoas trabalhadoras, mas é fato que os criminosos utilizam essas áreas para fugir e se esconderem da polícia, saem cometendo seus crimes e voltam para o interior das favelas, essa rotina se repete constantemente.

Buscando câmeras e informações com colaboradores, chegamos aos autores, todos do morro que desconfiávamos, então, já tínhamos um destino. O comandante ordenou — mas nem precisava — ocupação por tempo indeterminado, só sairíamos de lá com os criminosos presos, mas, como costumam reagir, sairiam mortos. Erámos operações diárias; fiquei junto com a minha equipe mais de 72 horas ininterruptas no morro. Nada fora da legalidade funcionava, todos os pequenos delitos eram coibidos. Policiais de férias e de licença compareciam voluntariamente à unidade, as outras demandas da unidade não cessaram, logo precisávamos de efetivo extra.

A voluntariedade era tanta que, um policial que estava internado no hospital da corporação, ao saber do fato, pediu alta ao médico, ele estava com dengue, não tinha a menor condição clínica de sair, mas, com a negativa acertada do médico, arrancou o soro, vestiu-se à paisana e fugiu. Nesse momento, precisamos de todos, então, o doente ficou na administração, liberando um apto da atividade para ir para o combate; isso é espírito de equipe. Posteriormente, chegou um documento pedindo a punição do policial, o comandante rasgou e deu um elogio. Sensacional.

O morro estava morto, começamos a operar nas favelas mais próximas com influência da mesma facção criminosa, deixando claro que, se recebessem os criminosos, também teriam de aturar o BOPE lá dentro 24 horas por dia. Nosso recado era claro, o motivo da nossa ação era a captura dos assassinos do cabo, mototáxi sem habilitação não rodava, baile *funk* sem autorização não acontecia e o tráfico foi praticamente extinto, causando inúmeros prejuízos financeiros, não demoraria muito tempo para agir.

Na época, a relação entre traficantes e ladrões nem sempre era amistosa, pois o roubo atraía a polícia para dentro do morro, atrapalhando os negócios. Hoje, essa realidade vem mudando, o próprio traficante rouba ou fornece armas para os denominados "157" roubarem, todos fazendo parte de uma mesma rede criminosa. La pelo quinto dia, já com as equipes cansadas, batendo na mesma casa pela terceira vez, andando pela região de mata próxima e nada, sem ao menos identificar um rastro, vem a notícia que não queríamos, nosso companheiro, depois de tanto lutar, havia morrido.

Foi a motivação que faltava. Intensificamos o patrulhamento, me lembro até hoje de ir visitar o companheiro no hospital, lutando pela vida, assim como fazia no BOPE, com o crânio inchado pelo ferimento, tentando vencer aquela batalha individual, mas era muito difícil, todos temos limites. Depois dessa, não podíamos deixar de fazer justiça por ele, por nós e, principalmente, por sua família.

Quando a desesperança já abatia a todos, recebo um telefonema da seção de inteligência da unidade, uma denúncia no disque BOPE acabava de chegar.

— 01, chegou uma denúncia aqui, agora, que os assassinos estão em uma Kombi próximos à casa do bispo.

Peguei a primeira viatura e parti a mil por hora, pois, na minha cabeça, se estivessem tentando fugir, nenhuma Kombi passaria pela equipe sem ser revistada. Chegando próximo ao evento, observo um veículo com as mesmas características da denúncia estacionado no canto da via, desço rápido, a vontade de pegar os caras era imensa. De longe, não parecia ter ninguém dentro, aí a surpresa.

A aproximação foi com toda a cautela, poderia ser uma armadilha, nossa ação incomodava muita gente. Observando pela janela, vejo dois homens amarrados no interior do veículo, eram os caras. O tráfico não bancou a gente ali todos aqueles dias, o prejuízo era imenso. Como dizemos no bom *policialês,* ninguém segura bronca de ninguém, ainda mais no crime.

Confesso que me segurar e segurar a equipe naquele momento não foi fácil, os policiais estavam tentados a passar todo mundo, fazer justiça com as próprias mãos, mas, como comandante, não poderia colocá-los nessa situação. Sabia da benevolência do nosso sistema penal em relação às penas, e, principalmente, com a progressão de regime. Não demoraria muito tempo, e aqueles marginais estariam na rua roubando outras pessoas e assassinando outros policiais, mas, concordando ou não, temos que cumprir a lei, o maior prejudicado somos nós, pois prender policial no Brasil é muito fácil.

Esse caso traz muitas reflexões. Uma polícia respeitada é fundamental para aumentar a segurança de seus agentes, e, como criminosos desse nível de periculosidade só respeitam o que temem, temos que ser temidos por eles. Nunca mais veremos nosso amigo, nunca mais riremos com suas charges, mas, nesse caso, com o suor de todos fizemos justiça para mais esse combatente. Nossos combatentes estão no céu rindo da sua genialidade.

O crime compensa?

O nosso código penal, da década de 1940, sempre traz a discussão, principalmente dos profissionais de polícia, se nossa legislação está atualizada para inibir a criminalidade atual e se os agentes de segurança pública possuem as ferramentas ideais para combater o crime contemporâneo. No tocante às penas, não estamos tão mal, o código ainda é rigoroso quando comparado a diversos países do mundo, acredito que o problema está nas condições de progressão de regimes e nas inúmeras possibilidades de diminuição da pena. Resumidamente, criminosos de alta periculosidade saem muito rápido da prisão no país.

Não é raro que durante as operações prendamos velhos conhecidos. Pontos como a perda do benefício de primariedade, que só ocorre após o trânsito em julgado, fomentam a impunidade, principalmente em uma justiça lenta e com inúmeros instrumentos recursais como a nossa. Somado a esses fatores, as condições dos sistemas prisionais brasileiros, de regra, não cumprem o papel de ressocialização, funcionando, na prática, como verdadeiras escolas e verdadeiros escritórios do crime, dando a impressão para o policial de ponta de estar sempre enxugando gelo.

Sargento do BOPE, apaixonado por paraquedismo, camarada calado e de sorriso fácil, com anos de unidade, somando experiência sem perder a humildade, foi vítima não só de um assassino portando armas de guerra, mas também da leniência penal e da inércia legislativa. O autor dos disparos não foi nenhum juiz ou parlamentar, estes, de regra, estão bem longe do fogo inimigo, mas suas ações possuem reflexos que podem ser trágicos, causando perdas irreparáveis que, por vezes, nem tomam conhecimentos.

Após a assunção de um *caveira* como comandante-geral, devido ao alto risco da função, decidiram que a função de segurança aproximada dessa autoridade seria realizada por homens do BOPE. A atividade de segurança de autoridade acabou sendo um *refrigere* (desaceleração) para alguns policiais da unidade, que estavam na guerra há muito tempo. Diversas tropas combativas pelo mundo realizam o sistema trifásico — treinamento, operações e descanso —, mas aqui não funciona, é guerra o tempo todo. O policial, durante a folga ou as férias, mesmo fora da atividade de confronto, corre mais risco de ser vitimado fatalmente; os números provam isso.

A atividade operacional é cruel, e o tempo de afastamento pode custar caro, porque reflexos e técnicas ficam prejudicados após longos períodos fora das operações. Era normal trocarmos as equipes de proteção do comandante-geral, era mais justo com todos fazermos um revezamento. Nesta vida aprendi que dificilmente driblamos a morte, não é que devemos ir intencionalmente ao seu encontro, não somos suicidas, mas quando ela chega, é a nossa hora.

O Rio de Janeiro sofria um novo fenômeno, a interiorização do crime. Após a implementação das UPPs, alguns criminosos perderam espaço em suas comunidades com a presença constante da polícia, indo buscar outros territórios. Baixada Fluminense, São Gonçalo e até mesmo municípios longe do Rio, como Macaé, Cabo Frio e Angra do Reis, viram seus índices de criminalidade aumentarem vertiginosamente.

Um novo desafio estava lançado para o BOPE, operar em favelas desconhecidas e com características diferenciadas. O município de Queimados, na Baixada Fluminense, sofria com a disputa de novos pontos de drogas por facções criminosas, aterrorizando milhares de pessoas. Os batalhões locais, ainda se adaptando à nova realidade, não conseguiam conter os problemas sozinhos, fazendo com que o comandado da corporação lançasse mão de suas unidades especiais.

Em uma dessas guerras, nossa equipe de serviço foi acionada para mais uma operação emergencial. Chegando à comunidade, já à noite, identificou um rastro recente de criminosos em uma trilha, tudo indicava que haviam fugido por ali. Progredindo com técnica, respeitando as disciplinas de luzes e ruídos, a patrulha continuava o avanço de maneira lenta, com a visão prejudicada. Nesses casos, é praticamente impossível não denunciar a posição, pisando em folhas e galhos secos caídos no solo, a produção desses mínimos ruídos pode ser mortal. Do nada, o silêncio e a escuridão foram interrompidos por rajadas de fuzis vindas do interior do mato; marginais esperavam nossas equipes que, naquele momento, caíram em uma emboscada fatal.

A única reação possível era diminuir a silhueta, respondendo ao fogo, principalmente com as metralhadoras que, por sua alta cadência de tiros, conseguiram conter o ataque. Infelizmente, já era tarde, um dos nossos estava gravemente ferido. Prontamente, a equipe de paramédicos agiu, tentando conter a intensa hemorragia com todo o esforço, nossos anjos da guarda, a perfeita junção de enfermeiro e combatente, mas não conseguiram evitar o pior, mais um *bopeano* derramava seu sangue, mais um herói anônimo partia sem o devido conhecimento ou reconhecimento da sociedade que jurou defender mesmo com o sacrifício da própria vida, e, para tristeza de todos, o juramento estava cumprido.

O impacto de uma morte na unidade é gigante, e, apesar de ruim, nunca podemos perder esse reflexo, nunca podemos nos acostumar, o ser humano tem essa característica, e, apesar dos altos índices, perder um policial não é normal. A mobilização na unidade, como de costume, era enorme, policiais largavam tudo e se apresentavam na unidade, esperando as ordens do 01. A resposta seria dada, porque o que muitos chamam de vingança, para nós, era justiça, os assassinos pagariam pelos seus crimes, na cadeia ou no cemitério. Nossa inteligência identificou onde os criminosos tinham se escondido em uma comunidade próxima; após uma *cagada*, se escondem feito ratos, geralmente em outras favelas de influência da mesma facção criminosa.

Peguei a equipe e parti com sangue nos olhos. Era a primeira vez que operaria nessa comunidade. Anda, anda e anda e nada de chegar, que lugar longe do cacete, esses longos deslocamentos eram um novo desafio para nossa logística. O local de operações logo me chamou a atenção, pois, ao contrário das favelas da região metropolitana, densamente povoadas, esta possuía extensas áreas de mata, sítios e ruas largas; sem dúvida, seria um combate diferente.

Apesar da complexidade do terreno, me sentia confortável, tinha acabado de voltar do curso de operações especiais na Colômbia, onde a maior *expertise* daqueles combatentes era nesse tipo de terreno, havia aprendido muito com eles. Mandei o blindado seguir até o final da rua, objetivando movimentar os criminosos, mas, como esperado, nenhum sinal deles. Uma estratégia bem eficiente é tentar pensar igual ao marginal — estão do outro lado, mas também são combatentes —, fazendo a pergunta mentalmente: se fosse ele, o que faria aqui? Assim como a gente quer sobreviver estando com a vida em risco, mesmo os opostos possuem algo em comum.

Observo uma ladeira de barro, com algumas barricadas, me chamou a atenção porque aqueles obstáculos ali — era óbvio — estavam protegendo alguma coisa. O alto daquela cota me dava uma visão privilegiada de todo o terreno; sem dúvida, se fosse criminoso, por segurança seria ali meu esconderijo. Chegando ao alto do morro, iniciamos o vasculhamento de algumas casas, uma senhora apareceu na varanda, tentei contato com ela:

— Bom dia, a senhora está sozinha em casa?
— Com os meus filhos, se quiser entrar, fica à vontade.

É sempre bom tentar conversar com os moradores de maneira velada, sem os expor ao tráfico, e, principalmente onde o crime é recente, e a população ainda não apoia ou se beneficia indiretamente dele, geralmente surgem informações relevantes. Nesse caso, vi que não havia necessidade, não havia nenhum indício ou fundadas razões para entrar ali, então, insisti no contato e perguntei.

— Quem mora na casa aqui do lado?
— Não conheço.
— A senhora mora aqui há quanto tempo?
— Mais de 20 Anos. (respondeu entrando assustada, batendo a porta)

Nossas reações passam informações subliminares. Com a experiência policial é possível interpretar facilmente. Agora, sim, tinha fortes indícios, pois como não sabemos quem são nossos vizinhos morando 20 anos no mesmo local? Ela sabia, só não queria falar, mas falou. Olhei com toda a cautela por cima do portão e observei uma casa grande, com amplo quintal, parecendo estar desabitada, chamei um companheiro para entrar comigo, já que na polícia não fazemos nada sozinho.

O portão estava entreaberto e, ao forçá-lo, produzi um barulho, arrastando-o. Agora não tinha outra opção, entramos com tudo, nunca ficamos parados no denominado cone da morte. Quase que instantaneamente um marginal, portando um fuzil, saiu de dentro da casa pela porta da frente, agimos rápido, começamos a disparar, a legítima defesa é real ou iminente, então, nesse caso, não espere atirar em você, atire primeiro.

Um comparsa saiu pelos fundos, veio em nossa direção e abriu fogo, abrigado em uma pilastra já na varanda da residência, foi só colocar na alça e massa e puxar o gatilho. Parecia até um formigueiro sob ataque, não parava de sair vagabundo de dentro da casa, mais dois saíram atirando em nossa direção, tentando fugir para um terreno baldio nos fundos da casa, mais um atingido nas costas, execução. No papel, até parece, mas, na realidade, é extremamente comum, em nossa atividade, criminosos atirarem fugindo. Não julguem sem conhecimento de causa, nem tudo é o que parece.

O quarto pulou o muro e sumiu. Esses traficantes têm pacto com o diabo, não estava tão mal de tiro assim, não é possível. Não me preocupei, outra equipe pegaria ele, pois quando ouvimos tiros, sempre nos deslocamos na direção, e, enquanto uns correm, nós vamos de encontro ao problema. A quantidade de munições e carregadores dos criminosos me impressionou, todos com mais de cinco carregadores de fuzil, cada um com suas pistolas e seus rádios, estavam preparados para o enfrentamento. Os dizeres gravados nos armamentos denunciavam sua origem, não tinha erro, eram da favela onde perdemos nosso companheiro horas antes. Não tinha certeza se o assassino havia sido neutralizado, mas alguém já estava sendo responsabilizado.

Não demorou muito para ouvir disparos ao longe, as outras patrulhas tinham capturado o fugitivo. O nível e o poder de fogo dos armamentos chamavam a atenção, ainda mais naquela região pobre com mais característica de roça do que favela. O poder do tráfico nunca pode ser subestimado, fuzis americanos, russos e alemães nos confins da Baixada Fluminense, o problema é muito maior do que imaginamos.

Concomitantemente, equipes de inteligência da unidade buscavam informações sobre os assassinos, se estavam entre os feridos. Não demorou muito para encontrar o autor que com o vulgo Angolano se exibia nas redes sociais portando seu fuzil, consumindo maconha, vestido com uma roupa camuflada. Após breve pesquisa, chegamos a uma informação revoltante, aquele rosto não me era estranho, e, nos nossos bancos de dados, ele constava como capturado há menos de três anos, havia sido preso portando um fuzil, dentro de uma casa em uma favela no Rio de Janeiro. Mas, na ocasião, não apresentava a arrogância das fotos, chorava feito uma donzela, mas na internet todo mundo é valente.

Por uma coincidência trágica do destino, o autor da prisão anos antes foi o policial assassinado, o mundo dá voltas. Nosso policial fez seu papel, tirou um monstro das ruas, colocando sua vida em risco, poupou toda a sociedade do convívio com um animal desse tipo, mas a vida cruzou o destino dos dois mais uma vez e, dessa vez, o bem levou a pior. Aqui não é filme, vivemos a realidade que nem sempre é bela. À época, não existia a lei 13.497/17, que tornou hediondo o crime de porte ilegal de arma de fogo de uso restrito, como fuzis, por exemplo, permitindo que o marginal, mesmo cometendo essa grave conduta, saísse da cadeia com menos de três anos de encarceramento.

Definitivamente, a lei não acompanha a velocidade dos fatos. A importante evolução legislativa chegou somente em 2017, mas policiais no Rio de Janeiro tomam tiro de fuzil desde a década de 1990. Hoje estamos sendo atacados por fuzis calibre .50, que inviabilizam qualquer tipo de proteção pessoal balística. Temos que agir rápido, mas como não são os policiais que produzem as leis, e não são os legisladores que estão morrendo no enfrentamento direto à criminalidade, sinceramente não acredito que mudaremos na velocidade de que precisamos.

Trabalhamos com leis de paz em períodos de guerras irregulares, criminosos afrontam o Estado e a sociedade; para eles, o crime compensa. Mesmo que a revolta seja substituída por trabalho, fica difícil não agir por emoção em alguns momentos. Perder um companheiro — insubstituível —, pai de família e profissional dedicado, pelas mãos de um vagabundo que anos antes havia sido preso, é desolador. Todos os dias, quando acordo, me questiono se vale a pena, tenho a resposta, mas continuaremos lutando por nós e principalmente por eles, que não morreram em vão.

Policiais caçados

O Rio de Janeiro, com relação à segurança pública, apresenta muitas peculiaridades: territórios onde não há a possibilidade e sim a certeza do confronto, proliferação de armas de guerra nas mãos de criminosos, grande densidade populacional e, a principal, policiais são caçados pela simples condição de serem policiais, sendo esse motivo suficiente para execuções de agentes do Estado.

A vitimização policial é um drama na história da corporação. Durante o serviço e, principalmente, na folga, os números impressionam. Estudo recente, realizado por uma comissão especial, demonstra essa dura realidade. Fazendo uma proporção do efetivo empenhado e as baixas (mortos e feridos), constatou-se que os números da PMERJ superam os de militares americanos empenhados nas guerras regulares do século passado, inclusive as duas mundiais. Em suma, os números comprovam que ser policial no Rio de Janeiro é mais arriscado, numericamente falando, que ter participado das principais guerras regulares recentes no mundo.

Perdemos o número de companheiros mortos e feridos em atos de serviço principalmente durante a folga. Segundo diversos estudos na área, esse período concentra, em média, 80% dos casos de vitimados. O tema é complexo. A busca pelo entendimento e a consternação de ver companheiros nessa situação me forçaram a estudar profundamente o tema, trilhando o caminho de outros estudiosos. Pelo viés criminológico, busquei explicar se a polícia que mais mata é a polícia que mais morre, analisando as mortes e os ferimentos de policiais militares decorrentes de ações criminosas nos anos de 2017 e 2018. Os números são absurdos, explicações temos muitas, mas o fator determinante é o ambiente. Ser policial aqui não é para qualquer um.

Muitos casos chamam a atenção. Companheiros que se tornaram tetraplégicos, atacados enquanto levavam a esposa ao médico, outros emboscados ao sair do trabalho, mais nenhum me chocou mais do que o de um garoto, aluno oficial, assassinado a metros do portão das escolas da formação PMERJ. Durante a formação de oficial de polícia, criamos muitos vínculos. Na época da academia, realizada em três anos em regime de internato, por bem ou por mal, tornávamos os companheiros de profissão uma quase família, só podíamos contar uns com os outros.

A relação entre o terceiro e o primeiro ano de formação, veteranos e *bixos*, perdura durante toda a carreira. Sempre fui próximo dos meus *bixos*, era considerado o veterano mais *sugão* (exigente), não teve um dia sequer que não fizesse umas flexões com eles, era a minha forma de demonstrar carinho. É incrível como ali gostamos de *ralar*, é o pensamento de treinamento duro, combate fácil. Quanto mais ralava, eles mais gostavam. Foram os melhores anos da carreira, sabia que aquilo não era a realidade, o pior estaria por vir depois de formado.

Em pleno carnaval de 2008, estava em casa nas últimas horas de sono, para assumir mais um serviço de oficial de operações no BOPE, quando toca o meu telefone, e, se tocou de madrugada, é *merda*. Na polícia, ninguém te liga para dar um bom-dia. Um companheiro de turma me informa que um *bixo* (maneira como é denominado carinhosamente os alunos do 1º ano da academia de polícia) havia sido baleado ao sair do serviço próximo à academia. Não pensei duas vezes, e, como morava perto, montei na moto e partir para o local.

Como não sabia onde tinha ocorrido o evento, fui direto para a academia. Chegando lá, o cenário era péssimo, alunos cabisbaixos e chorando pelos cantos, ver aquela cena me incomodou profundamente. Perguntei onde tinha ocorrido a agressão e fui na direção indicada, metros da escola, de longe já via a viatura parada e muitas pessoas observando o corpo daquele garoto, uma barbaridade; incrível como o ser humano gosta de ver a desgraça alheia. Me identifiquei aos policiais que preservavam o local do crime e fui verificar, precisava ver com os meus próprios olhos, não podia ser verdade, um garoto com um futuro promissor, com um tiro à queima-roupa na cabeça, o inimigo existe e é cruel.

Comecei a colher as informações, o *bixo* executado estaria saindo do serviço, acompanhado de um companheiro de turma, e, a metros da academia, foram abordados por criminosos armados, que pediram suas armas. Alunos oficiais não possuem armas, tiram serviços desarmados, ou estão armados apenas durante o serviço interno. Nesse caso, não tinham a menor chance de defesa. Para aqueles que ainda acreditam, o marginal é covarde, mata por prazer, aqueles garotos não ameaçavam em nada os assassinos, morreram só por serem policiais.

Conversando com o outro aluno, ainda em estado de choque, entendi toda a dinâmica do crime. Segundo ele, os dois, ainda sonolentos por terem passado a noite em claro em um serviço no sambódromo — é sempre assim, a PMERJ garante a diversão do povo —, saíram da academia por volta das oito horas da manhã. Eles não perceberam que estavam sendo seguidos e a uns 500 metros da academia foram abordados por outro carro, de onde saíram três homens armados com pistolas e fuzis, pedindo as armas. Os dois pararam o carro e correram, sendo que um deles escorregou e foi executado à queima-roupa, o outro fugiu, não havia alternativa, e, escondendo-se dentro de um frigorífico, os assassinos o procuraram sem sucesso.

Não tem outra explicação, o crime foi premeditado, os assassinos estavam esperando o primeiro policial sair da escola para executá-lo e tomarem sua arma, e, nesse dia, os cadetes foram os desafortunados, poderia ser qualquer um. Covardes, cruéis e calculistas, a ousadia desses marginais não tem limite, o bairro onde fica a academia de polícia é cercado por vilas militares, o fluxo de policiais é enorme, os bandidos perderam todo o respeito, algo deveria ser feito imediatamente.

O garoto, dedicado, poderia escolher qualquer profissão, mas decidiu ser policial por vocação. Perder um companheiro nunca é fácil, e, por mais que fiquemos calejados, isso nos corrói internamente. Aquela pessoa era o amor de muitas outras, foi um impacto grande, havia acabado de me formar, ainda estava conhecendo as mazelas de ser policial em uma sociedade tão violenta.

Tirei o meu serviço e só pensava naquela cena — um garoto de menos de 20 anos, que estudou se dedicou, jogado no chão, assassinado por vagabundos que de vítimas da sociedade não tinham nada. Eles cometeram aquela barbaridade por opção, pela escolha de uma vida mais fácil. Montei uma comissão de enterro e partimos para o cemitério para prestar a última homenagem, tinha um pouco mais de um ano de formado e já conhecia o cemitério perfeitamente. Sabia da admiração que todos os alunos sentiam pelo BOPE, era a melhor maneira de dar o apoio e prestar o mínimo de solidariedade em um momento tão difícil, a turma sofria uma baixa antes mesmo de se formarem oficiais.

Durante enterros, tenho por hábito nunca olhar o corpo, prefiro me lembrar da pessoa viva, sorrindo, costumo ficar de longe, sozinho, pedindo a Deus que receba aquela alma com Sua misericórdia. Depois de todas as homenagens, sua morte foi considerada ato de serviço, não podia ser diferente, morreu por ser policial. As pessoas saíam lentamente, e, nesse momento, só observava a família, a mãe e a irmã desoladas, o pai se destacava firme, como uma rocha, era um militar de alta patente. Naquele momento, ele era o porto seguro daquela família, mas estava destruído por dentro, não deve existir dor pior, pois contraria a natureza, filhos não devem morrer antes dos pais.

Reunindo a equipe para regressar à unidade, sou surpreendido, os familiares caminham em minha direção e me abordam, e, sem saber o que fazer, ninguém sabe nessa hora, prestei a continência — o cumprimento do militar — e dei minhas condolências. Nessa hora ninguém sabe o que falar, estava ali para escutar, quando o pai me falou:

— Esse era o sonho do meu filho, ele sempre quis estar no meio de vocês, eu era contra, mas como pai tinha que apoiar, ele falava que queria ser útil, operar de verdade.

Nessa hora, vi um monte de policial brabo do BOPE sair de fininho, nunca me deixaram sozinho na favela, mas essa situação era demais até para eles. Pensei rápido no que fazer, arranquei o símbolo da unidade grudado em meu braço e dei de presente, era um ato simples, mas foi do fundo do meu coração, e disse:

— *Operações especiais* nascem prontos. O curso é só uma etapa, seu filho sempre estará entre nós.

A família agradeceu, deixei claro para eles que aquilo não ficaria assim, iríamos atrás dos assassinos. Nunca tinha visto tamanha afronta, esperar alunos à porta da escola para realizar uma emboscada, até no nosso leniente código penal é uma conduta qualificada que, para esse caso, não teve qualquer efeito dissuasório, a impunidade é muito grande nesse país. Como as coisas evoluem e, nesse caso, para pior. Até uma época recente, os alunos oficiais eram obrigados a sair da escola usando seus uniformes de gala, às sextas-feiras. Hoje o fardamento tem que ser escondido, senão os alunos poderão ser executados. Às vezes, me pergunto aonde vamos chegar, até quando sofreremos inertes.

Os setores formal e informal de inteligência da unidade funcionam, e não demorou muito para chegar a informação de onde eram os criminosos — uma comunidade a poucos quilômetros da escola de formação. Mesmo de folga, fui voluntário para a missão, todos eram voluntários, não podia ficar de fora, sei que agir com o coração pode ser arriscado na nossa atividade, mas era questão de honra dar uma resposta. A missão era simples, faríamos uma infiltração por uma área de mata, enquanto outra equipe entraria de blindado pela via principal, jogando os criminosos na nossa direção, tática conhecida como martelo e bigorna.

O acesso se dava pelo mesmo cemitério que, horas antes, estávamos enterrando o garoto. Ao passar por lá, durante aquele breu, jurei que não descansaria até que os assassinos fossem encontrados. Após alguns minutos, já começávamos a escutar os primeiros cachorros latindo, estávamos próximos da comunidade. No meio da escuridão, observo um clarão e um cheiro forte de maconha, *o contenção* (criminoso armado que protege o ponto de venda de droga), que ficava no alto do morro, fumava seu baseado com o fuzil no colo, na maior tranquilidade.

Sem muita dificuldade, o criminoso, com sua arma de guerra, foi neutralizado em silêncio. Tomamos posição, e determinei que as outras equipes entrassem. A favela era pequena, não estavam acostumados com ações do BOPE ali, e, por mais que tenham feito *merda*, não imaginariam que logo a gente fosse responder ao atentado. Ao verem o blindado, fizeram exatamente o que queríamos, correram todos para o alto do morro, para nossa direção, foi só esperar para iniciar o confronto.

Naquele momento, tínhamos a supremacia do terreno que, de regra, sempre é deles. A infiltração padrão operações especiais foi perfeita, pela área de mata. Sempre tínhamos o costume de usar rotas não convencionais, e, naquele dia, o fator-surpresa fez toda a diferença. Os criminosos nunca foram presos, nem ao menos identificados, mas a atuação teve um efeito, nunca mais atentados desse tipo aconteceram nos arredores das escolas de formação da PMERJ. Para aqueles que dizem que violência gera violência, afirmo que toda regra tem sua exceção. Ali tínhamos que impor o respeito, nem que fosse à base do medo, o vagabundo deve entender que atacar policiais nunca vale a pena.

É triste ver uma família destruída, amigos que levaram para sempre essas marcas; os impactos nessa turma perduram, pois, com tão pouco tempo de profissão, já sentiram o peso de uma perda. Fiz questão de fazer chegar à família os resultados de nossa ação, criminosos mortos, armamentos de guerra apreendidos, mas sei que isso nunca trará de volta aquele garoto que sonhava ser *caveira*. Por mais que não tenhamos resolvido o problema em definitivo, a audácia dos criminosos foi controlada, milhares de alunos saem indefesos por aqueles portões diariamente, que nada aconteça com eles novamente, senão estaremos sempre prontos para uma nova missão. Somos todos uma família, sorrimos e choramos juntos.

Função principal do BOPE: salvar vidas

O BOPE tem sua imagem vinculada à letalidade policial, e, como dizem nossos críticos, a caveira simboliza a morte. Gosto de dizer que esse tipo de informação é ignorância ou falta de caráter. O símbolo da unidade representa o contrário, a vitória sobre a morte, e o símbolo não é a caveira pura e simples, mais sim a faca na caveira. Os policiais formados no curso de operações especiais são conhecidos como *caveiras*, todos que vencem os desafios propostos em um dos cursos mais duros do mundo colocam seus conhecimentos à prova nas comunidades do Rio de Janeiro, sob os mais diferentes tipos de riscos, vencendo a morte diariamente; como sempre brincamos, o curso nunca acaba.

As mortes causadas pelas equipes são dentro da legalidade, amparadas pela excludente de ilicitude da legítima defesa, os críticos pouco conhecem a verdadeira realidade de um combate real ou se beneficiam direta ou indiretamente pelos seus atos. Fato pouco divulgado pela mídia é a quantidade de vidas salvas pela unidade, retirar um homicida de circulação, seja pela prisão ou neutralização, evita de forma relevante novos crimes.

A atribuição principal do BOPE é o resgate de reféns, foi com esse objetivo que a unidade foi criada no final da década de 1970. Com a intensificação dos conflitos armados, principalmente nas favelas, a unidade começou a ser empregada em larga escala nesse tipo de missão, devido ao nível de treinamento da tropa, tornando-se uma das unidades policiais com o maior número de horas de combate real em todo o mundo.

Ocorrências com reféns são as missões mais complexas no meio das operações especiais, a dificuldade é diretamente proporcional à realização profissional. Quando salvamos uma vida, tirando pessoas inocentes da mira da arma de criminosos, entendemos o verdadeiro sentido de servir e proteger a sociedade.

Uma das páginas negativas na história da unidade foi o episódio mundialmente conhecido do ônibus 174. A ocorrência iniciou-se após um roubo frustrado dentro de um ônibus na zona sul da cidade, terminando com a morte de uma refém e do tomador. Diversos especialistas e entendidos de *porra* nenhuma analisaram e debateram exaustivamente o evento crítico.

Poucos sabem o que ocorreu após o trauma dentro da unidade. À época, foi proposta a extinção do BOPE por alguns oportunistas, toda a história e os bons serviços prestados pela unidade foram desconsiderados por um erro mais logístico e individual do que operacional. A absurda ideia se deve ao fato de que a maioria das decisões são políticas, baseadas na opinião pública, que nem sempre é fundamentada pela razão.

De fato, as atenções da unidade estavam voltadas para as operações em área de alto risco, os números de ocorrências com reféns são menores, mas no evento 174, os gestores entenderam a grande repercussão e influência de um erro na unidade. As atenções foram direcionadas para o treinamento e a aquisição de materiais na área, a Unidade de Intervenção Tática (UIT) se desenvolveu, tornando-se uma das mais profissionais do mundo.

A evolução continua, foram elaborados novos cursos específicos para cada alternativa tática, negociadores, *snipers* e operadores de time táticos, formando não só policiais do BOPE, mas de diferentes coirmãs pelo país. Tive a honra de comandar esse grupamento por um curto tempo, participando de algumas ocorrências, seja como negociador, gerente da crise ou no apoio operacional.

As alternativas táticas seguem, como regra, o uso progressivo da força, negociação, instrumentos menos letais, tiro de precisão e entrada tática. Todas devem estar disponíveis ao gerente da crise, ocorrências desse tipo apresentam como característica principal a imprevisibilidade. Roubos frustrados e crimes passionais são os eventos mais comuns, demandando avaliação e resoluções distintas para cada caso concreto, sempre baseadas no assessoramento técnico e profissionalismo dos policiais diretamente envolvidos.

Ainda como tenente, fomos acionados para uma ocorrência com refém na cidade de Cordeiro, interior do Estado. Subimos com o líder de cada grupo tático na aeronave e partimos para o evento. Eu, como gerente da crise, um negociador e mais um *sniper* chegamos à ocorrência. O batalhão da área tinha realizado os cercos, amplos e restritos, dentro do padrão operacional, o que nem sempre acontecia, facilitando em muito o nosso trabalho. Essas ocorrências possuem muito apelo midiático, sendo um prato cheio para aqueles que buscam seu minutinho de fama. Como chamamos no nosso meio, os *fanfarrões*, a polícia não é exceção, também está cheia desse tipo.

Não tivemos o menor problema, a preparação da ocorrência estava perfeita, um policial já tinha iniciado a negociação preliminar, de maneira bem efetiva, mesmo sem ser um especialista. O caso era complexo, um marido fazia a esposa de refém com uma faca no pescoço dela, trancados no quarto escuro do casal. Por mais que a faca apresente menor ofensividade, principalmente para as equipes, o acesso era difícil e, para piorar, o tomador havia colocado um botijão de gás dentro do quarto e ameaçava explodir o ambiente, já com uma considerável dispersão gasosa.

O negociador iniciou o assessoramento do policial, não era interessante naquele caso interromper a comunicação de ambos, a conversa fluía. Estudando o terreno, a possibilidade de emprego de tiro de precisão foi descartada, era impossível visualizar o tomador naquelas circunstâncias. Iniciamos uma negociação tática, a ideia era ganhar tempo, visto que a melhor alternativa seria a entrada tática, e as equipes se deslocavam por via terrestre. Chegando as equipes, acompanhadas do profissional de psicologia, buscamos informações com vizinhos e familiares sobre o interior da residência, pois as equipes deveriam planejar a entrada, utilizando a alternativa tática mais arriscada.

Vários questionamentos surgiram, já que a utilização de explosivos e armas de eletrochoque poderiam causar uma explosão no ambiente, visto que o tomador transtornado abria e fechava o gás de cozinha a todo momento; minha preocupação era explodir todo mundo. O policial, especialista em explosivos, me assegurou não haver risco, e, se abríssemos outra área de escape, no caso específico uma única janela, o gás sairia do confinamento sem qualquer dano. A negociação começou a ficar tensa, o tomador estava agressivo, forçando a faca no pescoço da vítima, já começava a lesioná-la, sendo motivo necessário para a intervenção.

A psicóloga da unidade me chama:

— Tenente, a alternativa tática da negociação está esgotada, não conseguimos evoluir, ele não atende mais nossas provocações, a vítima está em sérios riscos.

O time já estava pronto, mas nosso negociador tentou reiniciar o contato, sendo recusado de imediato pelo tomador. O sotaque do policial local passava tranquilidade, era familiar ao criminoso, e, como esse tipo de ocorrência, há detalhes que podem fazer toda a diferença. Entramos na posição, uma equipe na porta, essa entraria para imobilizar o tomador, salvando a vítima; outra equipe, na janela, realizaria disparos com armas de eletrochoque, neutralizando o tomador, impedindo um eventual ataque.

Na teoria, tudo é mais fácil. A cidade estava parada, há tempos aquela pacata população não via tamanha movimentação, só conheciam o BOPE pelas telas do cinema. Tive uma preocupação com a carga de explosivo, pois se a porta estivesse barricada, as equipes teriam dificuldades de incursionar no ambiente; aprendi isso em um estudo de caso de uma famosa ocorrência do país. Se *caveiras* já não batem bem da cabeça, imaginem o *explosivista*. O especialista me chama e diz:

— 01, fique tranquilo, não teremos esse problema, aumentei a carga.

— Só não quero que mate ninguém ou derrube a *porra* da casa.

Esses camaradas são *foda*, estão acostumados a explodir barricadas e cortar trilho de trem na favela, adoram ver tudo indo pelos ares. O tempo de entrada seria a explosão... 3,2,1 "bum", equipe para dentro. Nem tudo saiu como o planejado, normal, com a explosão, o tomador voou junto com a refém, e, na escuridão, um disparo de eletrochoque foi no tomador e o outro na equipe, faz parte. O importante é que todos saíram ilesos, e a missão foi cumprida, mais uma vida salva pela unidade.

Terminando a revista do ambiente, após a prisão do tomador, percebi que algo estava errado. Com a explosão, a casa teve a estrutura abalada, ficando torta; dei um sorriso e pensei, esses caras são malucos, chamei o *explosivista* e falei:

— Olha a *merda* que você fez, quase soterrou todo mundo lá dentro. Vai ter que pagar uma casa nova para eles.

— Só coloquei uma carga a mais, como o senhor pediu.

— *Porra* nenhuma, você é especialista, não vou pagar nada com você. (começamos a rir e fomos embora)

A competência da unidade foi testada naquele dia, trocar tiro contra traficantes e roubadores, sem dúvida, é mais fácil. A unidade evoluiu demais nesse aspecto, a criação de cursos específicos e grupos táticos, como o Grupo de Negociação e Análise (GNA) e o Grupo de Atiradores de Precisão (GAP), demonstram o nível de profissionalismo alcançado. Desde o episódio 174, o BOPE não perdeu nenhum refém, mais de 400 vidas foram salvas, mas isso não dá ibope, a tragédia vende mais, ainda mais quando é produzida pela polícia. E nunca se esqueça, só erra quem trabalha.

Aonde chegaram o respeito e a admiração pela polícia brasileira?

A Colômbia teve experiências exitosas na área da segurança pública, a redução dos índices criminais foi significativa, sendo referência para diversos países com realidade parecida. A polícia nacional colombiana é reconhecidamente uma das que mais evoluíram no mundo recentemente, mesmo em um país que há pouco tempo era dominado por grupos revolucionários, milícias e cartéis de drogas, inviabilizando a economia e o desenvolvimento social. Hoje, após inúmeras medidas rígidas, o país encontra-se em relativa estabilidade e, sem dúvida, sua polícia teve um papel importante nessa mudança.

Saindo do curso de operações especiais há menos de um ano, já estava inscrito em um curso de Educação Física Militar, sempre gostei da atividade, e a unidade precisava de instrutores na área. O comandante da unidade me chama no gabinete e pergunta:

— Está com a mochila pronta, está preparado?

— Sempre, 01.

— Seu presente por ter sido o primeiro colocado do último COESP.

Olhei o documento, vi um símbolo bonito, embaixada colombiana no Brasil, oferecendo duas vagas no curso de operações especiais deles. Fiquei bem empolgado, mas pensei, deve ser osso, e ainda nem me curei das feridas do outro curso — coluna, joelho e, principalmente, a cabeça, que tem problemas até hoje, nada diferente dos demais. Curso de operações especiais só se faz um na vida, sempre escutei isso, o preço que a carcaça paga é muito alto. Ordens são ordens, embarcaria em uma semana, não teria muito tempo para me preparar, mas, como policiais, devemos estar sempre prontos, não poderia perder essa oportunidade.

Trâmites administrativos realizados, embarcávamos para a Colômbia — eu e mais um sargento da unidade. Já na chegada, foi possível perceber o padrão da polícia, posturas e uniformes impecáveis, e, não demorou muito para sermos abordados, pois éramos dois homens — com caras não muito boas — juntos, meio perdidos, o que sempre demonstra uma ameaça em um país com muitos traumas. Aproveitando o primeiro contato com a polícia, me identifiquei e pedi informações, foi só falar que faríamos o Curso de Operações Especiais (COPES) que os policiais passaram a nos tratar diferentemente, aquela era a formação mais reconhecida no país.

Fomos colocados em um táxi em direção ao hotel da polícia, e, chegando lá, fiquei admirado, a estrutura era cinco estrelas — campos de futebol oficial, piscina coberta, salas de cinemas e pista de boliche —, tudo à disposição dos policiais. Me identificando na recepção como tenente, a simpática recepcionista me informou que aquele se tratava do hotel dos praças, se me incomodaria ficar ali, sorri e me lembrei dos locais em que já tinha dormido. Lá era um luxo, muito mais do que a gente merecia.

No dia seguinte, acordei com as crianças jogando futebol, levantei-me rápido, pois precisava encontrar um *shopping* para comprar um *chip*, precisava falar com a família. A apresentação seria no dia seguinte, não sabia o que poderia acontecer. Na verdade, até sabia, curso de operações especiais é igual em todo o mundo. Ao subir uma passarela, fiquei bastante cansado, pensei, será que estou doente, mas me recordei que Bogotá está a 2.650 metros acima do mar, a altitude estava me matando, como faria o curso assim, essa não era a nossa realidade.

No dia seguinte, encontramos os demais brasileiros, esperávamos a equipe de instrutores que levaria todos até a base. Pontualmente, encostou uma viatura da equipe de operações especiais, policiais alinhados, bem equipados com suas boinas características, extremamente solícitos e disciplinados, prestaram a continência regulamentar, subimos rápido, sem falar muito, e partimos; ali já era aluno, nos colocamos no nosso devido lugar.

Um dos cabos instrutores fez a pergunta que me seguiu durante todo o curso, nem sempre com consequências positivas.

— *Quem es o calaveira?*

Olhei para os lados, e, como o sargento que me acompanhava não era *operações especiais*, me acusei. O instrutor colombiano sorriu de canto de boca e falou:

— Estão todos esperando o senhor ansiosamente.

Pensei, minha vida não será fácil, mas, como *caveira*, até aqui nada havia sido. A unidade ficava em uma cidade no interior, Sibaté, nas instalações da escola de formação de cabos da polícia nacional colombiana. Chegando lá, não dava nem para acreditar que seria uma escola policial, um prédio histórico, totalmente preservado, limpeza impecável. Aqui na PMERJ não temos nada parecido. A valorização do ensino e a formação foi um dos diferenciais da revolução institucional sofrida pela polícia deles. É óbvio, mas eles colocaram em prática, e os resultados eram visíveis.

Fomos levados para um grande alojamento, e, chegando lá, mais de 150 alunos de diferentes países já estavam instalados, representantes da Argentina, do México, Panamá e Brasil, além dos colombianos, formavam a turma. Não demorou muito para começarem a perguntar quem era o "calaveira" do BOPE, aquilo já me incomodava e me colocava em constante exposição. Ali era mais um aluno. Obrigado, capitão Nascimento.

A adaptação era difícil, língua, comida, ordem unida, as rotinas militares eram bem diferentes das nossas. No dia seguinte, teríamos uma aula inaugural administrativa e, segundo eles, uma alta autoridade viria à unidade. Por isso, estavam todos mobilizados. A limpeza e arrumação eram impecáveis, o 05 na hierarquia da polícia abriria o curso. Todos no auditório, com diferentes uniformes de passeio, esperávamos o general. Isso mesmo, lá a polícia tem general e nenhuma subordinação às forças armadas, pelo contrário, é a força mais reconhecida por estar na linha de frente do combate à criminalidade, bem diferente da nossa realidade.

Me chamava muita atenção como eram disciplinados e militarizados; o soldado chamado de patrulheiro não se dirigia ao sargento, somente os cabos faziam isso, os subtenentes eram referência, gozavam de respeito e prestígio, os anos e as marcas de combate eram o diferencial. Para se ter ideia, a progressão na carreira é conquistada a duras penas, não é dada para qualquer um, é comum entrar no posto de soldado e se aposentar no mesmo posto, se não estudou, não avança na hierarquia da instituição.

Impressionante, durante as longas madrugadas de treinamento, era comum observar as luzes das salas de aula acessas. Na primeira oportunidade de contato com um aluno do curso de cabo, perguntei como era sua formação, me surpreendendo mais uma vez com a resposta, um ano presencial com um índice de conclusão de 50%, rigor e qualidade, se não estudasse, era reprovado, isso explicava muito do que estava vendo.

Voltando à cerimônia de abertura, os oficiais sentaram-se na primeira fileira, não éramos muitos, o comandante da unidade de operações especiais deu a atenção para a entrada da autoridade. O general chegou escoltado, uniforme impecável, e, apesar da idade, ele parecia estar em forma, a postura não negava, tratava-se de um *operações especiais*. Deu as boas-vindas, contou um pouco de sua trajetória, desde a época de aluno no curso, e terminou desejando boa sorte a todos, sem rodeio, curto e grosso, era, de fato, um dos nossos. Observava o respeito de todos com aquele oficial, não era bajulação, era clara admiração. Lá, eles respeitam quem tem história, quem combateu o bom combate e não quem ocupa um posto por mera indicação política. Assim são as verdadeiras tropas combatentes.

Terminada a aula de abertura administrativa, faltava pouco para começar o inferno, em menos de um ano estava naquela condição de novo. Saindo do auditório, escuto a pergunta que me atormentava — *"quem és o cavaleira"* — e um capitão da unidade veio correndo e me tirou de forma:

— Tenente, o general quer te conhecer.

Na frente daquele combatente, não sabia o que fazer direito, o espírito bisonho de aluno já estava incorporando, prestei a continência regulamentar e fiquei em sentido, aquelas palavras nunca mais esquecerei.

— Tenente, seja bem-vindo, é uma honra ter um representante de vocês aqui conosco. Sua tropa é uma das mais bem preparadas e combativas do mundo, temos muito em comum e a aprender, boa sorte e até a formatura.

Tirei algumas conclusões daquela situação inusitada, aonde tinham chegado o reconhecimento e prestígio não só do BOPE, mas dá PMERJ como um todo? Não era para menos, o que meus companheiros fazem nesse Rio de Janeiro não é para qualquer um, não podia decepcioná-los, nunca tive essa preocupação, só sairia do curso morto ou cursado. Além disso, tive a certeza de que passaria maus momentos, a equipe de instrução me olhava com uma cara de ódio, estavam dispostos a me levar a todos os limites, colocariam toda a fama da unidade à prova.

Já ser cursado é péssimo nesse tipo de curso, você pensa como instrutor, já sabe o que vai acontecer, curso de operações especiais é igual no mundo todo. Às vezes, a ignorância salva. Mandaram o turno para o alojamento, pois a apresentação seria às 8 da manhã, na frente da unidade, para educação física. Oito da manhã não acordo nem quando estou de férias, tinha sacanagem aí. Observava um vaivém de cursado, algo ruim estava para acontecer, não tem mobilização maior do que para testar aluno, todos querem dar sua contribuição, e, em um curso desse tipo, não é nada agradável.

Os demais alunos faziam tudo, menos se preparar para a aula inaugural verdadeira, e eu não conseguiria passar a informação, ainda não nos entendíamos e não acreditariam na minha premonição. Comentei com os que dividiam o alojamento comigo, já deixei tudo pronto, mochila, armamento o coturno já estava no pé, era só levantar da cama e iniciar o curso. Por volta da meia-noite, enquanto quase todos roncavam, escuto pegadas do lado de fora, até mesmo os *OEs* (*Operações Especiais*) colombianos quebram a disciplina de ruído. Não fui surpreendido, não demorou muito e escuto a porta abrindo e a granadas de lacrimogênio rolando alojamento adentro, era gás para todo o lado, o curso tinha começado.

Meu cubículo era um dos primeiros, mas não sairia primeiro, pois aprendemos que nesses cursos temos que fazer o previsto, nem a mais nem a menos. Era uma gritaria e correria para todo lado, alunos saindo sem farda, sem mochila e, principalmente, sem arma, era tudo que a equipe de instrução queria, para cobrar o turno. No meio da fumaça, escuto uma voz:

— Onde está o "calaveira"?

Um tenente, que nunca tinha visto, queria abalar o meu psicológico, me sacudia para um lado e para outro, gritava no meu ouvido, me xingava, se deu o trabalho de aprender palavrões em português só para esse momento. Nada era novidade, estava no lucro, mal sabia ele que há menos de um ano estava passando madrugadas apanhando. Se ficasse só nisso, estava bom demais.

Depois de quase uma hora, entramos em forma e fomos correndo em direção à sede do batalhão. Chegando lá, estava toda a equipe de instrução acompanhada do comandante e do coordenador do curso, passava um filme na minha cabeça, de novo essa *porra*. Passamos a madrugada rastejando em uma grama quase congelada, fazendo exercícios, mas, pelo menos, não levei um tapa, não havia contato físico de instrutores e alunos. A carga estava pesada. O tenente, juntamente com os outros instrutores, queria o troféu de tirar do curso o *caveira* do BOPE, isso jamais, continuei sustentando, a falta de ar devido à altitude já tinha sumido, tinha problemas piores para administrar.

Algumas coisas me chamaram a atenção no curso: como não tinha contato físico entre alunos e instrutores, o que particularmente acho o certo, a exigência física era absurda, longas corridas pelas montanhas, sempre acompanhado de uma mochila com um saco de terra, aumentando o peso gradativamente durante o curso. Os módulos eram bem definidos, todos com provas teóricas e práticas, não tirou o índice mínimo está reprovado, para eles, não basta ser brabo, isso é pré-requisito, *operações especiais* é um soldado técnico e profissional.

Durante cinco meses, só tivemos três liberações, duas de pouco mais de 24 horas, e outra de 5 dias, após sairmos todos *estropiados* (lesionados) da fase rural, andando atrás de patrulhas das Forças Armadas Revolucionarias da

Colômbia (FARC), por montanhas e florestas. Muitos foram para o hospital ou dormiram dias inteiros, eu peguei o primeiro avião e voltei para o Brasil, pois, apesar da dureza do curso, a parte mais difícil era ficar sem ver ou falar com a minha família.

Com as energias renovadas, voltei para a segunda parte do curso, sempre olhando para trás, e nunca para frente, neste tipo de desafio vale o que já foi superado e não as adversidades que virão, pois nunca sabemos quais serão. Se pensar o quanto falta, seu próximo passo será bater o sino. Com força de vontade, humildade e resiliência fui adquirindo a simpatia da equipe de instrução, e, a cada prova, percebia que todo sofrimento passado no COESP tinha me dado uma força que nem eu sabia, é a mais pura verdade, dificuldade fortalece o homem.

Muitos aprendizados. Militarismo pode ser sinônimo de praticidade e eficácia, ensino é o pilar mais importante de qualquer instituição e que mesmo os policiais mais combativos podem e devem respeitar os direitos humanos. Após a sugada aula inaugural, tinha início o primeiro módulo do curso, tiro, luta, explosivo, patrulha, não direitos humanos. Existe uma norma na polícia nacional colombiana que qualquer curso de formação e especialização começa com esse módulo, inclusive o de operações especiais, mas, dentro da minha ignorância, soou estranho, entendi como esse importante conceito é deturpado no Brasil.

Nada daquele assunto era novidade, tratados internacionais, carta da Organização das Nações Unidas (ONU), me manter acordado era complicado, tinha horas em que queria voltar para a ralação. Os policiais tratavam o assunto com a maior seriedade, internalizaram os conceitos. No Brasil, essa realidade era totalmente diferente, aqui o conceito foi deturpado. Aproveitadores o usam para afastar a polícia da sociedade, nunca ouviu falar dos discursos populares de *"direito dos manos", "só serve para proteger bandido" e "direitos humanos para humanos direitos".*

Descrente de que estariam ouvindo mais um "blá-blá-blá", vi como eles levavam tudo aquilo na prática, melhorando a credibilidade da instituição sem deixarem de ser combativos; a instituição e os policiais ganhavam com isso. Não é fácil, é uma mudança de cultura, mas vi que é possível. Na fase de operações, estávamos em um auto guardado, andando há uns três dias com uma mochila de 25 quilos mais armas e equipamentos, aí, do nada, observo a mudança no semblante da equipe de instrução. Alguns, revoltados, falavam ao rádio, algo grave havia acontecido.

O coordenador do curso determinou que equipássemos para partir, a missão tinha sido abortada. Embaçamos no caminhão e partimos em direção à base, era claro que algo tinha acontecido. Foi o dia mais tranquilo para o *turno* (turma em cursos militares), os instrutores nos deixaram à vontade, e, chegando à base, fomos direto para o alojamento e lá ficamos fazendo a manutenção dos materiais. Naquele dia, fomos praticamente esquecidos.

Um enfermeiro, que cuidava dos alunos lesionados, veio ver se alguém precisava de atendimento. Havia feito amizade com ele, era fã do BOPE, e me dava abertura para perguntar:

— Instrutor, o que houve?

— Não comentaram com vocês?

— Não.

— Perdemos dois companheiros em missão. A FARC emboscou a equipe.

O nosso exercício era a destruição de um acampamento da FARC, mas, para não colocar os alunos em confronto direto, por se tratar de um curso internacional, podendo causar um problema diplomático, uma equipe de segurança partiu horas antes. Ao se aproximar com a aeronave do evento, foram emboscados pelos guerrilheiros, vindo a morrer um major e um sargento. Pensei que a realidade desses caras é igual à minha, meu respeito só aumentava a cada dia.

A unidade foi toda mobilizada imediatamente para a resposta, ficaram poucos instrutores com a gente, a vontade deles era a mesma que a minha, ir junto. Passados uns 20 dias, começaram a voltar, não resisti e perguntei ao mesmo enfermeiro:

— Pegaram os caras.

— Encontramos a célula da FARC, entramos em confronto em plena selva, matamos 12 guerrilheiros e prendemos 25, todos armados.

Na minha ignorância, não entendia e me perguntava com seria prender em plena selva 25 guerrilheiros armados que, dias antes, assassinaram dois companheiros em uma covarde emboscada. A resposta era simples, lá eles se rendem, e como o policial é profissional cumpridor da lei e respeita os direitos humanos, o resultado só poderia ser esse.

A história e os ensinamentos dariam um novo livro. Respeito muito não só aquela polícia, mas todo o povo, toda aquela civilidade que observamos na tragédia do time da chapecoense, tive a oportunidade de conhecer anos antes. Se tem uma escola de polícia e segurança pública, é no nosso vizinho, a Colômbia. A participação da sociedade na causa é fator determinante, a polícia não resolve nada sozinha. Só evoluiremos quando investirmos no homem, ensino, bem-estar e atividade correcional são fundamentais para a eficácia da polícia. Não há nada pior para o policial que o mau policial, devem ser expurgados. A título de exemplo, em um ano, a polícia nacional demitiu mais de 7 mil policiais por envolvimento com corrupção.

Anos depois, devido às boas amizades e ao legado que deixamos — eu e os demais brasileiros —, outros policiais foram fazer o curso e colombianos vieram fazer cursos de especialização. Tive a oportunidade única de formar alguns no CAT. Carrego no peito com muito orgulho a águia e o ramo de trigo, que significam força e sabedoria, características fundamentais para qualquer *operações especiais*. Mais do que as técnicas, aprendi que é possível fazer uma polícia melhor mesmo que com pouco recurso.

Tarde demais para o resgate

A academia de polícia não é somente uma escola profissional, ali adquirem-se muitos ensinamentos para a vida. Viver durante três anos em regime de internato, com pessoas totalmente diferentes e em um regime de militarismo rígido, é uma experiência no mínimo diferente, muda qualquer pessoa. Decidi entrar na polícia mais velho, pois, como quase todo garoto brasileiro, tentei ser jogador de futebol, mas não tinha talento suficiente.

Quando treinava futebol no campo da escola da PMERJ, observei alunos fazendo treinamentos operacionais e aquilo me chamou a atenção. Na verdade, nem sabia que a polícia possuía cadetes em seus quadros. Procurei me informar sobre a carreira, não posso dizer que sempre quis ser policial, só sabia o que não queria, ficar trancado dentro de um escritório, por ser hiperativo, então, buscava algo dinâmico, onde os dias não se repetissem, acabei parando na profissão perfeita quanto a isso.

No vestibular, coloquei medicina em todas as faculdades, pensava em ser médico dos bombeiros, e somente na UERJ escolhi oficial da PMERJ. Ainda no vestibular, voltando de um aulão no sábado, ao passar pela autoestrada Grajaú- Jacarepaguá, eu observei um policial todo de preto, olhando em um binóculo para as comunidades que cercam a estrada, aquela cena ficou marcada e foi fundamental para minha decisão. Coloquei na cabeça que faria parte daquela equipe um dia, e, anos depois, comandava operações naquela mesma localidade. Tudo é possível quando o esforço supera as desculpas.

Entrar na academia não foi fácil, o vestibular era bem concorrido, e eu não tinha boa base, pois havia aberto mão dos melhores estudos em prol do futebol. Depois de muitas noites estudando, passei para a Escola de Polícia Militar D. JOAO VI, mas, após vários certames do exame de admissão, fui reprovado no último, o exame psicotécnico. Que injustiça, mas isso explica muita coisa.

Todos aqueles então candidatos se apoiam, laços de amizade são criados antes mesmo de entrarmos na escola. Dentre os novos companheiros, um chamava a atenção, cara padrão, sargento do exército, de pouca fala, mas sempre prestativo; para mim, que nunca tinha tido contato com militares, sua postura me impressionava positivamente. Quando fui reprovado, a decepção foi enorme, e ele foi o primeiro a conversar comigo, falando para não desistir do meu sonho, suas palavras me ajudaram muito naquele momento difícil. Decidi fazer o vestibular novamente, não queria depender de ação judicial, sabia que não era tão maluco assim, havia piores, não poderia desistir. Sempre gostei de fazer as coisas, quando me falavam que não era possível.

Passei no vestibular novamente e, naquele ano, o psicotécnico não barrou minha entrada. Encontrei novamente os antigos companheiros e agora superiores hierárquicos, já estavam no segundo ano da escola. Alguns me tratavam como o previsto, dentro do regulamento, mas o amigo sempre me tratou como um igual, me ensinando os procedimentos, facilitando minha adaptação na nova carreira. Depois que nós nos formamos, perdemos contato; ele sempre foi muito discreto, então, não fazia nem ideia de onde estava servindo.

Anos depois, já no BOPE, a equipe foi acionada para mais uma operação emergencial no Complexo da Maré. As primeiras informações davam conta de dois policiais do batalhão de área gravemente feridos, ainda no interior da comunidade. O Complexo da Maré, sem dúvida, estava entre os locais mais complicados de se operar no Rio de Janeiro, pois a favela é planejada, de regra, com ruas largas, planas, com exceção do morro do Timbaú, único ponto elevado da região.

As favelas são divididas entre as duas principais facções criminosas, existindo uma verdadeira Faixa de Gaza em plena cidade. O poderio bélico se justifica pela proteção do território, principalmente contra os ataques da outra facção, até mais que para resistir às ações policiais. A localização é outra complexidade — cortada pelas principais vias expressas da cidade e próximo ao Aeroporto Internacional —, o que aumenta a sensibilidade das operações na região.

As autoridades, tentando manter o controle dos índices criminais, instalaram o 22° BPM praticamente dentro da comunidade, e, mesmo com a coragem dos policiais, a presença deles não foi suficiente; erro cometido várias vezes na história do Estado. De tanto operar na região, conhecíamos cada rua, os becos e as vielas daquelas comunidades, e, normalmente nas operações emergenciais, o planejamento se dava durante o descolamento; não tínhamos tempo de colocar as equipes na sala de aula para realizar um *briefing*, corríamos contra o relógio.

As ruas nessas comunidades são, em sua maioria, barricadas, trilhos de trem, *jacarés*, troncos de árvores e montes de terra e entulho dificultam a circulação do blindado. Cada desembarque é um risco para a equipe; criminosos barricados e nas lajes esperam a parada do blindado e a abertura das portas para realizarem seus precisos disparos, tentando matar os policiais. Não tinha muito o que inventar, uma patrulha entraria pela linha vermelha, o blindado entraria pela principal na linha amarela, mas sabia que demoraria a chegar, e a minha equipe entraria pela Avenida Brasil, pela localidade conhecida como Esperança, era o que tínhamos para resgatar os nossos companheiros ainda com vida.

Durante o deslocamento, ficava me perguntando quem seria o tenente ferido, um veterano, alguém da minha turma ou contemporâneo. A partir do momento que vamos para o BOPE, ficamos muito isolados do resto da polícia, não sabia quem eram os oficiais que serviam naquela dura unidade. Chegando próximos ao local, já era possível escutar o som das granadas explodindo e dos fuzis disparando em rajada. Desembarcamos rapidamente e começamos a progressão, atentos às lajes dos diversos prédios espalhados pela região.

No final da rua, um criminoso, portando um *AK 47*, tentava impedir o avanço da equipe. O som desse fuzil é inconfundível, mas bastou nosso atirador começar a colocar os primeiros tiros para trocarem de abrigo. Chegando a uma praça, conhecida como uma das principais bocas de fumo daquela comunidade, observo dois policiais convencionais, abrigados dentro de um bar; nos aproximamos com cautela, para evitar fogo amigo. Nós nos comunicamos, era um major subcomandante da unidade e seu motorista, entraram sozinhos, esse oficial era um antigo *operações especiais*, havia servido por pouco tempo no BOPE, mas era reconhecidamente audacioso e bom de combate; chegar até ali sozinho tinha, além de coragem, muita insanidade, mas, para resgatar um companheiro ferido, fazemos tudo.

Em um passado recente, tivemos um desentendimento, que foi superado rapidamente naquele momento — a *bala* une. Eu me apresentei para ele, e partimos juntos para o objetivo. No final da comunidade, tinha uma ponte, os criminosos do outro lado marcavam a única opção de deslocamento das equipes, passar ali seria praticamente um suicídio; me desloquei rastejando até um abrigo, com os tiros passando por cima, não tinha a menor condição de avançar, os criminosos revezavam atrás de um grosso muro de concreto atirando por *seteiras* (aberturas em muros de concreto, que permitem o disparo de armas de fogo contra a polícia). Para piorar, alguns tiros vinham de cima para baixo, outros marginais ocupavam as lajes que, até o momento, não haviam sido identificadas.

Nosso atirador ganhou um ponto notável, passando a realizar tiros colocados dentro das *seteiras*, nesses buracos feitos no muro, que cabem apenas o cano do fuzil, o criminoso atira sem se expor. Para ele, era mole a missão, são treinados para colocarem tiros em moedas a mais de 100 metros. Quando abriu o primeiro intervalo, juntamente com o outro *ponta*, demos um lanço, atravessando a ponte, era tiro de todo o lado. Se tivessem marcado o tempo, o recorde mundial seria nosso, pois o medo é uma excelente ferramenta para mover o homem.

Começamos a observar a equipe do batalhão de área lutando bravamente, já ficando sem munição, sem conseguir chegar até os companheiros. Fomos ganhando metro a metro, a progressão deveria ser lenta, os criminosos só estavam esperando alguém colocar a mão no policial baleado para alvejar mais um; resgate de ferido é uma técnica complexa, e, antes de chegar ao ferido, temos que ter cobertura, senão poderemos ser os próximos. Segundo o informado pela equipe do batalhão de área, eles tinham informações de criminosos reunidos em uma casa e, ao checarem, foram atacados das lajes, sendo o tenente e um experiente sargento feridos, ambos na cabeça.

Chegamos tarde. Infelizmente, já estavam mortos, pois tiro de fuzil na cabeça não tem escapatória. Quando perguntei quem era o tenente, fiquei decepcionado com a resposta, era o camarada que tanto tinha me ajudado no passado. Mas na guerra não há tempo para desviar o pensamento, todos os seus neurônios devem estar focados no combate, senão faremos parte das estatísticas. Chamei o homem da metralhadora à frente, mandei abrir fogo à vontade, derrubaríamos a barricada na base da bala, o atirador, nem precisei falar, já tinha ganhado outra laje e começava a brincar com a vagabundagem, um tiro, uma baixa. Chegar ao corpo não era fácil, jogamos uma granada fumígena, criando uma cortina de fumaça, e, sem que pudéssemos ser vistos, chegamos aos corpos.

Não demorou muito e nosso blindado já estava dando apoio, chamava a atenção a resistência dos criminosos, a informação do 22 batia, tinha alguém poderoso ali por perto. Mandei o blindado retrair com as equipes do 22º BPM e os corpos dos companheiros, e permanecemos no terreno, aquilo não poderia ficar assim. Os criminosos têm muita vantagem naquele terreno, deslocam-se pelas lajes, usando a casa dos moradores, coisa que se fizermos, somos denunciados rapidamente, aumentando muito o risco dos deslocamentos de infantaria. A vantagem de combater de cima para baixo é gritante, e, para igualar as condições, necessitaria de apoio aéreo.

Acredito que minhas exigências foram ouvidas, começo a ouvir a aproximação da aeronave blindada da Polícia Civil, à época, somente eles tinham esse equipamento. Aquele barulho é inconfundível, era quase uma ópera para os nossos ouvidos. Escutava, mas não enxergava, o maluco do piloto, velho conhecido nosso, veio em rasante, quase por dentro de um valão que beira a comunidade, voando mais baixo que a linha vermelha, jogando água de *merda* em todas as casas; se não me abrigasse, sairia todo cagado.

Os criminosos saíram rapidamente das lajes, é por isso que diversas Organizações Não Governamentais (ONGs), no mínimo coniventes com o tráfico, odeiam tanto essa aeronave, convencendo algumas autoridades da proibição de sua utilização. A explicação é simples: com ela, os criminosos locais perdem a superioridade tática do terreno. Progredindo com velocidade ficou mais fácil, algumas ocorrências foram feitas, mas nada que trouxesse meu camarada de volta, a operação estava perdida, o resgate não chegou a tempo.

Nunca tive o privilégio de servir naquela unidade, respeito muito quem serviu, faz lembrar as bases americanas no Oriente Médio, cercadas pelo inimigo, saiu pelo portão da guarda, o confronto já começa. Essa realidade, em âmbito de polícia, é única no mundo, o portão dos fundos dessa unidade, quando aberto, leva direto para a morte. De fato, é ser vizinho do inimigo, podemos colocar a melhor polícia do mundo ali, que sozinha não resolverá nada, sabemos que não temos a melhor polícia, mas, sem dúvida, coragem não falta a esses homens.

Duas vidas foram perdidas naquele dia, e, por mais que tente buscar uma explicação ou motivação, foi tudo em vão. Daquela época para cá, passados dez anos, as coisas só pioraram, o poder bélico do tráfico só aumentou, e a unidade que foi colocada ali para resolver o problema, hoje, nem passa perto, somente as tropas especiais da PMERJ atuam e, mesmo assim, com megaoperações. Impossível contar quantas vezes voltei ali, e sempre sob fogo inimigo, e, quando passo pela rua, lembro-me do companheiro e vejo aquela cena terrível, ele deitado no próprio sangue. Agradeço pelos ensinamentos e lamento que nossas vidas tenham se cruzado novamente de uma maneira tão trágica.

Bombeiro por alguns dias

No curso de operações especiais, nós aprendemos conhecimentos que, por vezes, questionamos se um dia usaremos em missões policiais — montanha, mergulho, paraquedismo, dentre outros, são bons exemplos. Por mais que nunca use, para ser considerado um *OE*, o policial deve estar apto a combater em qualquer tipo de ambiente — terra, mar e ar. E, além disso, muitas dessas matérias trabalham atributos fundamentais da área afetiva, tais como coragem, controle emocional, paciência, audácia e outras características fundamentais para profissionais que atuam constantemente no limite.

O Rio de Janeiro, principalmente no verão, apresenta grande volume de chuvas, sendo comuns os desastres naturais, tais como enchentes e deslizamentos de terra. Em janeiro de 2011, mais precisamente no dia 11 de janeiro, estava de serviço de oficial de operações quando recebo uma ligação do subcomandante operacional da unidade.

— Novo, prepara a equipe e parte para Friburgo.

— Ocorrência com refém, 01?

— Não, defesa civil. As chuvas destruíram a cidade, e as forças da área precisam de todo o apoio, leve todo o nosso material de salvamento para lá.

Abri a seção de instrução e peguei todos os equipamentos disponíveis de salvatagem — cabos, boias, equipamentos de mergulho — e partimos para a missão, seria inédito, mas estávamos prontos, colocaríamos nossos conhecimentos à prova.

Já na subida da serra, o primeiro obstáculo, uma árvore caída e diversos carros parados fechando a pista, fomos passando pelo meio, chamando a atenção de todos, o que o BOPE estaria fazendo ali. Sacamos nossos terçados e uma motosserra velha, usada para construir nossa base de instrução, e, rapidamente, a pista estava desobstruída. Chegando próximo ao centro de Friburgo, era possível escutar a força da correnteza, o rio que passava pelo centro da cidade tinha transbordado e destruído tudo que encontrava pelo caminho.

Sem saber para onde ir ou o que fazer, ligamos a sirene da viatura, e logo surgiu o primeiro grito de socorro — um homem tinha sido arrastado pela forte correnteza e estava agarrado a uma cerca. Não pensamos duas vezes, nos ancoramos em um cabo e demos o primeiro mergulho da noite, e, chegando ao cidadão desesperado, o amarramos e levamos até a viatura, parecia que havia brigado com um porco espinho o coitado, estava todo lanhado.

Sem entender quem nós éramos e o que estaríamos fazendo ali, ainda sendo atendido pelo paramédico da equipe, o homem fez uma confidência:

— Vocês são do BOPE, né? Sou militante de direitos humanos e crítico ferrenho da atividade de vocês, que saíram do Rio para me salvar aqui nessa tragédia. Como Deus dá o seu recado das mais distintas formas.

— A função principal do BOPE é salvar vidas, nem que para isso precise tirar outras.

Deixamos o crítico, e agora admirador, em local seguro e continuamos nossa missão. A noite foi longa, pessoas ilhadas em casas, presas nos tetos de veículos, até cachorro salvamos naquele dia, o próprio batalhão da polícia estava alagado. Amanhecendo, sem saber a localização exata e a condição das demais equipes, recebo outro telefonema do subcomandante:

— Parta para o centro de abastecimento da região, montaremos nossa base de campanha lá, não sabemos por quanto tempo ficaremos apoiando o bombeiro e a Defesa Civil dessas cidades. A ordem direta do secretário era que o BOPE não saísse dali.

Ainda não tinha noção do estrago, mas, pela manhã, as equipes começaram a chegar, e aí foi possível ver o tamanho da tragédia. No total, foram 917 mortos, 350 desaparecidos e 35.000 desalojados. As missões iam chegando, e as equipes saindo para cumprir, atuando como bombeiros, mas o cenário era tão grave que, dificilmente, chegávamos ao local sem atender qualquer outra ocorrência pelo caminho, calamidade total.

Já no terreno, o comandante me chama e passa uma ordem, segundo ele, direta do secretário de segurança, apoiar um companheiro da Polícia Civil. Segundo informações, havia perdido a família inteira com o soterramento da própria casa, ele se salvou, pois estava de serviço no Rio. Peguei as coordenadas e parti com a equipe, as informações diziam que seria um condomínio de casas no pé de uma montanha. Chegando ao ponto, nada era encontrado, verifiquei as coordenadas no GPS, tudo batia, perguntei para um senhor que vinha de bicicleta onde ficava o condomínio, e ele apontou para um monte de pedras, árvores retorcidas e montanhas de barro; o condomínio inteiro havia desaparecido do mapa.

Descendo até o ponto, encontramos um homem que revirava o barro com uma enxada, e, ao nos ver, nem mudou o semblante e continuou a cavar, me aproximei perguntando:

— Podemos ajudar? O que aconteceu aqui?

— Minha família inteira está aqui debaixo, só quero dar um enterro digno a eles.

Filhos e netos estavam ali, era impossível chegar aos corpos com enxadas, mas começamos a cavar, não tínhamos outra opção, era o mínimo que poderia ser feito era dar um apoio moral para aquele pobre homem. Quando chegou uma retroescavadeira, partimos, respeitamos os mortos, mas salvamos os vivos, e muita gente precisava ser salva.

Permanecemos por 48 horas ininterruptas na serra, fomos dispensados para descansar 24 horas e voltar para outra jornada. A escala foi alterada de 24 por 72 para 24 por 24, e, em nenhum momento, a equipe reclamou, todos entendiam a gravidade da situação. Dei sorte, na minha pequena folga, deveria dar aula na academia de polícia, ministrava instrução para a turma de oficiais auxiliares, formada basicamente por profissionais das áreas de saúde e humanas. O comentário só era sobre a tragédia, muitos deles tinham visto nos jornais que o BOPE estava apoiando as ações, e, curiosos, perguntavam sobre o cenário.

Conversando com eles sobre o drama daquelas famílias, tive uma ideia; a polícia, com tantos profissionais qualificados ali disponíveis, poderia ajudar de alguma maneira. Saí da aula correndo e procurei o comandante da escola, coronel extremamente humano, de quem eu era próximo. Dei a ideia que ele atendeu de pronto, paralisar as aulas por um curto período, não teríamos tantos prejuízos, e a situação exigia um esforço máximo de todos, situações extremas necessitam de medidas extremas. No dia seguinte, já começaram a subir a serra os primeiros médicos, dentistas, enfermeiros, assistentes sociais e psicólogos.

A participação deles foi fundamental, além de prestarem o serviço em sua especialidade, participavam de uma verdadeira ação humanitária. Aqueles novos oficiais entenderam nessa missão o sentido de ser policial, servir e proteger, não poderiam ter aula melhor. Era bonito ver todos atendendo ao mesmo tempo, famílias chegavam a todo momento, e, independente de posto, graduação ou especialização, todos montavam cestas básicas, separavam roupas e contavam histórias para as crianças, ali foi possível observar como nossa polícia pode ser humana.

Aquela foi a folga mais demorada, toda a equipe estava doida para voltar. Três dias depois da tragédia, os rios da região ainda estavam cheios e famílias continuavam ilhadas. Ali entendi que os nós utilizados para ferrar o aluno durante o curso são importantes e salvam vidas. Nunca fizemos tantas pontes improvisadas e assentos de resgate, trocamos os fuzis pelos cabos, e as pistolas, pelos mosquetões; toda aquela tragédia serviu para mostrar que não somos nada perto da força da natureza.

Estava almoçando por volta de três horas da tarde, já exausto de tanto cavar e andar na lama, quando, sem tempo de descansar, o major me chama:

— Sua equipe está pronta? Porque essa missão é osso, um hospital da cidade foi soterrado e o setor em piores condições é o da pediatria.

— Que *merda!*

Pela primeira vez, quase neguei uma missão no BOPE, pois criança sempre foi o meu ponto fraco. Na verdade, de todo mundo, mas se não fizesse, alguém teria que fazer. Chegando lá, o cenário era desolador, prefiro mil vezes ir à Maré, Alemão ou qualquer outra favela, a qualquer hora do dia ou da noite; por essas e outras é que devemos respeitar os nossos bombeiros. Ver o desespero daquelas famílias, com os brinquedos e as roupinhas soterrados no meio da destruição, era demais para qualquer um.

Começamos a escalar, montamos uma via de acesso, o objetivo era tentar encontrar alguma criança viva, mas foi em vão, pois, com aquela destruição e decorrido tanto tempo, seria impossível. Os policiais brabos e corajosos, acostumados a irem ao inferno trazendo o diabo pelo rabo, foram saindo de fininho, para chorar, cada um em seu canto. Todos somos humanos — pais, filhos de alguém — e, por mais que a nossa dura vida endureça nossos sentimentos, para aquela situação, ninguém estava preparado.

Contra as forças da natureza não há resistência, aquela tragédia ficou na história negativa do nosso Estado, pelas mortes que poderiam ter sido evitadas, a incompetência dos nossos governantes foi a principal causa daquela tragédia. Apesar de tudo, a PMERJ como um todo saiu fortalecida, pois, mesmo fora de suas atribuições primárias, atuou ajudando dentro do possível as forças de Defesa Civil e o Corpo de Bombeiros. É nessa hora que todo policial deve ter orgulho da sua profissão, chegamos aonde ninguém vai e fazemos o que ninguém quer. Nossa missão é gigante, e, se afetou a ordem pública, estamos prontos para atuar.

Intervenção Federal

Em 2018, o Rio de Janeiro passou por um momento histórico e inédito, o Estado, por incompetência de seus governantes, sofreu uma intervenção federal no âmbito da segurança pública. O instrumento legal está previsto na Constituição Federal, para uma intervenção completa da União no Estado, quando da incapacidade administrativa do ente federativo. Sem entrar no mérito das controvérsias jurídicas, autoridades federais assumiram, por prazo determinado, o controle da segurança pública carioca.

Os índices de violência do Estado não eram diferentes de todos os anos, altos números de homicídios, roubos e latrocínios, e, com um governo deteriorado pela corrupção, a opção adotada foi a mais fácil, passar a bola, insinuando ineficiência das forças policiais estaduais. Foram nomeados um interventor e um novo secretário de segurança pública, ambos generais do exército, foi implementada uma Garantia da Lei e da Ordem (GLO), permitindo a atuação excepcional das forças armadas na segurança pública.

De inovadora a medida não tinha nada, vários governantes, não só no Rio de Janeiro, já tinham nomeados generais para esse posto, mas, apesar do preparo teórico desses profissionais, segurança pública é um conhecimento muito mais amplo do que os ensinados nas escolas militares. A estratégia equivocada de ampliação dos efetivos ostensivos e operacionais se repetia, os altos custos de mobilização dessas forças foram intensamente questionados por especialistas, com toda a razão, se fazia mais do mesmo, só que agora abrindo os cofres da União.

A relação entre polícia e exército, principalmente no nível estratégico, não é e nunca foi um exemplo de integração; as policiais estaduais são pejorativamente conhecidas nos meios militares da União como força auxiliar, e, apesar de estarem na linha de frente, nunca receberam o devido apoio, pelo contrário, existindo ainda muitas resistências e muitos entraves burocráticos por conta dessa relativa submissão. Mais uma vez, as causas dos problemas de segurança pública foram depositadas exclusivamente na ineficiência das polícias, ação política, *atécnica* e oportunista. As forças armadas passaram, deixaram seu legado, principalmente na logística, sem deixar mudanças significativas nas estruturas, tudo normal na terra de Cabral.

A vaidade persiste nas instituições brasileiras, as forças armadas jamais poderiam pedir sugestões às forças auxiliares. Com isso, era possível verificar bizarrices operacionais. Fuzileiros equipados em plena praia de Copacabana, onde menores roubavam turistas a menos de 10 metros dos militares, mobilizações de blindados para regiões onde não havia a menor necessidade. O pensamento de parte da cúpula das forças armadas foi externado, quando um ministro de Estado afirmou que a segurança pública do Rio estava naquela situação devido à corrupção da Polícia Militar.

Generalização burra e equivocada, desrespeitando os milhares de profissionais que arriscam diariamente suas vidas nesse Estado, defendendo a sociedade, só mesmo um político que não conhece nada da realidade para falar tamanha asneira. Corrupção na polícia existe, jamais podemos fechar os olhos para isso, o combate deve ser intenso, mas isso ocorre em todas as instituições públicas e privadas do país, é um câncer nacional, já provado em diversas investigações pelo país.

Na minha curta carreira na polícia, nunca tinha visto declaração tão irresponsável, corrupção é um mal no país, presidentes, governadores, juízes e procuradores já foram condenados por esse crime abominável. Na PM existe, é fato, e precisa ser combatida urgentemente, mas toda generalização é burra, mas, partindo dessa autoridade, está explicado. Policiais derramam seu sangue nessa cidade há mais de 200 anos, a corporação tem problemas, mas, como costumo dizer, ruim com a PM, mas sem ela pior ainda.

É impossível entender de tudo nessa vida. Decidi ser policial, não entendo de forças armadas, sendo assim, acho pouco provável que militares entendam de polícia, pois, por mais que tenham conhecimento técnico, falta-lhes prática. Um dos momentos mais constrangedores que vivenciei foi durante visita no BOPE em que uma autoridade militar, ao discursar, disse que nós *caveiras*, reconhecidos como uma das tropas mais combativas do mundo, não sabíamos o que era combate de verdade, pois, segundo ele, combate era o travado pelo Exército Brasileiro no Haiti. Minha vontade era "sair de forma", nossas equipes ficaram indignadas, pois, naquela semana, um combatente nosso havia sido baleado gravemente, estávamos mais uma vez sendo comandados por autoridades desconectadas da realidade.

A situação incomodou a todos, os próprios militares federais ficaram constrangidos, ali vi que a gente estava mais uma vez sob o comando de teóricos. Após a declaração infeliz de um ministro, as forças armadas se aproximaram da Polícia Civil. As operações em áreas de alto risco eram realizadas, de regra, em conjunto com a Polícia Judiciária, sem problemas, a coirmã tem experiência e *expertise* operacional, mas a PMERJ e suas unidades operacionais foram praticamente alijadas do processo.

Ao longo da carreira, aprendi que as relações institucionais fluem com mais facilidade no nível tático, a integração do BOPE com as demais forças militares e de segurança é considerável, treinamentos, operações conjuntas e intercâmbios ocorrem com frequência há anos, aqueles que estão na ponta da linha geralmente sabem a realidade e se ajudam mutuamente. No confronto, a bala é igual para todo mundo, não importando a cor da farda ou do uniforme, o que importa é um companheiro do lado, mas são poucas as autoridades que conhecem ou, menos ainda, vivenciaram essa realidade.

O cúmulo do absurdo aconteceu quando as forças armadas decidiram realizar uma operação no Complexo do Alemão, com o apoio da Polícia Civil, até aí sem problemas, pois nossa coirmã conhece bem aquele território e possui policiais qualificados para esse tipo de operação. Mas a determinação que proibia a participação da PMERJ em sua área de atuação foi, no mínimo, infeliz, resultando em trágicas perdas.

O Complexo do Alemão é o coração do Comando Vermelho, nenhuma modalidade de policiamento perdura naquela região, corroborando com o pensamento de que polícia e ostensividade não resolvem nada sozinhas. Na unidade, eu estava treinando, não solicitaram nosso apoio. Quando começaram a chegar as notícias — militar é morto durante a operação —, eu sabia que era questão de tempo para isso acontecer, os vagabundos não respeitavam mais nada.

Operar ali, mesmo para a gente, que fazia isso há anos, era arriscado, imagine para militares; experiência, treinamento e logística não são suficientes, chegamos ao nível atual com horas intermináveis de operações. Mesmo assim, a ajuda da PMERJ não era bem-vinda. Vaidade, falta de preparo e acusações infundadas, que levaram a decisões equivocadas, mataram esse pai de família, junto com quem puxou o gatilho.

Por ironia do destino, brada um acionamento, uma família era feita de refém e a unidade de intervenção tática teria que avançar para o local de atuação ou sob intervenção do Exército Brasileiro. Eu era o mais antigo presente na unidade, e parti para gerenciar essa crise. Fui questionado sobre as ordens de não entrar na região, e soltei um sonoro *foda-se*, pois meu compromisso era com as vítimas e, modéstia à parte, não existia equipe mais bem preparada que a nossa — UIT — para a missão. Estava dentro da lei e da técnica, o restante não me importava.

O evento era em uma comunidade pequena, na parte de trás do complexo, por onde os criminosos costumavam fugir, em caso de megaoperação. Pensei que teria problema já na entrada, não admitiria ser barrado na minha própria casa, mas, para minha surpresa, na verdade nem tanto, esse setor estava descoberto; com toda sua teoria e seu estudo, o planejamento da operação tinha falhado, e por ali a maioria dos criminosos tinha fugido.

Chegando à casa, uma mulher aparece na janela e aponta para o andar de baixo, a informação tinha se confirmado, criminosos faziam uma senhora refém. Para fugir da operação, criminosos invadiram a residência da família por volta das 5 da manhã, obrigando o pai a levar a quadrilha para uma comunidade da mesma facção criminosa. Um vizinho, ao ver aquela movimentação, ligou diretamente para o disque BOPE, sem passar pelo sistema 190, o que deu maior agilidade na ação.

Metade dos criminosos já tinha fugido, mas a outra permanecia no interior da residência; parte da família, ao perceber a movimentação, subiu e se trancou no segundo andar, ação que facilitou nossa vida, diminuindo o número de reféns para somente um. Por se tratar de uma área de risco, levei a equipe de operações junto, normalmente fazem o cerco e dão segurança para as equipes táticas; ocorrência com refém já é complexa, imagine sob ataque de traficantes e, nesse caso, era possível.

As equipes de operações especiais fizeram o perímetro de segurança, e, como conheciam bem a área, nesse caso segurar as equipes era complicado, os caras sempre vão além, não conseguem ficar parados sem prender ninguém, aí que deu o problema. A libertação da refém foi uma das mais fáceis que realizamos, avisamos que a casa estava cercada e que a segurança de todos estava assegurada. Os criminosos não resistiram, deixaram os armamentos dentro da residência e se renderam rapidamente, a vítima estava bem, tinha se trancado em um quarto e, em nenhum momento, os criminosos a incomodaram, só havia vagabundo *cascudo* (com mais tempo no crime) ali, só queriam vazar da operação, não fariam *merda*.

Fuzis e pistolas foram apreendidos; um criminoso mais velho, que não estava em nosso banco de dados, me chamou a atenção. Tratava-se do chefe do tráfico em Manaus, tinha vindo ao Rio para pegar orientações com a cúpula do Comando Vermelho — essa facção já deixou de ser atuante somente no Rio de Janeiro. Enquanto os criminosos interagem e trocam experiências, as forças de segurança brigam e disputam espaço, algo está errado em nossa estrutura. Reféns libertos, criminosos conduzidos para a delegacia, só faltava reunir as equipes para partir, então, me desce um sargento de dentro do mato com um fuzil, tinha encontrado no vasculhamento mais uma arma apreendida.

Meu telefone toca, o comandante pergunta:

— Nossas equipes estão operando no complexo?

— Não, senhor, acabamos a ocorrência agora, estamos no cerco, mas é próximo.

— O gabinete de intervenção está me questionando sobre nossa atuação.

Assim como eu, ele conhece a nossa equipe, não duvidava que o nosso cerco tinha ido parar lá dentro da comunidade. Chamei o sargento e perguntei:

— O que houve, aonde vocês foram e aonde acharam esse *bico* (fuzil) aí?

— 01, fomos subindo seguindo o rastro dos vagabundos e encontramos uma guarnição do Exército de costas para a mata e demos uma ideia neles.

Estava explicado, as equipes são *foda, operações especiais,* de regra, são assim, têm iniciativa, às vezes até demais. Nossas forças armadas possuem uma das melhores tropas de operações especiais do mundo, mas, nesse tipo de missão, com grande mobilização de efetivo, garotos em serviço temporário são empregados, um risco inaceitável jogar esses garotos no Alemão, é o mesmo que mandá-los para a morte.

Policiais experientes morrem há anos naquela comunidade, são incontáveis as vezes que quase morri ali. Segundo o sargento, a patrulha do Exército estava de costas para o mato, nossas equipes praticamente renderam os militares. Sem fossem traficantes, seriam mais baixas. Provavelmente, a ideia não foi bem-recebida, pois no nosso meio a vaidade impera, todos querem ser mais brabos que os outros. Com certeza, a intenção era boa, mas não foi bem-aceita e interpretada pelo comando da operação.

Não demorou muito, e meu telefone tocou novamente, com o prefixo de Brasília, uma pessoa se identificando como coronel do Exército, de maneira arrogante, me perguntava:

— Capitão, o que sua equipe está fazendo aí? Essa região é uma área sob intervenção do Exército Brasileiro.

— Bom dia. Primeiramente, não sei quem está falando, pelo telefone posso ser o Presidente da República, mas não custa explicar, nossa equipe foi acionada para uma ocorrência com refém na área, nossa atribuição legal e administrativa.

— Deveria ter nossa autorização para atuar aí.

— Negativo, estou cumprindo a lei e preservando vidas, essa não é uma área do Exército, a PMERJ patrulha aqui desde 1809, não temos qualquer subordinação funcional.

Desliguei o telefone, por essa ele não esperava. Nunca tinha falado com um recruta do modo que ele tentou falar comigo, respeito e humildade são fundamentais, principalmente com quem está trabalhando. Pensei que minha postura traria problemas, mas nada aconteceu, a operação deles tinham sido um desastre, tinham problemas mais graves para resolver. Dois militares morreram em combate, fato que não acontecia desde a Segunda Guerra Mundial. Naquele dia, as forças armadas conheceram a pior mazela da PMERJ — a perda de um dos seus.

Vários episódios ocorreram na mesma linha, a intervenção teve resultados positivos, e a comemorada redução dos índices criminais foi melhorada no ano seguinte, sem a intervenção. Os altos investimentos em logística foram os únicos legados. Não sou contra a atuação das forças armadas na segurança pública em casos excepcionais, pelo contrário, temos muito a aprender com eles, principalmente nas áreas administrativa e de ensino, mas, operacionalmente, quem entende de polícia é a própria polícia. Já passou da hora de unir forças, pois, enquanto brigamos, a criminalidade cresce, e a sociedade clama por uma solução.

Julgar é difícil

Sempre fui hiperativo, não consigo ficar muito tempo fazendo a mesma coisa, a profissão de oficial de polícia é perfeita para aqueles que possuem essa característica. Atividade operacional, operações e supervisão do policiamento ou administrativas, na chefia de seções, instrução e investigação, quando da apuração de crimes e infrações militares, são algumas das atribuições desses profissionais.

A atividade policial é um somatório de conhecimentos, e um dos ramos fundamentais para seu desenvolvimento é o Direito. O bom policial deve sempre atuar dentro da técnica e da legalidade; a técnica nós aprendemos nas escolas, nos cursos de especialização e no dia a dia. Os aspectos legais da atividade policial são passados de maneira superficial na formação, mas muitos policiais complementam o estudo do Direito, conhecimento não ocupa espaço e nunca é demais. Atualmente, a academia de polícia da PMERJ mudou sua forma de ingresso, recebendo em seus quadros alunos já bacharéis em Direito, seguindo o caminho de outras coirmãs pelo país.

A Justiça Militar é pouco conhecida pelo público geral, inclusive, entre os acadêmicos da área, e em muitas faculdades nem aparece na grade de matérias; em outras, é apenas uma matéria eletiva. Com o desconhecimento, permanece o senso comum de que essa justiça seria um privilégio e não uma prerrogativa dos militares. Ao contrário do afirmado por alguns especialistas, não existe qualquer corporativismo, o sistema é autorregulatório, toda investigação tem a supervisão do Ministério Público, a palavra final nunca será do oficial de polícia, afastando o argumento equivocado. Muitos crimes impróprios, previstos nos dois códigos, penal e penal militar, apresentam maior gravidade na justiça castrense, além do acréscimo dos crimes próprios, que somente estão previstos no Código Penal Militar.

A Justiça Militar divide-se basicamente em Justiça Militar Estadual e da União, sendo aquela a responsável pelo julgamento dos militares estaduais, policiais e bombeiros militares. Na estrutura da AJMERJ existem basicamente dois tipos de julgamentos: singular, realizado apenas pela juíza togada; e o conselho de justiça, formado por um colegiado, de regra, composto por três capitães, um major, além do juiz de Direito. A atuação dos oficiais nas instruções e nos julgamentos ocorre somente nos crimes que atentem contra os pilares das instituições militares — a hierarquia e a disciplina.

Durante as oportunidades de compor o conselho, experiência única para o oficial de polícia, entendi a difícil função de julgar e decidir a vida de companheiros. Após o término da faculdade de Direito, via muito pouco sua aplicabilidade, somente algumas questões relacionadas ao direito constitucional, penal, administrativo, penal e processual penal. A faculdade não é direcionada para os policiais ostensivos, mas como juiz militar foi possível ter essa experiência.

A atividade policial é complexa, os limites entre a legalidade e a ilegalidade são tênues dependendo do caso concreto, tornando a aplicação da justiça uma tarefa dificílima. Primeira lição aprendida na academia, dada por um experiente oficial:

— Polícia não é emprego, aqui vocês poderão perder a qualquer momento a vida ou a liberdade.

Infelizmente, já tinha visto alguns companheiros perdendo a vida, pior sensação que um combatente pode ter. Na Justiça Militar, vi alguns perdendo outro direito fundamental — a liberdade. Basicamente, existem dois tipos de erros na polícia: o erro técnico e o erro moral; o primeiro, por vezes, é inevitável, todos estão sujeitos. Durante uma operação sob fogo inimigo, sem o devido treinamento, a possibilidade de erro é grande, condenar um companheiro nesse caso trazia grande desconforto, erra muito quem trabalha muito, geralmente essa é a regra.

Já o erro moral, muitas vezes relacionado aos crimes de corrupção, ao contrário, não causava nenhum remorso. Para ele, o rigor da lei deve ficar claro para o policial, pois ninguém é mais lesivo para a instituição do que o mau policial, esse deve ser combatido constantemente. Crimes desse tipo levam todos para o descrédito, as penalidades nunca são individuais, pois, com uma imprensa, de regra, parcial e contrária às forças policiais, nunca é o policial "x" ou "y", mas sim o policial militar. A ideia é sempre denegrir a instituição.

A nova missão não era confortável. Como seria trabalhar com um juiz militar, promotores, advogados e defensores? Eu tinha dúvidas se estava devidamente preparado. No Judiciário, apesar do básico conhecimento jurídico, só atuava na condição de testemunha ou acusado, normal para qualquer policial de ponta. Toda mudança gera desconforto. Por mera coincidência, na época em que fui sorteado, estava afiado no Direito, e os demais membros do conselho não eram formados na área, então, acabava sobrando para mim algumas análises jurídicas.

Tudo era muito novo e antagônico, sair direto de operações nos lugares mais inóspitos da cidade para atuar em um tribunal, com uniforme de gala, era um verdadeiro do lixo ao luxo, só a PMERJ é capaz de proporcionar isso. Às vezes, me pegava rindo no meio dos engravatados e das mulheres de vestidos elegantes, que mal sabiam que horas antes eu estava no chiqueiro, procurando fuzis enterrados, ou no meio de um charco, perseguindo traficantes. Amo minha carreira. Que outra profissão permitiria uma mudança tão brusca? Trabalhe com o que gosta que sempre estará de folga, estou realizado.

A insegurança passou rápido. A juíza era sempre atenciosa e paciente, explicando detalhadamente todos os ritos processuais. Ela era sempre humilde, nos tratando como iguais, era bem diferente de muitos magistrados que já havia tido contato ao longo da carreira. Logo no primeiro dia, a magistrada disse que ali ela precisaria muito da nossa ajuda, pois um julgamento justo passava muito mais por questões operacionais do que processuais. Era exatamente isso, pois, pela especificidade da atividade policial militar, muitas análises de casos concretos necessitavam mais de conhecimento prático de polícia do que teóricos de Direito.

Por ter boa prática operacional, já devia ter uns cinco anos de BOPE, conhecimento teórico, oriundos da faculdade de Direito e de instruções realizadas na formação e em cursos de especialização na polícia, tudo se tornou menos complexo. Vários casos chamam a atenção, destacarei dois que tive a oportunidade de acompanhar mais detalhadamente — um relacionado ao crime de tráfico de drogas e outro capitulado de lesão corporal culposa.

Em um batalhão do interior, que começava a sofrer com o fenômeno recente da interiorização do crime, policiais do PATAMO haviam sido presos em flagrante por uma equipe da corregedoria; segundo a denúncia, guardando drogas no interior de uma viatura policial estacionada no pátio da unidade. Existe a previsão do crime de tráfico na justiça castrense, a conduta foi tipificada pelo Código Penal Militar (CPM) e não pela lei 11.343 (Lei de drogas), por se tratar de um crime militar. Na Justiça Militar, a ação delituosa é genérica, não importando a destinação da droga, em suma, droga no quartel é tráfico.

Aquela dinâmica me chamou a atenção, analisando o processo detalhadamente, o flagrante cumpria todos os requisitos legais, e, mesmo que esse ato em alguns casos dispense o inquérito, o procedimento investigativo foi instaurado, concluindo pela existência de indícios de autoria e materialidade de crime militar. Saindo da avaliação jurídica para a avaliação operacional, observei que a alegação dos réus fazia sentido. Os diversos obstáculos passados na carreira serviram para aprender que nem tudo é o que parece, e o papel nem sempre reflete a realidade.

Os policiais realizaram uma operação pela manhã em uma comunidade sob forte influência do tráfico, e, após exaustivo vasculhamento, lograram êxito em encontrar uma mochila cheia de drogas abandonada em um conhecido ponto de traficância. Terminada a operação, pegaram o material, jogaram na mala da viatura e partiram para a delegacia, a fim de apreender o material ilícito.

Todo policial operacional sabe a dificuldade que é apreender drogas, pois a própria lei obriga que o material seja confirmado por perícia, mas, com a infraestrutura e a alta demanda do nosso sistema pericial, ainda mais no interior do Estado, esse tipo de ocorrência leva horas. Na prática, o policial que apreende, mesmo após horas de operação, ainda se desloca para o instituto de criminalística que, geralmente, não fica na delegacia, trazendo desgastes e transtornos operacionais e administrativos. Por isso, ninguém gosta de fazer quando não há flagrante.

Segundo a alegação de defesa, a equipe havia parado na unidade para realizar o almoço e, por não se tratar de flagrante, seria somente uma apreensão de material, não haveria necessidade de urgência. Conheço bem a área do batalhão. Tirando o centro da cidade, o patrulhamento é reduzido a uma estrada espremida entre o mar e a montanha, cortando alguns municípios do Estado. Curiosamente, fui verificar o mapa, identificando os pontos relevantes, mania de *operações especiais*, comunidade, batalhão e delegacia, verificando que os policiais estavam falando a verdade. O batalhão ficava exatamente no meio do caminho.

Ter prática operacional nesse caso foi mais importante do que o conhecimento jurídico. De fato, analisando somente a denúncia e as alegações da parte acusatória, a conduta era típica, mas nem sempre o que está autuado corresponde à realidade. Quantas vezes, equipes durante operações apreendem materiais entorpecentes, jogam no fundo do blindado e, com o dinamismo dos confrontos, se esquecem do material apreendido, lembrando só quando chegam à unidade, tendo que voltar à delegacia? Seria justo prender esses policiais? Não creio que a conduta apresente qualquer potencialidade lesiva, nunca condenaria policiais por um erro técnico, que já havia cometido.

Eu me coloquei na condição daqueles policiais, pois, após operações, já levei para a unidade carregadores arrecadados que só ao desequipar percebi dentro dos inúmeros compartimentos do colete tático. Nunca houve qualquer intenção de cometer peculato, por exemplo, o ato de apreender foi posteriormente. No caso de uma vistoria inopinada da corregedoria, poderia ser preso por porte ilegal de arma de fogo de uso restrito, não vejo aplicação de justiça nesse caso. É uma realidade, a lei e seus procedimentos processuais nem sempre entendem ou acompanham a velocidades dos fatos operacionais, principalmente no Rio de Janeiro, então, não tinha outra opção senão absolver aqueles policiais, sendo este o meu voto.

Outro caso, que muitos acreditam que só acontece nos exemplos de livros jurídicos ou no cinema, ocorreu em um importante batalhão da região metropolitana da cidade. A atividade policial é complexa, o soldado policial, ao contrário do soldado das forças armadas, tem poder decisório, sua atividade não se baseia exclusivamente em cumprir ordens. Nas ruas, durante o patrulhamento, policiais — independente do grau hierárquico — decidem o tempo todo, o comandante nem sempre estará ali para dar uma ordem; na hora da ocorrência, a decisão é do operador. Essas decisões geralmente têm consequências, um erro pode custar caro, geralmente a morte, e, no caso da auditoria, a liberdade.

A formação policial como qualquer outra se complementa com as atividades práticas, por mais que se crie uma escola eficiente, nenhum profissional sai pronto, principalmente na polícia. Observei de perto essa realidade. Durante anos, fui instrutor nas duas escolas da PMERJ, a complexidade da atividade deve ser considerada na análise e no julgamento dos casos concretos no judiciário.

O réu era um soldado recém-formado, tirando um serviço de apoio, ou seja, em um território novo, com poucos companheiros conhecidos. Ao ver aquele garoto ali sentado, assustado, em um tribunal militar, cercado de superiores hierárquicos com suas fardas impecáveis — uma juíza togada e membros do Ministério Público — mais uma vez fiz o fundamental exercício de me colocar no lugar do policial, tentando entender o que se passava na cabeça dele. Naquele momento, ele entendia a responsabilidade de ser policial e os riscos inerentes à profissão pela pior maneira.

A imputação era de lesão corporal gravíssima. Durante o patrulhamento, em uma área reconhecidamente com altos índices criminais, pelo menos para policiais experientes, o recruta recebe uma denúncia de transeuntes.

— Policial, dois homens em uma moto acabaram de roubar ali.

Com a empolgação característica dos iniciantes, redobra a atenção no patrulhamento e sai na busca dos criminosos. Dobrando a esquina, alguns metros depois, vê o seguinte cenário — dois homens rendendo um motociclista. Na sua cabeça, estavam ali os criminosos. Com a coragem necessária, realiza a abordagem no padrão e, ao comunicar a presença da polícia, o homem armado se vira na direção do recruta que, corretamente agindo em legítima defesa iminente, realiza dois disparos.

O instituto da legítima defesa, um dos mais importantes do ordenamento jurídico para nós policiais, afasta a ilicitude do fato. Segundo o entendimento jurídico, o policial pode reagir — usando os meios necessários de maneira moderada e proporcionalmente — a uma injusta agressão real ou iminente. Por conta da subjetividade dos termos, característica do nosso direito, cabe bastante interpretação na esfera jurídica. Usando o *"polialês"* bem claro, não precisamos esperar que o criminoso ataque para reagirmos, senão nem haverá tempo de responder na justiça, morrerá antes. É melhor ser julgado por 07 do que carregado por 6.

Como ensinado na escola, o soldado realizou dois disparos, um no peito e outro que pegou na altura do joelho, neutralizando a ameaça. Ao se aproximar com segurança, para verificar o ferido, com seu companheiro rendido, observou que ele usava um colete da polícia e que tentava informar isso desde início da abordagem, mas o capacete impedia. A infeliz surpresa: o baleado não se tratava de um criminoso, mas de um policial da seção reservada do batalhão de área, uma verdadeira fatalidade.

Realizado o socorro, o policial foi denunciado pelo crime de lesão corporal. Só de ler o processo, analisando as circunstâncias do fato, ficava claro para mim se tratar de um exemplo claro de erro, entretanto, essa clareza não era entendida pelo membro do Ministério Público, não era culpa dele, não conhecia nem de longe a realidade das ruas e o estresse da atividade policial. Algumas considerações eram importantes, a pouca experiência do policial, o desconhecimento do terreno, não ter qualquer informação referente à atuação da seção reservada da unidade na área e a denúncia do transeunte, e, na primeira oportunidade, trouxe todas para discussão no conselho.

O policial alegava em sua defesa que o rádio utilizado não funcionava no momento da abordagem, com isso não sabia de qualquer movimentação policial na região, ostensiva ou reservada, impedindo apoio ou a presunção de se tratar de equipes da seção de inteligência (P2) atuando ali. Mais uma vez, a experiência operacional ajudou, conhecia bem a região, sabia que se tratava de uma área de sombra e que ali ocorriam muitos roubos, criminosos saíam do interior do Complexo do Lins roubavam e voltavam para a comunidade. A situação era tão difícil que o próprio policial vitimado, que devido ao tiro ficou com uma lesão permanente na perna, não queria a condenação do colega. É claro, geralmente quem está no *front* de batalha sabe a dificuldade da missão policial.

Por ser o mais moderno do conselho, realizo o meu voto primeiro, tinha que convencer os demais juízes da inocência do policial, pois erros, infelizmente, acontecem, principalmente em nossa atividade com alto grau de risco e dificuldade. Soltei todos os argumentos, expliquei as causas que levaram à falsa percepção da realidade, nem todos os oficiais do conselho tinham experiência operacional, suas análises estavam restritas ao processo, precisava convencer os companheiros, não absolveria sozinho. Se balear um criminoso não é uma situação agradável — quem achar isso está com sérios problemas —, imagine um companheiro. A pena daquele garoto já seria perpétua em sua cabeça; qualquer outra aplicada pelo judiciário seria desnecessária, e assim foi feito, a maioria do conselho me acompanhou, o soldado saiu dali com uma lição, mas não culpado.

Impulsividade pode matar o combatente

Os riscos da atividade policial no Brasil não são segredo para ninguém. Fiz minha especialização de mestrado em vitimização policial, chegando a dados impressionantes, muitos deles que já havia vivido na pele. Imagine quando somamos duas profissões de altíssimo risco, policial e piloto de aeronave, é testar literalmente o sistema. Em números relativos, a PMERJ é, sem dúvida, uma das forças militares com a maior quantidade de helicópteros abatidos em voo no mundo.

Como tudo no Rio de Janeiro, o policiamento aéreo foge à regra, esses profissionais são mais combatentes do que pilotos, pois, além das dificuldades inerentes à pilotagem em si, devem conhecer todas as informações referentes ao combate policial, permitindo uma perfeita integração terra e ar. Não sei se teria tais habilidades, nem ao menos a coragem, e, após terminar o curso de operações especiais na Colômbia, tive a oportunidade de permanecer naquele país, em sua renomada escola de aviação, mas desisti, porque sou de infantaria, gosto de ver o inimigo olho no olho.

Temos muitas qualidades que os brasileiros desconhecem que, por vezes, são mais valorizadas no exterior do que aqui no nosso país. Em matéria de aviação, um dos melhores pilotos policiais do mundo é brasileiro; policiais do mundo inteiro vêm de longe apreender com eles. A primeira e única mulher piloto, apta na pilotagem de aeronave blindada, é da PMERJ, ambos deveriam ser motivo de orgulho para todos, mas, infelizmente, essa não é a realidade. O fato de possuir aeronaves policiais blindadas por si só já deixa claro a realidade operacional. O Rio de Janeiro é uma das poucas polícias do mundo a utilizar aeronaves de guerra no policiamento, isso posso afirmar por pura prática, sua atuação é necessária e já salvou a vida de equipes de solo algumas vezes.

Como integrante de tropas especiais durante a maior parte da carreira, tive a oportunidade de utilizar esse equipamento em diversas operações, seja no transporte de tropa, apoio de fogo ou plataforma de observação. O risco é imenso, os traficantes possuem armas com capacidade de abater aeronaves com grande facilidade, como foi feito em uma operação no Morro dos Macacos, no ano de 2009, causando perdas pessoais irreparáveis, sendo mais uma página triste na nossa história.

Atualmente, as aeronaves policiais vêm sofrendo uma série de tentativas de restrições no emprego operacional, por medidas judiciais no Rio de Janeiro. ONGs — por vinculação ou associação com o tráfico, ou, no mínimo, conivência para atuação em territórios com forte influência de criminosos — acionaram a justiça, com auxílio da Defensoria Pública, visando a proibir o emprego dos denominados *caveirões* voadores, nome colocado pela própria imprensa, sempre com o objetivo de faturar e descredibilizar as forças de segurança.

Impressiona como alguns membros do judiciário proferem decisões completamente desconectadas da realidade. Fico imaginando que coincidência, logo na favela onde os traficantes possuem como característica operacional principal a utilização de lajes e alto de prédios como área de ataque contra a polícia, uma ONG local requere junto à justiça, através da Defensoria Pública, a proibição da utilização de aeronaves. É no mínimo estranho.

Esse conjunto de favelas tem como principal dificuldade operativa os ataques de cima para baixo, o BOPE, inclusive, já perdeu policiais ali assim. Os criminosos se posicionam nas lajes, deslocando-se por elas, utilizando madeiras como passadiços, transformando essa favela numa verdadeira casa de matar policiais. A vantagem tática é imensa, com acesso irrestrito à casa de moradores, para eles, violação de residência não existe; já para nós, por conivência ou medo, denunciar a polícia é sempre mais fácil e, por vezes, rentável.

O enfrentamento é desigual, além de já estarem no terreno, os traficantes não estão no mesmo plano, sendo importante a atuação dos *homens lajes* (função de proteção de ataques vindo do alto) e o apoio aéreo, sendo essas as únicas medidas de segurança possíveis para as tropas em solo. Ao sobrevoar a comunidade, não resta outra opção aos traficantes senão descer dos pontos altos de observação e ataque, deixando o combate em condições mais iguais e, com certeza, isso incomodou muita gente.

Tinha acabado de chegar ao batalhão de CHOQUE, ainda tentando entender a dinâmica operacional da unidade e estabelecer protocolos operacionais, então, começamos a desencadear operações denominadas de "choque de ordem". Por se tratar da maior unidade da polícia, o BPCHQ era o único batalhão que conseguia realizar operações com mais de 200 homens concomitantemente, treinados e devidamente fiscalizados, apresentando, em pouco tempo, excelentes resultados. Missões desse tipo eram possíveis, e, o mais importante, com segurança.

O conceito operacional desenvolvido era demonstração de força para não precisar usar, o traficante percebia que com aquela quantidade de policiais qualificados, incursionando ao mesmo tempo, uma reação poderia ser fatal. Com essa doutrina operacional, todos saíam ganhando. Os policiais tinham maior segurança, a quantidade e intensidade dos confrontos eram menores, assim como os efeitos colaterais para a população local. Além disso, com o grande efetivo empregado, era possível realizar intensas revistas, produzindo inúmeras ocorrências, aumentando consideravelmente os resultados operacionais.

Todos os tipos de crimes e irregularidades eram combatidos, do tráfico ao jogo do bicho, do cumprimento de prisão de homicidas à retirada de barricadas do tráfico. Por mais que as ações tivessem curta duração, o apoio da população local, cumpridora de suas obrigações legais, sempre discreta por medo do tráfico, era um diferencial. Com o aumento da credibilidade da polícia, as denúncias aumentam rapidamente, e ninguém melhor do que o morador para saber o que ocorre dentro de sua comunidade.

Durante uma operação no Complexo do Lins, localidade que reúne várias favelas de difícil acesso, cortada por uma das principais vias de ligação entre as zonas norte e oeste da cidade, a autoestrada Grajaú-Jacarepaguá, e rodeada de áreas de mata. Conhecia muito bem essa localidade, além de ter operado muito com o BOPE ali, passava todos os dias pela via, no caminho para o trabalho, já sabia onde ficavam os olheiros e os *contenções* do tráfico, não sendo raro esbarrar com alguns deles atravessando a pista.

Planejamento feito, equipes iriam entrar por todos os pontos da comunidade, blindados seriam utilizados, e observadores estariam em pontos notáveis no terreno. Logo na entrada, por uma via ao lado de um grande hospital das forças armadas, criminosos disparavam em direção às equipes, colocando usuários de *crack* na linha de tiro. Não restava outra opção para os policiais se não se abrigarem e torcer para não acertarem nenhuma daquelas pessoas, pois, com certeza, cairia na nossa conta.

Que situação degradante, os usuários corriam na nossa direção, desorientados pelo efeito da droga, muitos rindo sem imaginar o risco que corriam; disparos passavam entre os viciados, batiam no chão, nos muros e não acertavam nenhum deles. Deus cuida das crianças, dos bêbados e viciados, aquilo não era possível. Se tentasse qualquer progressão ali, seria baleado, enquanto os criminosos davam suas rajadas, nós realizávamos poucos tiros colocados, todo tiro policial é comprometido, não podemos errar em hipótese nenhuma.

Com a aproximação das equipes, os criminosos começaram a se esconder, estavam cercados, todos os acessos estavam fechados, a área de mata, uma conhecida rota de fuga, foi inviabilizada pelo emprego da aeronave; se correr o bicho pega; se ficar o bicho come. Cessados os disparos, era só iniciar o vasculhamento, muitos criminosos estavam escondidos nas casas dos moradores, era checar casa por casa para encontrar os marginais que, minutos antes, tinham tentando tirar minha vida e da minha equipe.

Não demorou muito para começarem as primeiras ocorrências: fuzis, pistolas, granadas e drogas apreendidos; foragidos da justiça por tráfico, roubo, homicídios e até mesmo falta de pagamento de pensão alimentícia rodavam a todo momento, o CHOQUE faz uma limpa geral. Ao contrário do BOPE, o CHOQUE tinha tempo, efetivo, meios e, principalmente, paciência para fazer esse tipo de ocorrência. Mais de 30 veículos foram recuperados, sem dúvida, foi um prejuízo no crime e um alento para toda a sociedade.

Os resultados eram expressivos, e o melhor, sem nenhum policial ferido ou qualquer incidente de bala perdida. A operação era um sucesso, mas, como combatente, estava frustrado, pois aquela operação não chegava nem perto dos intensos confrontos travados na época do BOPE; vai entender, guerra vicia. Comecei a analisar o terreno, me perguntando onde os traficantes poderiam estar escondidos, ali eles tinham como características andar em grupos, nos denominados *bondes* (grupo de traficantes), fugirem para a área de mata e nunca abandonar o terreno, com medo de invasão das facções rivais.

Aprendi com um velho guerrilheiro a parar e ficar olhando o terreno, tentando imaginar o que o criminoso faria, tentando entrar na cabeça deles. É difícil de explicar, mas geralmente dava certo. As operações do CHOQUE nunca eram sigilosas, o simples deslocamento do comboio com mais de 80 viaturas de todos os tipos já alertava todos os traficantes da cidade. O monitoramento dos passos da unidade era constante, rede de informações, criminosos, imprensa e o inimigo interno permitiam a ação antecipada dos marginais, e nessa operação não foi diferente, pois poderiam ter fugido antes do início, geralmente isso ocorre, principalmente com os líderes.

Observava o Morro da Cotia, única favela localizada acima da autoestrada, que, devido ao seu tamanho, só havia sido cercada visando a impedir a fuga dos marginais naquela direção, evitando que se evadissem por uma extensa área de mata durante a operação. Era possível mesmo que os confrontos iniciais indicassem a presença de traficantes e que as principalmente lideranças tivessem fugido antes do início da operação.

Subi todo o morro, uma longa pernada, provando que preparo físico é um pré-requisito para policiais operacionais. Lá, encontro um grande amigo de turma que havia acabado de retornar à unidade, e, com muito tempo sem treinar, quase morreu na subida, mal sabia a furada que estava se metendo. Já na entrada da comunidade, peguei apenas quatro policiais e parti para a favela, esse foi o meu erro, sempre temos que acreditar que pode dar *merda* a qualquer momento em nossa atividade, assim nunca seremos pegos desprevenidos.

Com a supervisão de graduado do Grupamento Tático de Motociclistas (GTM) e acompanhado de mais dois policiais que estavam no cerco, parti com uma patrulha de apenas seis policiais, tudo ao contrário do que havia aprendido. Minha vontade de combater e precipitação poderiam ter custado nossas vidas. Incursionando a pequena favela, não demoramos muito a chegar ao topo; espremida entre a via e uma área de mata, não existe acesso nem para viaturas, ali somente a infantaria. Alguns sinais chamavam a atenção, favela vazia, apesar de ser fim de semana com um sol forte; ao passar pelos becos, crianças entravam em casa correndo e os moradores olhavam para a gente com desconfiança, redobrei a atenção e seguimos em frente. Como aprendi com os mais experientes, o terreno fala e aquilo estava bem estranho.

No limite entre o fim da comunidade e o início da área de mata, existem ali várias pedras grandes, e, apesar do risco, sabia se tratar de um bom abrigo para ataques vindos da área de mata. Nada como conhecer o terreno, pois, como puxava a ponta, normalmente exercia essa função, mesmo contrariando a técnica que, de regra, diz que o comandante é o terceiro homem, precisava acompanhar e comandar toda a patrulha. No deslocamento, já parti para esses abrigos, e, antes mesmo da chegada do segundo ponta, já começaram os disparos vindos do interior da mata.

Comecei a sentir as lascas das pedras voando para todo lado. Na hora que a bala voa, é automático, diminuímos a silhueta, contrariamos a lei da física entrando em buracos que, em condições normais de temperatura e pressão, nunca aconteceria, é o instinto de sobrevivência. O confronto era intenso, estávamos em clara inferioridade numérica e bélica, a quantidade de tiro que vinha do interior da mata era considerável, e na minha equipe nem todos portavam fuzis, as nossas submetralhadoras só faziam barulho, e, apesar da coragem dos policiais, eram ineficazes naquele momento.

Confronto em área de mata vence que tem maior poder de fogo. Meu receio era que os criminosos tentassem cercar a equipe, aí seria o fim. Determinei que todos se atentassem para os flancos. Um sargento *antigão* (policial com muito tempo de polícia), um dos melhores com quem trabalhei até hoje, promovido merecidamente por bravura na PMERJ — ao contrário de muitos — juntamente com o companheiro de turma, atirou constantemente, eles não deixavam cair nossa cadência de tiro, inviabilizando o avanço dos traficantes. Começo a escutar movimentação e gritaria no interior do mato, criminoso não tem disciplina de ruído e, naquela altura do confronto, era um verdadeiro salve-se quem puder pelo lado deles.

Operava há anos naquela localidade, com a experiência e as informações de inteligência, sabia que os criminosos locais gostavam de guerra, não iriam recuar facilmente. Ao sentir a aproximação deles, arremessei uma granada de efeito moral, a única que temos disponíveis. Mas eles, ao contrário de nós, têm de tudo. Para o tráfico, na prática, não há restrições, não cumprem a lei, compram no mercado negro. Sem saber que tipo de explosivos estávamos usando, recuaram. A intensidade do confronto já era perceptível pelas demais equipes, que começaram a se deslocar em apoio.

No meio do tiroteio, meu telefone vibra. Ali nosso rádio não funcionava direito, era meu comandante perguntando:

— Que *merda* que você está arrumando? Essa *balaria* (confronto) é com você?

Ele me conhecia muito bem e ouvia os disparos ao fundo; falando no telefone com uma mão e atirando com a outra, pedia a ele um apoio aéreo, bastava a aeronave passar ali que os criminosos parariam de atirar, não iriam denunciar suas posições em uma área de mata sem abrigo para tiros vindo do alto. Nossa aeronave iria brincar com eles.

— Coronel, estamos na *merda* aqui, bala voando forte no alto da Cotia, vim verificar a comunidade, e os caras estavam todos reunidos aqui em cima, manda a aeronave, vai pegar todo mundo.

— Foram abastecer.

— Que *merda*! Agora, quando precisamos deles, eles vão embora. Não servem para *porra* nenhuma mesmo, vou me virar aqui.

Era normal, as aeronaves possuem autonomia limitada, estavam nos apoiando desde cedo, tinham que retrair uma hora, foi azar que logo no momento que precisei, os caras não estavam; a culpa não era deles, e sim minha, de não ter planejado nada. Nossas equipes foram chegando, os criminosos foram retraindo, subindo o morro e sumindo em direção à área de mata fechada.

Um policial me informou que todos na faixa de rádio escutaram minha fala com o coronel, pois, como eu estava deitado, o PTT do rádio ficou apertado, tinha criticado a atuação do grupamento aéreo publicamente. Completa injustiça, quantas vezes já havia sido apoiado pelos companheiros do aéreo, então, não demorou muito para o comandante da unidade me telefonar perguntando o que tinha ocorrido.

Expliquei me desculpando, deixei claro que não me importaria de fazer isso com sua tropa, falei *merda* e assumiria meus atos. Como *operações especiais,* ele entendeu que aquela não era minha opinião, que foi devido a um momento elevado de estresse, ficou tudo bem e seguimos para a próxima, mas, sem dúvida, aquele foi um dia em que fui injusto e falei *merda*.

Seguimos progredindo lentamente pelo interior da mata, observando rastros de sangue, tínhamos baleados alguém, encontramos mochilas com drogas e munições que eles haviam deixado pelo caminho, além de um fuzil *AK 47*. Com os ânimos mais calmos, reuni as equipes, todos os policiais satisfeitos pelos resultados, mas o mais importante na operação é que todos estavam bem. Foi por pouco, a nossa sorte é que a maioria dos traficantes é covarde, e eles correm, mesmo com todas as vantagens táticas. Naquele dia, minha intuição e o excesso de vibração quase me mataram, e minha língua fez algumas inimizades.

Explicar o inexplicável, a linha tênue entre o certo e o errado na atividade operacional

A atividade policial operacional é complexa, é fato que o ordenamento jurídico não acompanha a realidade dos fatos, evoluindo e modificando estes com mais velocidade. Um bom exemplo é a lei 13.497 de 2017, que tornou, recentemente, entre outras modificações, o porte de arma de fogo de uso restrito em crime hediondo, agravando a conduta. Entretanto, desde o início dos anos 1990, essas armas circulam com grande frequência pelo território carioca, vitimando policiais há muito tempo.

Ao contrário do que é amplamente divulgado, é fácil prender o policial com a falta de credibilidade presente nas instituições e o massacre da imagem diária pela mídia. O importante conceito jurídico foi invertido, passando de presunção de inocência para presunção de culpabilidade, então, na dúvida, o policial está errado. Por outro lado, temos que reconhecer que temos problemas, inércia correcional, escassez de treinamento, logística deteriorada, precisamos continuar evoluindo, mas a polícia não é e nem pode ser responsabilizada pelo caos que se encontra a nossa segurança pública.

Casos concretos confirmam essa realidade. Se o policial possui um bem de alto valor, é porque está envolvido em algum ilícito, não se leva em consideração uma segunda renda, herança ou boa estrutura financeira familiar. Nas trocas de tiro, a bala perdida sempre saiu da arma de um policial, tem uma explicação lógica, esse poderá ser responsabilizado facilmente. O preconceito é tão expressivo que as denominadas minorias, justamente defendidas, quando se trata de policiais são esquecidas, as condições de negro, homossexual, nordestino e mulher são praticamente ignoradas quando estes pertencem aos quadros da polícia, principalmente a militar.

Precisa ficar claro que parte dessa descredibilidade é causada por maus policiais, que devem ser punidos exemplarmente e excluídos da corporação. Não custa repetir, ninguém prejudica mais o bom policial do que o mau policial, este não é a maioria e não representa a instituição. O policial da ponta atua o tempo todo, balançando entre a legalidade e a ilegalidade, a tomada de importantes decisões é constante: prender ou não, estou abusando da autoridade ou prevaricando, atiro ou não, legítima defesa ou homicídio doloso, são alguns dos dilemas diários na vida de qualquer policial operacional.

Uma tomada de decisão errada em fração de segundos muda a vida, seguindo outro curso, em vez de estar vivendo todas essas experiências, estaria trancado no batalhão prisional. Quantas vezes estive à beira do cometimento de um crime? Que fique claro que aqui trato especificamente de erros técnicos, relacionados à atividade operacional; erros morais, relacionados geralmente a crimes contra o patrimônio, não apresentam qualquer justificativa. Corrupção, peculato e concussão devem ser submetidos ao rigor da lei, com a agravante de colocar em cheque toda a instituição policial e seus integrantes, que sangram diariamente por todo o país.

Realizando uma operação noturna na Comunidade do Jacaré, favela com várias dificuldades operacionais, tais como ruas barricadas, áreas planas e elevadas, grande fluxo de pessoas, quase que 24 horas por dia, além da proximidade de favelas sob influência de quadrilhas da mesma facção, que a apoiavam costumeiramente durante as operações. Perdemos as contas de quantos confrontos tivemos naquela localidade, esta favela é um bom exemplo de uma característica operacional do Rio de Janeiro, em alguns lugares não existe a possibilidade, mas sim a certeza do enfrentamento armado.

Entrei com a equipe pela localidade conhecida como Feirinha, chama atenção que próximo dali existe a sede de uma ONG que cuida de animais de rua, principalmente cães. Entrar por ali é uma barulheira infernal. O ponto de incursão é complicado, uma rua larga, alguns prédios e um grande descampado, e, ao iniciar o deslocamento, já fomos atacados por tiros de submetralhadora que vinham na nossa direção, só dando tempo de me abrigar em uma manilha de esgoto. A rua movimentada, que passava atrás da gente, que se dane, o criminoso não tem compromisso com nada, matar mais um ou menos um não tem diferença. Sem conseguir enxergar a origem do ataque, não me restava outra opção senão me proteger, esperando cobertura e o melhor momento para o deslocamento.

O atirador da patrulha identificou o agressor e começou a responder com tiros colocados, então, nesse momento, progredi junto com o outro ponta da patrulha. Paramos na parte mais complicada, a linha de trem que corta a região, além do descampado, onde sempre ficavam pontos de *contenção*, o local era lotado de usuários de drogas, e sua segurança era nossa responsabilidade. Atravessando correndo, fomos atacados novamente, os tiros passavam perto dos usuários e nenhum era atingido, ficavam dançando em pleno tiroteio, e, ao contrário dos criminosos, cessamos os disparos. É triste ver o que a droga faz com o ser humano, e ainda tem gente que apoia essa porcaria.

Como alguns disparos foram bem perto, começamos a vasculhar as cabanas onde ficavam os usuários, impressiona qualquer um a condição como vivem — fezes, urina e resto de comida se misturam. Quem cultua o uso de drogas, nunca viveu essa realidade de perto. Deslocando-nos no meio dos usuários, atento aos possíveis pontos de ataque, do nada um vem em nossa direção, puxa uma arma e nos aponta, meu dedo imediatamente foi no gatilho, mas aquela última verificada antes da tomada final de decisão foi fundamental para constatar que se tratava de um simulacro.

O coração bateu mais forte, nos entreolhamos, enquanto o usuário saía rindo e debochando, dizendo que o policial estava assustado. A vontade era baixar a *porrada*, mas de nada adiantaria, aquele infeliz não sabia o que estava fazendo e acabaria sobrando para mim. Imagine a reportagem: oficial do BOPE bate em vítima da sociedade. Vontade vem e passa, nossa missão ali era outra. Essa fração de segundo fez toda a diferença, a contextualização no caso, mesmo em uma boa investigação criminal, nunca vai da integralidade para o papel. Se a decisão fosse outra — atirar —, por mais que existam teses jurídicas defensivas, no mínimo, daria muita dor de cabeça. Não gosto de jogar com a sorte, foi a melhor decisão, mas naquele dia passei perto da cadeia.

Em outra operação, o Vidigal estava em guerra, facções oriundas da Rocinha insistiam em tomar o morro vizinho, com tiroteios constantes, não tinha alternativa, manda o BOPE ir lá para limpar essa *cagada*. O morro apresenta algumas características interessantes, localizado na zona sul da cidade, de frente para o mar e com uma das mais belas vistas da cidade. Tudo ali chama a atenção das autoridades, a elite carioca não quer escutar tiroteio próximo aos seus valorizados apartamentos.

Recentemente, em outro evento, o BOPE havia matado 11 criminosos na mesma favela, sendo esta ocorrência eternizada em uma canção da unidade — "O BOPE desceu do Vidigal aplaudido".

Realidade nua e crua, por se tratar de facção rival, a população local, que tanto critica a letalidade policial, aplaudiu a unidade, coisas do Brasil; pimenta no cu dos outros é refresco. Pouco me importava com isso, nosso lado é a lei, ou seja, não temos lado, aprendi isso com muito sofrimento. Logo, pouco importava em quem estava atirando, atentou contra a minha vida ou da minha equipe, vai morrer, doa a quem doer, a lei me permite fazer isso, utilizar os meios necessários para repelir a injusta agressão. Como vagabundo não perde a oportunidade de nos atacar com seus fuzis de guerra, não mandarei flores para eles.

Por mais que os *policiólogos* afirmem, contra tiro só tem uma alternativa, atirar de volta. Teorizar de fora da *merda* ou do *front* é mole. No dia que derem a solução, me avisem, porque guerra cansa e não é interessante para ninguém, os prejuízos são de todos os lados. Comunidade difícil de operar, pelas características operacionais e políticas, sendo estas últimas, por vezes, mais complexas de se manobrar que a primeiras; como soldados, lidamos melhor com a guerra do que com a falsidade.

Em outra operação na mesma localidade, a equipe começou a ser seguida por duas pessoas, e, ao abordá-las, perguntamos:

— Estão precisando de algo?

— Não, estamos atrás de vocês, para ver o que estão fazendo na nossa comunidade.

— Só cuidado, porque nem sempre somos bem-recebidos na sua comunidade, e estamos aqui para garantir sua segurança também.

Temos que aturar essas coisas. Controle emocional é uma virtude, e, posteriormente, soube que se tratava de uma atriz de uma conhecida rede de televisão, nascida e criada na comunidade. Sua atuação era uma clara tentativa de intimidar nossa atuação, mas, como não temos nem a morte, nós continuamos a operação. Para mim, era só mais uma, e sabia que era questão de tempo para a bala voar, e ela meter o rabo entre as pernas e sumir.

Operacionalmente, a favela só possui uma única rua para acesso de veículos, que leva até o alto da comunidade, e, com uma inclinação elevada, era comum que os criminosos jogassem óleo na pista para impedir o trânsito de viaturas, principalmente dos blindados. A ação atrapalhava a circulação de todos, inclusive da população local, mas disso ninguém reclamava, muito menos a atriz. O tráfico não é democrático nem ao menos tem corregedoria, mas muitos preferem viver no meio da sacanagem, eu não, aprendi em casa que "quem se mistura com porco farelo come".

Subindo ao local, informes de inteligência citavam que, devido à guerra, a comunidade estava reforçada belicamente, contando com a presença do armamento conhecido popularmente como *AT 4*, um lança-rojão, com capacidade antiblindagem. Um único tiro no nosso veículo blindado era suficiente para mandar tudo pelos ares, ninguém estava querendo morrer desse jeito, aliás, de jeito nenhum.

Embarquei na viatura blindada, na posição de comandante, logo ao lado do motorista, as duas mais expostas. Patrulhando a comunidade, conversávamos especificamente sobre a possibilidade de um ataque com armamento desse tipo, era uma novidade. Sem perder o foco na vanguarda, observo dois homens que vinham em nossa direção em uma motocicleta, e o garupa segurava um objeto cilíndrico marrom, idêntico ao armamento. O motorista começa a gritar dentro do veículo, deixando todos tensos.

— 01, 01, 01! Olha o *filho da puta* ali, vai explodir o blindado com a gente dentro, *larga o aço* (atira)!

O dedo foi no gatilho automaticamente, o homem-torre afirmava a mesma coisa, o falatório dentro do blindado ficou intenso. Além de proteger a equipe, seria a ocorrência do ano, tentador para qualquer policial. Durante as instruções de patrulha, aprendi com um instrutor velho histórias e ensinamentos que não caberiam em um livro, e era impressionante como vinham à minha cabeça, principalmente nesses momentos.

— Afobado na favela só se fode. Na dúvida, olhe mais uma vez, senão sentará na frente do *capa preta* (juiz) para explicar o inexplicável.

Fiz exatamente como o ensinado, dei mais uma olhada, e esta salvou a minha pele, pois se tratava de um cano de PVC, e, para dificultar mais ainda, era marrom, de regra, são brancos. Naquele dia, por pouco, não confundo dois pedreiros com traficantes. Aprendia a cada dia como o ambiente operacional e nossa atividade são complexos, a tomada de decisão é realizada em frações de segundos, sob estresse e com a vida em risco. Os erros deveriam sempre ser ponderados nas decisões judiciais, mas, enquanto muitos juízes não conhecem nossa realidade, o melhor é ser prudente, senão terá que explicar o inexplicável.

Na guerra, agir com o coração pode ser fatal

Operações policiais em área de altos riscos são uma verdadeira incógnita, tudo pode acontecer, uma falta de atenção pode ser fatal, a diferença entre a vida e a morte está no detalhe e na fração de segundos. O Morro dos Macacos estava em guerra, traficantes da favela vizinha, São João, dominada por outra facção criminosa, insistiam na tomada do território, impactando na vida de milhares de pessoas, com tiroteios diários.

Comunidade que ficou conhecida por abater um helicóptero da polícia, apresentava grandes desafios operacionais, com entradas vigiadas por olheiros e *contenções* fortemente armados 24 horas por dia, então, uma entrada furtiva se tornava quase impossível. Devido ao triste episódio, novas operações com aeronaves ali eram um verdadeiro desafio, os criminosos, equivocadamente, achavam que nunca mais esse equipamento seria usado ali novamente, estavam enganados, e, a fim de surpreendê-los, foi essa a maneira de infiltração do BOPE naquele dia.

O maciço onde está localizada a favela praticamente divide dois bairros da cidade. A frente do morro, localizada no Grajaú, possui as entradas convencionais, e a retaguarda, com uma extensa área de reflorestamento, seria a melhor entrada, ganhando a parte mais alta do morro. Conhecíamos bem o terreno, já tínhamos nos infiltrado na infantaria por ali algumas vezes, era de conhecimento de todos a presença de vários elementos armados fazendo a segurança do morro. Existia um limite imaginário, os criminosos estavam mais preocupados com invasões de inimigos do que da própria polícia, só o BOPE tinha a capacidade de incursionar por um ambiente tão específico.

Chegar de surpresa com uma aeronave — vinda pela retaguarda, usando o fator- surpresa, enquanto as demais equipes incursionavam pelas vias convencionais — seria um diferencial, e assim foi planejado. Normalmente, quando operávamos, os traficantes ganhavam o alto do morro, sendo um verdadeiro tiro ao pato com as equipes em patrulhamento na parte baixa. Ganhar o cume seria uma vantagem importante, mas a operacionalidade dessa estratégia era um desafio.

A PMERJ, à época, não possuía aeronave blindada. Se derrubassem outra, seria uma vergonha. Além disso, o helicóptero tipo *"esquilo"* só transportava três policiais, não seria suficiente para a missão. Recorremos a um velho parceiro do BOPE, considerado por muitos o melhor piloto policial do mundo, se era mesmo, não sei, mas sem dúvida era o mais doido, já tinha feito algumas operações em conjunto com ele que tinham dado certo. E, se é maluco, está habilitado para entrar na nossa equipe.

Perguntei se era possível, e, na hora, sem pestanejar, concordou perguntado quando seria. A ideia era se aproximar bem baixo, vindo pela retaguarda, pairando o mais próximo possível do solo no alto do morro, enquanto a equipe saltava, provavelmente seria sob fogo inimigo, em suma, quase um suicídio coletivo.

No papel, tudo é mais simples do que na prática. Embarcamos na aeronave e partimos para o evento; eu fiquei logo na porta, queria ser o primeiro a saltar, não sei se tinha mais medo do traficante de fuzil ou do piloto, melhor morrer baleado do que caindo de aeronave, já tinha isso na minha cabeça, estava mais acostumado. O camarada se aproximou do morro tão baixo que quase batia nas árvores, a força da aeronave quase estragou anos de reflorestamento, nem sei como não fomos processados até hoje por crime ambiental. Os instrumentos do helicóptero apitavam a todo momento, não sou piloto, mas devia ter alguma coisa errada, estávamos no limite.

Como previsto, dois traficantes estavam no alto do morro e se surpreenderam com a nossa audácia. Como o lema do SAS (tropa de operações britânica), "a sorte acompanha os audazes", ficaram tentando entender o que acontecia, nem eles acreditavam na *maluquice* que estávamos fazendo. Pulei rapidamente de uma altura nem tão baixa, procurei o primeiro abrigo e abri fogo contra os marginais, que desceram uma escadaria em debandada. Equipes desembarcadas, aeronave em segurança, já era possível escutar os confrontos com as demais patrulhas, a sincronia de entrada foi perfeita.

Aquela foi uma legítima operação especial, os criminosos não esperavam, batiam cabeça dentro do morro, agora era patrulhar para desentocar os marginais de cada buraco. Descendo pelas íngremes escadarias, escutava a explosão de granadas; ao colocar a cara próxima à localidade conhecida como Santinho, uma rajada de metralhadora explodiu próxima a uma estátua de São Jorge, só nesse momento que cachaceiros que bebiam com a bala comendo firme decidiram tomar rumo de casa.

As ruas começavam a ficar desertas. Em um beco, observei um garotinho que não tinha mais do que 12 anos de idade, olhando atentamente as equipes, não aparentava qualquer sinal de medo. Essa comunidade ficou marcada pouco tempo antes por uma foto onde uma criança, fazendo o sinal de arma com as mãos, apontava em direção à equipe de policiais, simulando um ataque. Sinceramente, essa é a face mais perversa dessa guerra, a utilização de crianças no crime, a desconstrução do futuro, a permissividade da convivência das futuras gerações com criminosos, traficantes, assassinos e roubadores, que são a referência em muitas comunidades carentes, desenvolvendo uma *bandidolatria* nefasta.

Observando aquele menino, minha primeira preocupação foi com a segurança dele, acreditava que poderia estar desesperado, e me perguntava onde estavam os familiares daquela criança na rua, no meio de um intenso tiroteio. Me aproximei, e ele foi recuando, meu coração falou mais alto, a emoção superou a razão, e na guerra isso pode ser letal. Ao tentar falar com ele, só me lembro de um sorriso de canto de boca, nada inocente, e daí veio uma granada, que explodiu quase matando parte da equipe.

O que fizeram com aquele garoto? Naquela idade, não possuía o menor discernimento do ato que havia acabado de realizar. Fiquei congelado por alguns instantes, não acreditando o que tinha acabado de assistir, e ali percebi de fato que a guerra é suja e cruel, o mal não tem limites, e temos que estar preparados para tudo, senão seremos vítimas dos nossos sentimentos.

Usar o BOPE nem sempre é um bom negócio

As tropas de operações especiais apresentam características em comum em todo o mundo. Durante minha passagem pela unidade, tive a oportunidade de conhecer algumas. Hierarquia achatada é uma delas. Como todos vão para as operações juntos e são formados da mesma forma, apesar de existir a hierarquia, esta é mais flexível que nas demais tropas militares. Outra bem polêmica é que gostam de trabalhar sozinhos, são de difícil integração com outras forças. Isso não significa qualquer tipo de arrogância ou desprezo pelos demais, mas, sim, pela especificidade do serviço; nem melhor nem pior, apenas diferentes.

Com o recrudescimento dos confrontos armados em favelas a partir dos anos 1990, as unidades convencionais da PMERJ vêm perdendo gradativamente sua capacidade operacional, não por incompetência de seus integrantes, mas pelo avanço do tráfico e a defasagem de efetivo e logística. Unidades que antigamente entravam e saíam em qualquer horário nas comunidades carentes de seus territórios, hoje enfrentam grandes dificuldades, solicitando o apoio do BOPE ou das demais unidades do COE, o comando de operações especiais da PMERJ.

A alta demanda não é salutar para o BOPE, tropas de operações especiais atuam em caráter excepcional, pois boa parte do tempo é dedicado ao adestramento; operar é importante, mas em demasia atrapalha. Além disso, os criminosos acabam aprendendo as técnicas especiais que são empregadas pela tropa, eles se acostumam no enfrentamento da unidade, dissuadindo o importante fator psicológico. Durante o tempo que permaneci na unidade, 10 anos, pouco se comparado ao de alguns policiais que passam a vida inteira, ficou nítida a evolução tática dos criminosos, pois, de tanto observarem nossas condutas, acabam fazendo igual nos confrontos.

Durante operação na comunidade de Antares, após intensa troca de tiro, os marginais daquela comunidade em vez de correrem, como de costume, realizaram o procedimento de retaguarda, revezando a cobertura e o apoio de fogo entre eles, utilizando a técnica perfeitamente, buscando abrigos e diminuindo a silhueta. Logo, com a chegada dos blindados, era comum que criminosos entrassem na frente do veículo e disparassem aleatoriamente, se expondo sem causar qualquer dano. Hoje, dependendo da comunidade, só disparam quando paramos e abrimos a porta; unidade e técnicas especiais, como o próprio nome já diz, nunca devem ser usadas como primeira resposta e em longa escala.

Muitas unidades convencionais acionam o BOPE em ações emergenciais, com policiais encurralados, por exemplo. Não existe missão mais gratificante que ajudar um companheiro em risco, somos todos policiais. O filme *Tropa de elite,* que fez grande sucesso nos cinemas, apesar da excelente produção, cometeu alguns equívocos, e o principal deles foi denegrir a imagem das tropas convencionais da PMERJ. A generalização de policiais corruptos não corresponde à realidade, pois problemas existem, mas não devem ser tratados como regra, o que observo como predominante nesses homens é a coragem de combater o crime, mesmo sem as condições necessárias.

Durante instrução para policiais alemães no BOPE, eles solicitaram conhecer as instalações e a realidade de uma unidade convencional da PMERJ, de preferência uma das mais combativas. Não pensamos duas vezes e os levamos ao 16º BPM, unidade que, à época, cobria o Complexo do Alemão. Mostramos a realidade sem censura, nossos visitantes ficavam literalmente impressionados, e, ao término da visita, alguns repórteres perguntaram de maneira oportunista qual seria a nota daqueles policiais. A resposta não foi a esperada por eles, e, para mim, não tinha dúvidas.

— Nota 10, fazer o que fazem com a estrutura que têm, são heróis. Estão em guerra, jamais seria policial aqui.

Todos possuem o seu valor, mas mesmo assim nunca fomos a favor de operações conjuntas. Sem qualquer preconceito com as demais unidades, não é questão de coragem ou competência, a questão está relacionada com os protocolos. As características operacionais são distintas, o BOPE sempre deve operar em horários e entradas não convencionais. Essa é a doutrina das operações especiais que não se aplica às convencionai por questões de segurança, e isso deve sempre vir em primeiro lugar.

Muitas vezes, na prática, é o batalhão de área que tem o total conhecimento da comunidade, pois estão ali todos os dias, possuem várias informações e, muitas vezes, solicitavam o nosso apoio para tomar o terreno e prover a segurança, enquanto checam seus informes, obtendo seus resultados à custa do nosso suor e dos riscos. Ao final da operação, a unidade da área contava com várias ocorrências, e a gente com muito tiro na carcaça, mais alguns mortos e algumas investigações nas costas. Não é egoísmo, quanto menos materiais ilícitos na rua, melhor para todos, mas todo policial operacional quer combater, prender e apreender. Se você é policial e não tem esse prazer, está no lugar errado.

Um desses apoios aconteceu em uma grande comunidade da zona norte da cidade. Oficiais do batalhão da área, alguns que já tinham servido na unidade, solicitaram nosso apoio, informando que tinham várias informações na unidade e que compartilhariam tudo conosco. Fizemos nossa parte, incursionamos de baixo de bala e, quando estabilizamos o terreno, só observávamos as equipes deles passando de um lado para o outro, embarcados nas viaturas, procedimento impossível naquela comunidade, mas, naquele dia, tinham uma segurança e tanto com o BOPE.

Eu olhava a cara da equipe que, sem falar nada, já entendia tudo. Dados de inteligência que é bom, nada; informação é poder, por isso, é tão difícil de ser compartilhada. Nossos policiais são extremamente disciplinados, mas questionam, e assim deve ser. O *operações especiais* não fica em cima do muro, se posiciona. Os mais experientes me chamaram no canto e me orientaram, pois ainda tinha pouco tempo de batalhão, tinha muito que aprender.

— 01, está rolando uma sacanagem aqui, entramos na bala e os caras do *barriga azul* (policial da unidade de área) aproveitando nossa presença aqui, para verificar todos os informes deles, sem passar nada para a gente, isso é putaria.

— Agora que estou entendendo essa *porra*. O que podemos fazer para dar uma resposta à altura.

— Quando terminar a operação, deixamos umas equipes aqui dentro, não vai demorar nada para os traficantes voltarem. O tráfico aqui não para.

Liguei para o 01 e passei toda a situação, que da maneira curta e grossa de sempre, falou:

— A equipe é sua, você é o comandante, faça o que achar melhor.

Época boa. Tínhamos muita autonomia, já sabíamos o que fazer, mas somos leais aos nossos comandantes. Não demorou muito, e o subcomandante da unidade da área me ligou dizendo que os objetivos tinham sido cumpridos, reuni as equipes e deixei três ainda dentro da comunidade. Então, nos reunimos próximos em um dos acessos da favela; os colegas da unidade convencional estavam satisfeitos com suas ocorrências, mas a minha equipe estava *puta* da vida.

Antes de chegarmos próximos ao major, já escuto disparos no interior da unidade. Voltei correndo para o blindado, e partimos. Então, só escutei o major perguntando o que estava acontecendo, nem perdi meu tempo, minhas equipes estavam em prioridade. Essa comunidade tem um tráfico tão intenso que a venda não para nem com a presença da polícia, meu sargento tinha acertado. O comandante da *delta uno* me liga:

— 01, estamos com uma ocorrência aqui, venha rápido porque estamos sendo atacados.

— Procedendo.

Desliguei o telefone, e me liga o comandante da *delta três*.

— 01, pegamos dois aqui.

— *Porra*, vocês estão juntos?

— Não.

Impressionante, as duas equipes tinham neutralizado criminosos armados ao mesmo tempo em pontos distintos da comunidade. Partimos para a primeira e, logo na chegada, ouço intensos disparos; desembarco do blindado e encontro a patrulha. A menos de 20 metros, observo dois indivíduos caídos ao solo, sendo possível visualizar um *AK 47* próximo a eles. A patrulha tentava resgatar o fuzil e socorrer os criminosos, mas seus comparsas resistiam, não queriam perder um armamento valioso, desbordamos e conseguimos pegá-los pela retaguarda, mais dois fuzis aprendidos.

A outra equipe ainda precisava de apoio, próxima à rua da feira. Os integrantes tinham baleado um criminoso com uma submetralhadora, mas não conseguiam sair do ponto, estavam cercados por ambos os lados. Chegamos com o blindado e conseguimos embarcar o ferido e parte da equipe. Saindo, recebo um telefonema, uma equipe que estava tomando conta das viaturas informa que um *bonde* de mais de 20 vagabundos estava vindo de uma comunidade vizinha em apoio.

Aquilo era uma afronta, os caras estavam dispostos a peitar o BOPE, não podíamos deixar barato. Esse é o fator psicológico da guerra, criminosos de alta periculosidade só respeitam o que temem. A mística da unidade nunca poderá ser quebrada, faz parte da nossa segurança. A operação, que já tinha terminado, evoluiu com confrontos durante toda a tarde e início da noite; no total, cinco fuzis foram apreendidos, o *bonde* em apoio colocou o rabo entre as pernas e voltou para o seu buraco. Se a ideia da unidade da área era usar a gente, vão pensar duas vezes antes de fazer isso novamente.

Imprensa oportunista

A relação polícia e imprensa não é nada fácil. Essa organização de fundamental importância para a democracia vem constantemente se mostrando em diversos episódios de oportunismo e falta de imparcialidade, manipulando a opinião pública de acordo com seus interesses e suas ideologias. Seus alvos preferidos são políticos, autoridade e instituições públicas, com considerável destaque para os militares. Ranços históricos são descontados principalmente nas polícias militares, são tantos exemplos que deveríamos escrever outro livro só para descrever esses episódios.

O belo discurso de proteção da democracia e liberdade de expressão tem como pano de fundo o lucro, acusações e manutenção do poder, o que mais lhe interessa. Antropologicamente falando, o ser humano, de regra, apresenta maior apelo por notícias negativas, logo, a desgraça vende mais que a felicidade, e, como o único objetivo da imprensa como empresa privada é a obtenção de lucro com marketing para a manutenção dos altos salários de seus funcionários, a imparcialidade passa longe. O discurso é bonito, mas sempre me pergunto a quem interessa o enfraquecimento das instituições, principalmente a polícia. A resposta é fácil só para o crime.

Sempre protegidos pelos direitos de liberdade de imprensa e vedação à censura — que reforço aqui são fundamentais para qualquer sociedade livre e civilizada —, profissionais oportunistas de imprensa atacam a polícia diariamente em suas produções, sem qualquer responsabilização por seus erros e suas acusações infundadas. Durante a carreira, tive alguns contatos com a imprensa, todos por ordem superior. Do contrário, passaria longe. Isso se deve ao fato que o BOPE, principalmente depois do filme *Tropa de elite*, ganhou muita notoriedade, apresentando consequências negativas e positivas em relação à massiva exposição.

No ano de 2010, recebo a nobre missão de coordenar meu primeiro curso na unidade, não tem nada mais gratificante do que formar os novos combatentes do BOPE, é verdadeiramente deixar um legado. O curso de ações táticas é destinado aos cabos e soldados que querem servir no batalhão. O curso é curto e intenso, com 45 dias de duração, habilitando os praças a comporem uma patrulha de combate do BOPE, recebendo o difícil e honroso número de raio eternizado nas paredes da unidade.

Ansioso com a nova missão, em fase de preparativo e processo seletivo, sou chamado pelo comandante, diretor do curso.

— Novo, chegou uma bomba aqui, e sem discussão temos que cumprir. (eu questionava tudo)

— Só pode ser brincadeira, 01.

— Ordem direta do comandante-geral, sem negociação, temos que cumprir.

— Vai dar *merda*. O senhor conhece o histórico desse repórter, **né**? O cara odeia a PM, jamais falará bem da gente.

— Nada, só querem filmar instruções e acompanhar o curso.

— Coronel, sou contra, mas só me resta cumprir. Guerra avisada só perde quem quer, sabemos bem disso, 01.

Parecia brincadeira, mas um programa de uma das maiores empresas de televisão do país, crítica ferrenha da polícia, queria acompanhar a última semana do curso, e o comando da corporação tinha autorizado. Se não bastassem os problemas pretéritos com a imprensa, o repórter chefe do programa era um velho conhecido da polícia, com seus posicionamentos pessoais e ideológicos. Para se ter ideia, em uma das suas obras, compara a Rondas Ostensivas Tobias Aguiar (ROTA), polícia de elite da PM paulista, a um grupo de extermínio.

Ao passar a informação para a equipe de instrução, a crise estava instalada, ninguém gostava do cara, menos ainda da emissora, pois tomávamos *porrada* diariamente, e, mesmo com todo o controle emocional, era impossível gostar deles. A imprensa, de regra, utiliza como técnica a generalização. A ideia não é atacar o policial em si, mas toda a instituição, e, como sabemos, toda generalização é burra, mas tem funcionado. Não poderia fazer com eles o que faziam diariamente com a gente, não podia tratar todo repórter como mau-caráter, ainda mais no meu ambiente de trabalho, somos servidores públicos, pautamos nossa conduta na impessoalidade. Ali não era o Leonardo, mas sim o tenente Leonardo Novo.

Esse curso teve uma intercorrência grave logo no primeiro dia. Após algumas horas de instrução, um dos alunos passou mal, sendo prontamente socorrido, consciente, pela equipe médica da unidade ao hospital da corporação. Durante o dia, teve seu quadro agravado e faleceu no meio da madrugada. Que tragédia, perder um policial assim era inadmissível. A causa da morte foi rabdomiólise, doença pouco conhecida, com grande incidência em atividades com grande esforço físico, principalmente em cursos militares de alta intensidade, ataca diretamente os rins, sendo fatal na maioria dos casos.

A pressão foi grande. Durante semanas, o caso foi um prato cheio para a imprensa, e é claro que o programa exploraria esse fato. Após investigação, foi comprovada ausência de dolo ou culpa por parte da equipe de instrução, mas isso não apareceu em lugar nenhum, é claro. Ainda em relação a essa ocorrência, tive um dos piores dias na polícia, pois como avisar a uma família que seu ente querido, sob nossa responsabilidade, em busca da realização de um sonho, tinha falecido. Não tinha explicação, e, por mais que tenha sido uma fatalidade, ninguém se conformaria com isso, nem mesmo a gente.

No enterro do policial, comparecemos, pois não tínhamos feito nada de errado e queríamos dar apoio e prestar nossa última homenagem ao guerreiro. Chegando lá, foi bem difícil, familiares e amigos nos chamavam de assassinos. Apesar da acusação infundada, entendemos perfeitamente a revolta de todos, a verdade viria à tona. Uma grande concentração de repórteres me chamou a atenção, um homem dava entrevista, dizia ser irmão do falecido, falando que nós matamos seu irmão, que o policial possuía marcas de espancamento e que queria justiça. Tudo que a imprensa oportunista adora.

Havia algo de estranho ali, porque não me lembrava de que o aluno teria irmão, li a ficha dele várias vezes. No dia seguinte, o denunciante ainda foi ao vivo em um programa de TV acusar novamente a unidade, mas não demorou e foi descoberto que se tratava de um farsante, nem a família do falecido conhecia o rapaz. Aproveitou a oportunidade para nos criticar, e a imprensa, com todo seu profissionalismo investigativo, caiu nessa. Isso é básico, devemos checar todas as informações antes de divulgar.

Todos nós estávamos ansiosos, queríamos saber se o repórter teria a cara de pau de aparecer na nossa unidade e ficar uma semana, como o previsto, mas, para minha decepção, só mandou os estagiários, ele tinha um objetivo maior. A ordem era de acompanhamento irrestrito, sem censura. Eu era totalmente contra, pois algumas práticas nossas só são entendidas por nós mesmos, só quem coloca a cara para morrer entende o significado de treinamento duro, combate fácil. De fato, por ser a última semana do curso, as coisas estavam mais suaves e técnicas, pois quem estava ali já estava com uma das mãos no brevê, só deveriam terminar — vivos — a fase de operações, sem refugar as missões reais que estavam por vir.

Pela primeira vez, uma equipe de reportagem iria acompanhar nossa equipe em uma missão real. O risco era quase que incontrolável, prover a própria segurança, dos alunos e agora dos repórteres era um desafio, mas missão dada, missão cumprida. Na madrugada, realizamos uma operação em uma comunidade de perfil mediano. A ideia é ir aumentando o risco das missões gradativamente, coloquei a reportagem na minha patrulha, pois, como mais antigo, a responsabilidade era minha. Logo na chegada, ouvimos poucos disparos, mas o suficiente para o desespero dos repórteres. A operação pouco evoluiu, retraímos rapidamente porque, em menos de quatro horas, sairíamos para outra mais complexa.

Partindo às cinco da manhã para uma comunidade na zona oeste da cidade, passava a orientação para os alunos que, junto com a equipe de instrução, não haviam descansado nem duas horas.

— Entrou na favela, troquem o canal de aluno para combatente do BOPE. Os vagabundos não querem saber quem vocês são; a bala é igual para todo mundo, aqui não tem margem para erro; errou, morreu.

A repórter me olhava com uma cara que era um misto de medo e desprezo, havia sido formada para não gostar da polícia, devia me achar um louco sanguinário. Eles não queriam ver a realidade? Então, veja, chegou a hora. Logo na entrada, a bala comia como o esperado, os criminosos atiravam com seus fuzis e arremessavam granadas em nossa direção, nenhuma novidade. Não demora muito, e um sargento me chama no rádio informando estar com um elemento ferido e um fuzil apreendido.

Na progressão até o local batemos de frente com outros criminosos que fugiam. Durante o ataque, a repórter se desesperou, não sabia se corria ou segurava o microfone, sendo contida por um dos alunos. A segurança dos repórteres estava comprometida e, pelo bem deles, os tirei de dentro da comunidade. Apesar da boa intenção, não foi essa a história contada por eles, insinuaram que foram retirados por que possivelmente queríamos esconder algo da operação. Não me surpreendeu em nada, sabia com quem estava lidando.

Com a equipe de repórteres em segurança, voltei com a minha patrulha para dentro da comunidade, era possível escutar confrontos com outras equipes, não ficaria de babá de repórter com o coro comendo lá dentro. Um dos criminosos, baleado, desceu de um veículo armado, com um fuzil *7.62*, abrindo fogo contra a patrulha. Os alunos se abrigaram e balearam o agressor. Que orgulho, sentimento de dever cumprido. Os novos combatentes estavam finalmente prontos.

Enquanto nossa equipe de paramédicos fazia o socorro dos feridos, escuto um barulho no telhado, outro criminoso com um fuzil 5.56 e granadas tentava se aproximar para jogar o artefato explosivo na equipe. Que audácia! Não aprendeu que excesso de vibração pode matar o combatente? Ocorrências apresentadas — sem a maturidade suficiente —, dei minha primeira e única entrevista na vida que, é claro, foi editada de acordo com os interesses do programa e da proposta real dos jornalistas, demonstrar como o BOPE é violento. Me arrependo profundamente, mas agora nada pode ser feito, o importante é que aprendi e não repetiria mais esse erro.

Era impossível acompanhar a equipe de reportagem todo tempo, pois coordenava o curso. Posteriormente, fiquei sabendo que o repórter-chefe foi à unidade uma única vez, para entrevistar o comandante. Perguntei à equipe se teríamos acesso à reportagem antes de ir ao ar, e, de maneira até indelicada, um dos repórteres disse que era proibido por norma da empresa. Na cabeça dele, eu poderia querer censurar algo, não tinha e nunca tive esse poder ou essa intenção. Desde o primeiro momento, sabia que não falariam bem da gente.

O programa tem grande audiência e, naquela altura do campeonato, teria muito mais. O BOPE estava no auge de sua popularidade, o filme *Tropa de elite* e a "retomada do Complexo do Alemão" deixavam grande parte da opinião pública do nosso lado. Na frente da TV, ansioso, esperando o programa que nunca havia perdido o meu tempo assistindo, sem novidades, *porrada* do início ao fim. Ao mesmo tempo em que os estagiários acompanhavam as equipes no BOPE, o jornalista renomado percorria as ruas do Complexo do Alemão em busca de denúncias contra a unidade. Interessante, uma reportagem para saber como o policial fazia para entrar na unidade, procurando denúncias, demonstrando ali o verdadeiro objetivo da matéria: atacar a imagem institucional do batalhão. Mentirosos.

Sinceramente, se andarmos 100 metros dentro daquela comunidade, encontramos denúncias contra o BOPE; andando 200, encontramos uma denúncia contra mim. Agora, se o narrado é verdade, é outra história. A reportagem de cara comenta sobre o aluno falecido, mostra cenas de alunos comendo com as mãos com comentários de como os alunos são humilhados no curso. Em relação às operações, as indagações eram as mesmas, se os criminosos tinham documentos, se atacaram as equipes e porque tínhamos tirado a equipe de dentro da favela. Sempre me pergunto se agem assim por desconhecimento ou falta de caráter. Nesse caso, a resposta era fácil, pois mesmo que, por pouco tempo, eles viram nossa realidade, então, demonstrar algo tão deturpado era intencional.

Quando terminou o programa, não demorou muito e meu telefone toca, era o comandante:

— *Puta que pariu*, você viu essa *merda*? O 01 já me ligou, falou para cacete, amanhã temos que nos apresentar para ele no QG, às sete da manhã. Sua equipe vai derrubar o meu comando.

— Comandante, eu avisei. O senhor achava que esse repórter viria aqui para falar bem da gente? O cara odeia a polícia!

Já pensei, tomarei um bico, vou parar no interior do Estado, faz parte, fiz prova para a PMERJ e não para o BOPE. Chegamos ao QG e não demoramos a ser chamados, me lembro de que o comandante-geral à época era um cara muito polido, mas foi um esporro de respeito, olhava para a cara do meu comandante, e ele nem piscava. No meio de tapas na mesa e dedos na cara, a pergunta foi se queríamos derrubar o comando geral. As coisas foram se acalmando e pedi permissão para falar.

— Coronel, posso falar? A conversa é de caveira para caveira ou de tenente para coronel?

— Pode falar, só tem *caveira* aqui.

— Falei que ia dar *merda*, esses caras só querem dar *porrada* na gente. Como o senhor autorizou isso? Eu só estava cumprindo ordem, dei o meu parecer desfavorável, o senhor sabe o que esse indivíduo falou da ROTA em São Paulo, então, o que falaria do BOPE?

— Não interessa. Filmar aluno comendo, sargento falando *merda* em entrevista.

— Isso o senhor tem razão, mas não tivemos nenhum apoio da seção de comunicação social (PM5). Tinha que me preocupar com aluno e a equipe de reportagem. Imagine no meio da bala se um repórter toma um tiro? A responsabilidade seria minha.

Os ânimos se acalmaram, e, no final, já estávamos rindo, estávamos com nossos empregos e nossas funções garantidas, agora era administrar a crise. A nossa sorte é que são burros, o mau se destrói sozinho, a vontade de denegrir a imagem do BOPE era tão grande que se afobaram. Em 2011, a unidade estava no auge da popularidade, policiais tiravam foto com crianças na rua, cumprimentavam famílias inteiras, as viaturas eram aplaudidas. Pela primeira vez, tivemos nosso esforço reconhecido pela sociedade.

Se a ideia era denegrir nossa imagem, o tiro saiu pela culatra. Os comentários populares do programa eram só críticas na equipe de jornalista; a manipulação, dessa vez, não deu certo. Fiquei de alma lavada, aprendi a ter mais cuidado com a imprensa, pois os jornalistas vendem e lucram com o que luto diariamente — o caos e a desordem —, mas o povo não é mais inocente. Não pedimos proteção, só que digam a verdade.

Operação em defesa da liberdade de culto

Aprendi desde criança com meus pais que algumas coisas não se discutem — futebol, política e principalmente religião — que nosso direito termina quando começa o do outro e que as diferenças devem ser respeitadas e nos fazem crescer como seres humanos e também em sociedade. Qualquer sociedade que segue essas regras básicas evolui. Muitas favelas vivem sob verdadeiras ditaduras do tráfico e quem não se submete às regras locais paga caro. Essa realidade é pouco conhecida por grande parcela da população e escondida por muitos órgãos de difusão de informações.

O Morro do Dendê, localizado na Ilha do Governador, permaneceu durante anos sob a liderança do mesmo criminoso, sendo ele recentemente morto após confronto com homens do BPCHQ, quando tentava fugir de uma megaoperação na comunidade. Foi uma comoção geral na comunidade, mas não era todo mundo que tinha apreço pelo marginal ali. A lista de arbitrariedades e restrições de direito faziam inveja a muitas ditaduras mundo afora.

Em mais um serviço no BOPE, policial da equipe me chama no alojamento. Segundo ele, tínhamos uma denúncia importante para avaliar. Um senhor tinha se dirigido à unidade desesperadamente, pois, segundo ele, não tinha a quem recorrer, e, naquele dia, escutei umas das histórias mais absurdas da minha vida. De acordo com ele, o "dono" do Morro do Dendê tinha determinado o fechamento de todos os centros de cultos às religiões espíritas e afrodescendentes, após se converter a uma religião cristã protestante.

Fanatismo já é algo complicado, imagine realizado por um traficante de drogas com alto poder de mando e influência, no meio de uma comunidade carente. Era doido para pegar esse vagabundo, ele era conhecido como um dos maiores pagadores de propina para policiais no Estado, e não existe nada mais asqueroso que policiais corruptos. Não tenho uma religião definida, acredito em Deus e sou devoto de São Miguel, mas como tive uma criação multirreligiosa, entendia de tudo, porém, havia aprendido o mais importante — respeitar a todos.

Ver um senhor naquela situação me deixou mal, aquele centro era a vida dele, desenvolvia seu trabalho ali há mais de trinta anos, tinha uma grande ação humanitária com pessoas carentes da região, e, por causa de um vagabundo fanático, teve que abandonar tudo para trás com a família, sob pena de morte. Aquela situação era de risco, agi com a emoção e não com a razão, e isso nas operações especiais pode ser fatal, mas alguma coisa teria que ser feita, e ONGs de defesa da liberdade de direitos humanos não se meteriam em um caso desses. Ali, só na base da força, pois diálogo com terroristas não funciona.

Colhemos informações relevantes. Semanalmente, o traficante, com mais de 20 seguranças, frequentava seu culto, deixava os fuzis do lado de fora da igreja por orientação do pastor, então, esse era o momento ideal para prendê-lo. Mas como fazer isso sem colocar os demais fiéis em risco? Levei ao conhecimento do comandante, e a missão estava autorizada, reuni meus sargentos comandantes de patrulha a fim de debatermos a melhor maneira de operar naquela comunidade com essas novas informações.

Ao contrário do que muitos imaginam, o ambiente no BOPE é muito descontraído, pilha e sacanagem rolam o tempo todo. Não existe lugar mais democrático que o BOPE, lá não somos negros ou brancos, católicos ou protestantes, oficiais ou praças, flamengo ou vasco, somos irmãos de armas, todos se respeitam, não havendo qualquer restrição de entrada nesse sentido, é só colocar a cara no curso e se formar. Falando em curso e pai de santo, a equipe logo se lembrou de uma das histórias mais engraçadas que aconteceram no BOPE nos últimos tempos, logo no meu curso.

As brincadeiras ali não têm limites, mas o importante é que no final sai tudo bem, palavrão para um lado e uma chamada para a briga de outro, nada que o regulamento disciplinar e o CPM não resolvam. Quando comecei a falar que um pai de santo tinha vindo à unidade, as equipes já começaram a brincar com um dos policiais que cultuavam a mesma religião.

— 01, manda o 29 resolver isso com ele. O santo dele dá um jeito nisso. (todos começaram a rir)

— O santo dele não resolve nada. Aí, 01, conta a história dele lá no curso. (uma pausa para descontrair é sempre bom)

— *Porra*, vocês são *foda*, querem levar tudo na base da sacanagem. O negócio é sério, e não temos muito tempo, o evento será hoje, *porra*, mas vou contar. Estávamos lá em Ribeirão das Lajes, na primeira semana do curso, uma *suga* do caralho, mais da metade do curso já tinha sido dizimada. Entramos na água ainda de dia, já era noite, e a gente continuava flutuando naquela *merda*. O coordenador, dentro do bote, fazia perguntas que ninguém sabia, e a cada erro era uma remada na lata, mas acabava pegando a *porrada* em quem estava do lado. Começo a escutar um barulho estranho e, quando olho, o 29 estava se retorcendo todo; falei, ó *filho da puta*, aqui não é lugar para pegar santo não, e, como aluno não tem sorte, ele foi o próximo a ser questionado. O coordenador perguntava, e o 29 não respondia nada; tomamos muita *porrada* por causa dele. A equipe de instrução ficou sacaneando ele o curso todo, dizendo que o *COESP* era tão escroto que nem santo bancava, os caras no curso não respeitam *porra* nenhuma. Mas, é fato, naquele dia, o santo não ajudou, pois quando viu que estava no curso, meteu o pé e deixou o cavalo na *merda*. Agora é sério, vamos planejar essa *porra*.

O maior problema daquela comunidade era chegar sem ser percebido. Como a favela fica lá dentro da ilha, logo na entrada, as equipes já eram plotadas, e os líderes metiam o pé. Bater de frente com o BOPE não era interessante, ao contrário do famoso *funk*, não tremíamos para incursionar ali e em nenhum outro lugar. Só tinha uma alternativa, entrar de viatura descaracterizada, mas, em nossa atividade, o resultado é quase sempre proporcional ao risco.

Como tínhamos o endereço e horário do encontro, a preocupação era como chegaríamos lá, passando por várias contenções armadas sem entrar em confronto, porque qualquer troca de tiro alertaria o traficante religioso, que fugiria rapidamente. Tínhamos recebido um caminhão apreendido pela Receita Federal que, de tanto usar, estava mais pichado que muitas viaturas, mas era o que estava disponível. Pegamos o motorista com mais cara de nordestino, isso no BOPE não é difícil, agora era só entregar a mudança, uma legítima operação cavalo de troia contemporânea.

Embarcamos no escuro, era uma sensação horrível, balançando de um lado para outro, sem ver o que acontecia do lado de fora, enquanto o motorista e o ajudante passavam as coordenadas do que viam na rua. Tinha mais medo de ser abordado pela polícia do que a própria operação. Bastava um recruta assustado, vendo aquela quantidade de homens armados, para dar uma rajada ali para dentro, a lataria não segurava nem disparo de atiradeira.

Em outra operação, usando o mesmo veículo, quase chegando a uma comunidade da zona sul, escutamos uma sirene, então, pensei, estamos mortos, quando abrir a porta de trás do veículo, o policial, vendo a equipe, ficara assustado. O policial à paisana que dirigia tentou desenrolar, não podia deixar nossa cobertura ser descoberta, mas o policial insistia em abrir a caçamba e, quando abriu, deve ter pensado que estava morto e, olhando aqueles homens de preto armados, deu meia-volta e foi embora. Até hoje ele deve achar se tratar de um *bonde* e agradece a Deus por não ter morrido.

Voltando para o Dendê, o caminhão começa a subir as sinuosas ladeiras. Percebemos de imediato que estávamos entrando em área vermelha, e se os criminosos decidissem abordar o veículo, a operação estaria encerrada. A ideia era parar o mais próximo possível da igreja, em uma praça onde normalmente funcionava uma grande boca de fumo. O caminhão parou, os policiais à paisana deveriam ter o mínimo de segurança para retrair, desembarcamos no miolo da favela, a infiltração foi tão perfeita que depois da operação alguns criminosos foram executados, por falharem na vigilância. O papo que rolava à época era que o BOPE havia entrado à paisana com fuzis desmontados em bolsas, um policial por vez. Vagabundo viaja, é muita maconha, mas deixamos assim, a maior parte das batalhas se vence no psicológico.

Ao dobrar o primeiro beco, já observei a boca fervendo, o atirador já neutralizou um *contenção* que portava um fuzil *G3*, a bala começava a voar freneticamente, tínhamos pouco tempo a partir dali. O culto foi interrompido, não parava de sair criminosos de dentro da igreja, precisávamos avançar, nosso antigo *21 A1* (metralhadora) doado pela marinha fez a diferença, suas rajadas permitiam os deslocamentos das equipes. De repente, vejo o alvo saindo escoltado, sendo colocado em carros já parados à porta da igreja, parecia até um chefe de Estado. Abri fogo contra os veículos que se evadiram a toda velocidade; perdemos o criminoso mais uma vez.

Os confrontos não paravam, tinham que garantir a fuga do chefe, a ação foi perfeita na execução, mas nem sempre alcançamos os objetivos, a missão era muito complexa. Fuzis apreendidos e criminosos neutralizados, posteriormente encontramos o 02 do morro ferido em um hospital público, mas, por não ter nenhum mandado de prisão contra ele, rapidamente já estava de volta ao morro cometendo crimes e arbitrariedades, já o traficante religioso evaporava mais uma vez.

Esse cara era praticamente um fantasma, tinha uma percepção acima da média, ninguém controla um morro por tanto tempo sendo burro, são muitas ameaças, o tráfico gera poder e dinheiro, quem não quer estar nessa condição? A linha de comando dele era simples, apoio irrestrito da comunidade, exceto os que cultuavam a religião diferente da dele, e suborno aos agentes do Estado que passavam informações privilegiadas de operações e investigações sobre ele. O território era dominado. Por estar ali há muito tempo, havia se tornado um verdadeiro *bunker,* com túneis e esconderijos, permitindo diferentes rotas de fuga.

Fizemos nossa parte, é difícil entender como e por que nós nos colocamos em tantos riscos, mas queria, dentro das minhas possibilidades, ajudar aquele senhor. Direito à liberdade de culto é um direito fundamental garantido pela Constituição Federal, mas ali quem mandava era o tráfico — um verdadeiro Estado de exceção —, e o BOPE não ficaria ali por muito tempo. Infelizmente, mais uma ditadura religiosa permaneceria no mundo, nas nossas barbas, com essa só a gente se preocupava.

INTERIORIZAÇÃO DO CRIME

Com a implementação das UPPs, concentradas na região metropolitana da cidade, principalmente na zona sul da cidade, principal polo turístico do Estado, observamos uma expansão territorial do crime. O tráfico nunca deixou de existir, e nem deixará, a existência desse mal está relacionada à lei de mercado e às fraquezas do ser humano; países com altos IDH apresentam problemas com o tráfico de drogas em larga escala.

O diferencial do tráfico no Rio de Janeiro está relacionado à banalização do fuzil e à disputa territorial entre quadrilhas rivais. Com a ocupação permanente pelas forças de segurança em algumas favelas, os criminosos violentos, que atuavam portando fuzis, por exemplo, perderam espaço, não caberia mais a sua atuação sem riscos de prisão ou da sua integridade física. Seria muita inocência achar que a simples presença policial faria este indivíduo abandonar a vida de crimes, forçando sua migração para outras áreas da cidade e até mesmo do Estado, para continuar sua atividade criminosa.

Nossa atuação na Baixada Fluminense, Niterói e São Gonçalo era algo raro, hoje favelas desses municípios são um dos principais pontos de interesse das tropas especiais da Polícia Militar. O primeiro município distante do Rio de Janeiro a pedir nosso auxílio foi Macaé, com o *boom* do petróleo e o crescimento populacional, sem a devida estrutura, tornou a cidade um chamariz perfeito à criminalidade, principalmente para o tráfico de drogas.

Quadrilhas reforçadas por criminosos do Rio guerreavam por mercado, atormentavam a cidade, o batalhão da área, mesmo com todo o esforço, não conseguia controlar a crise, tínhamos que pegar estrada e apoiar os companheiros do interior. Esse era o novo desafio para a unidade. Escalas de serviço alteradas; era inviável viajar, operar e regressar em menos de 24 horas, logística deficiente para nova missão e desconhecimento de novos terrenos potencializavam as dificuldades operativas.

O primeiro dia em que chegamos à cidade, parecíamos tropas aliadas chegando a Paris no fim da Segunda Guerra. A população apavorada aplaudia as equipes, mas esse mérito não era nosso, os policiais da área já travavam essa batalha há mais tempo. A ideia era fornecer um pacote completo, operar e instruir. A população estava tão empenhada na causa que não faltavam pousadas e restaurantes para apoiar nossas equipes. Esse é o caminho, o problema da segurança pública é de todos, não se resolve só com a polícia.

Só a nossa presença já pacificou a cidade, mas sabíamos que os criminosos ainda estavam por ali, só tinham mudado o *modus operandi*. Não conhecia nada da região, e quando não se conhece, a pergunta é se os policiais da área estavam dispostos a ajudar. Sim, pois nem eles mais aguentavam aquela situação. Pouco antes da nossa chegada, um integrante da unidade tinha morrido em confronto; algo raro nas unidades do interior. Até essa mácula institucional havia chegado.

Procurei companheiros de turma e veteranos de escola, precisava aprender mais sobre o terreno, inimigo e suas rotinas. Por se tratar de uma região litorânea, a principal favela estava localizada em uma área de mangue, e, quando a polícia apertava o cerco, os criminosos misturados entre locais e alguns vindos do rio adentravam com lama até o peito, fugindo da polícia. Fizemos várias investidas com poucos resultados, os moradores pouco *estocomizados* (referência à síndrome de Estocolmo) com os traficantes, denunciavam constantemente os criminosos que ainda estavam no terreno.

Alguns dias, e nada de relevante, as cobranças já vinham do Rio de Janeiro, me perguntavam a todo momento se tinha ido para lá passear na praia. Pensei, enquanto o BOPE estiver aqui, esses caras não colocarão a cara para fora da toca, melhor, do mangue. Tomei uma decisão arriscada, mas efetiva, segurei só uma patrulha, liberando todo o restante da equipe. Com o apoio do batalhão da área, pegamos viaturas convencionais emprestadas, já tínhamos os uniformes, usávamos essa estratégia constantemente, e entramos na comunidade nos passando por policiais convencionais.

O medo era tanto que ninguém apareceu. À noite, os vagabundos caiam nas casas, e, durante o dia, quando a polícia entrava, fugiam para dentro do mangue novamente. Era um verdadeiro jogo de presa e caçadores, só a paciência e persistência resolveriam. Passamos a madrugada patrulhando, e nada. A favela parecia um cemitério, não poderia bater casa por casa, mas sabia que eles já estavam escondidos. No início do amanhecer, reuni a equipe e falei:

— Dois entram no mangue comigo, os demais saiam, descansem e voltem com o apoio do batalhão da área para uma nova operação. Os caras fugirão para o mangue e cairão no nosso colo.

Quase saiu briga para ver quem ficaria comigo. No BOPE é assim, os caras brigam para ir a furadas. Entramos naquela *merda* fedorenta, sempre me perguntando o que estava fazendo ali. Mangue já fede, ainda mais com esgoto de favela; encontramos uma ilhota cheia de rastros recentes de tropa, era ali que os vagabundos se escondiam. A fome era saciada com bananada e paçoca, não há nada melhor, mosquito para cacete, mas nosso sangue é tão ruim que nem pegavam a gente, agora era ter paciência para esperar, seria uma longa jornada.

Começamos a escutar a movimentação na favela, motos iam e voltavam, eles achavam que o BOPE já estava fora. Como aprendi com um velho *caveira* — *"o achar é a mãe de todos os erros"*. No horário combinado, as equipes do batalhão de área, sob comando de um companheiro de turma, iniciaram a incursão, já escutava disparos de fuzil e pistola, o restante da minha equipe sabia nossa localização aproximada, era só direcionar os criminosos até nosso grupo.

Com os confrontos cada vez mais perto, era questão de tempo, os criminosos usariam a mesma estratégia de sempre, nunca iriam imaginar que uns malucos estariam com água até a cintura esperando por eles. Não demorou muito para escutar o falatório e o desespero dos covardes. Só faltou falarmos surpresa e, antes que apontassem seus fuzis, já realizamos nossos disparos. A legítima defesa é real ou iminente. Se esperar eles atirarem primeiro, você não fará nada, estará morto, não saí do Rio para virar comida de peixe em Macaé.

Dois fuzis, pistolas e munição apreendidos valeram a pena, e, com certeza, pensarão muitas vezes antes de entrar naquele mangue novamente. A cidade permaneceu em paz por algum tempo. Só queria sair dali e tomar um banho, pegar a estrada e voltar para minha casa. Como a realidade de uma pacata cidade muda em tão pouco tempo, a criminalidade migra e modifica suas características rapidamente, e a polícia deve sempre estar preparada. Depois daquela missão, nossa área de atuação tinha sido ampliada consideravelmente.

Novo QG do Comando Vermelho

Com a ocupação permanente dos Complexos do Alemão e da Vila Cruzeiro, novas áreas com baixo desenvolvimento humano surgiam como esconderijo de traficantes de drogas. No município de São Gonçalo, região metropolitana do Rio, o Complexo do Salgueiro surgia como o novo reduto do Comando Vermelho.

Terreno complexo para a realização de operações policiais, grande extensão territorial, banhado pelos fundos da Baía de Guanabara, distante das principais vias de acesso e cercado por altas montanhas e extensas áreas de mata. A aproximação e o deslocamento eram um verdadeiro desafio operacional e logístico. Até pouco tempo, nem sabíamos da existência daquela localidade, os problemas começavam a se avolumar, roubos de carga, arrastões na principal via de acesso à região dos lagos e grande distribuição de drogas, principalmente por via aquática, para diferentes localidades do Rio de Janeiro e da Baixada Fluminense.

Apesar de a área de patrulhamento ser de competência da Polícia Rodoviária Federal (PRF), essa instituição não tinha efetivo nem experiência para lidar com criminosos desse tipo. Era necessária intervenção especializada na área, forte enfrentamento ao tráfico local era a única maneira de minimizar o problema. É importante deixar claro que a polícia nunca resolverá o problema do crime sozinha, principalmente os relacionados ao tráfico, mas sua omissão traz consequências por vezes incontroláveis; ruim com a polícia, muito pior sem ela.

Tinha tido algumas experiências de retraimento da força de enfrentamento policial, e os resultados não foram nada satisfatórios. Ainda no 18º BPM, o novo comandante, homem sério e grande conhecedor da área jurídica, entendia que combate ao tráfico de drogas era atribuição da Polícia Federal, como preconiza a Constituição Federal. Essa é a interpretação literal da lei, mas sabemos que a capacidade operacional dessa força policial é limitada, com um efetivo reduzido e pouca *expertise* operacional, acaba sobrando para a Polícia Militar o combate a essa modalidade criminal, principalmente no interior das favelas.

Mantendo sua linha de raciocínio, determinou que operações na comunidade da Cidade de Deus só aconteceriam em caráter emergencial. O foco da unidade seria no policiamento ostensivo, no asfalto, prevenindo crimes. No papel, seria uma maravilha, mas, com o passar dos tempos, os criminosos foram se fortificando e, como nunca estão satisfeitos com os altos lucros do tráfico, saíam para cometer seus crimes contra o patrimônio nos bairros vizinhos, ficando à vontade para sair, roubar e voltar para dentro da comunidade fortificada; os índices criminais explodiram e, rapidamente, o comandante mudou de ideia.

Traficante não pode ficar à vontade, o domínio territorial é uma vantagem significativa, alguns *pseudoespecialistas* em segurança pública não levam em consideração esse fator, porque nunca colocaram a cara em uma favela, por oportunismo — para não dizer simpatia com o crime — ou até mesmo antipatia pela polícia. O crime no Rio de Janeiro, ao contrário das demais cidades do país, atua com relativo domínio do território, o distanciamento das forças policiais só aumenta a capacidade combativa do crime, adquirindo mais armamento e desenvolvendo diferentes técnicas de guerrilha, tais como obstrução de vias, construção de barricadas e plataformas de tiro, além do incremento do monitoramento, inclusive por sistema de câmeras.

É inevitável, um dia a polícia terá que entrar. A mídia, que tanto critica as operações em favela, é a primeira a cobrar nossa atuação quando uma crise é instalada. Quando um deles foi brutalmente assassinado, a sede de punibilidade por intermédio da própria polícia era a solução, como as coisas mudam rápido e de acordo com o interesse. Durante a operação de retomada do Alemão, em 2010, a comunidade tinha se tornado um verdadeiro *bunker* do tráfico. Poucos sabem que aquelas imagens impressionantes de criminosos em debandada eram resultado das ordens que proibiam a entrada da polícia na comunidade, por conta das obras do Programa de Aceleração do Crescimento (PAC) do Governo Federal, deu no que deu.

O Complexo do Salgueiro era o novo desafio da PMERJ, mas o batalhão de área por mais que se esforçasse não conseguia enfrentar em igualdade de condições os criminosos fortemente armados na localidade. A PRF era atacada constantemente na rodovia federal, tendo que unir força com as forças estaduais; nada melhor do que a guerra para unir. Como dizemos no BOPE, a *merda* une, e a bala é igual para todos. No combate franco não há espaço para vaidades.

Analisando o terreno, a dificuldade operacional e a variação de biomas comprovavam que aquela favela era perfeita para o desenvolvimento de operações especiais. Tudo que havia aprendido no curso era possível de ser colocado em prática ali. Infiltrações aquáticas, aéreas e deslocamentos em áreas de mata poderiam ser uma grande escola para a unidade. Precisávamos reconhecer o terreno, começamos a operar constantemente na favela, realizando o denominado reconhecimento sob fogo. Durante as operações propriamente ditas, conhecemos o tetro de operações, adquirindo a *expertise* necessária.

Tenho um hábito que aprendi com os *velhos*: não tem confronto nem busca; ande, reconheça o terreno. As equipes fugiam de mim, sabiam que comigo teriam duas coisas — bala e longas caminhadas. As diferentes solas de coturno me deram muito conhecimento, aprendi cada rua, os becos e as vielas de muitas favelas, e isso na hora da operação faz toda a diferença, sei onde estou e para onde tenho que ir.

O BOPE, principalmente na presente década, evoluiu consideravelmente sua logística, mas ainda está aquém do nível de seus combatentes e, principalmente, das missões desempenhadas. O diferencial ainda é vontade e coragem. Apesar de estarmos logisticamente à frente da polícia, ainda estamos na era do armamento e da viatura, que é o básico e não atende às necessidades de uma tropa de operações especiais.

Era necessário fazer um reconhecimento aquático. Tínhamos informações de que os traficantes usavam as praias como um verdadeiro balneário do tráfico. Moradores eram expulsos de suas casas, empreendimentos que não seguissem as regras eram forçadamente desapropriados; ditadura, não, traficante de drogas tem consciência social, piada de mau gosto.

Peguei parte da verba reservada para operações de inteligência da unidade, quem me dera, isso não existe aqui, só na polícia americana. Pedi uma traineira emprestada de um amigo pescador, e partimos torcendo para que ela não fosse toda furada, caso batêssemos de frente. Seguimos o nosso lema, não importa como, cumpriremos a missão. Todos à paisana, vara de pesca e nenhum peixe no anzol, fomos nos aproximando, o observador já conseguia ver a movimentação de homens armados na localidade da Praia da Luz. O tráfico atuava livremente, a viatura mais próxima da polícia estava a no mínimo 30 minutos dali, e qualquer incursão só poderia ocorrer com veículos blindados, a área proporcionava muito conforto.

Levantamos todos os dados possíveis, segurar o atirador era uma *merda*, os caras não podem ver ninguém armado que querem derrubar.

Segurar a equipe, por vezes, é mais complicado que operar, mas uma história de cobertura nunca pode cair. Começando a retrair, escuto um motor se aproximando, um traficante em cima de um *jet-ski* abordava nossa embarcação, essa era novidade. Quando você pensa que já viu de tudo na polícia, aparece uma nova; nos escondemos, e o policial desenrolou, imagino como foi difícil para ele tomar um esporro daquele *tralha*, mas *operações especiais* é controle emocional, levantamos a âncora e partimos, e, em breve, daríamos a devida resposta.

Dados de inteligência analisados, agora era preparar a logística e partir. Aquela folga e estabilidade acabariam em questão de tempo. Preparamos barcos de casco rígido e motor de popa, cobrimos com redes de selva e partimos de madrugada, bem devagar, pela Baía de Guanabara. O desembarque seria por uma área de mangue que, segundo nossa observação, não teria vigilância constante, a operação tinha o fator-surpresa, de fundamental importância nas operações de combate, mas o efetivo reduzido aumentaria consideravelmente o risco da missão.

As demais equipes só poderiam se deslocar após a nossa entrada na comunidade. Os vagabundos monitoram nossas equipes desde que saímos pela guarda, o Rio de Janeiro é cercado por favelas, e o próprio BOPE encontra-se dentro de uma; aqui é impossível sair sem ser notado. Especificamente, em relação ao Complexo do Salgueiro, era entrar na ponte Rio-Niterói que os vagabundos de lá já sabiam que estávamos indo operar. Era muita vantagem para eles, o tempo era mais que suficiente para sumir ou emboscar.

De acordo com o planejamento, as equipes que se infiltravam pelo mar ficariam pelo menos uma hora sozinhas no terreno; a desigualdade numérica era gigante. A infiltração foi padrão, descemos com água pelo joelho sem sermos notados, andando lentamente pelo mangue, nos aproximando da favela, sendo possível ouvir seu som característico, *funk* rolando e motos passando de um lado para outro. Ligamos nosso rádio na frequência deles, e não demorou muito para ouvir a informação de que equipes do BOPE estariam na ponte. Difícil trabalhar assim, como esses vagabundos têm colaboradores espalhados por toda a cidade.

Como a distância era grande, não mudaram sua postura, era a hora de sair e surpreender os traficantes. Ficamos um tempo observando a movimentação deles bem de perto, precisava entender a dinâmica, identificar todos os indivíduos armados. A equipe precisa ter sangue frio, criminosos passavam a metros de distância sem ver a gente. Cada combatente tinha sua responsabilidade definida, precisávamos ser rápidos e precisos. Contagem aberta... 3,2,1, saímos e pegamos primeiro sempre os indivíduos com armas longas.

Quando o confronto começa, dificilmente fica alguém, e, dessa vez, não foi diferente, uma correria danada, tiro para todo lado, e alguns criminosos baleados, e, o mais importante, todos da equipe estavam bem. Nesse dia nem precisamos do apoio do blindado. Quando os demais integrantes da equipe chegaram, o baile já tinha acabado, estávamos precisando de uma carona para voltar. Naquele dia, os traficantes entenderam o significado de *operações especiais* — equipe preparada para combater em todo tipo de ambiente, terra, ar e mar —, então, nunca mais ficaram tranquilos ali.

Só se comanda pelo exemplo

A Polícia Militar, como qualquer instituição castrense, tem como pilares a hierarquia e disciplina, seus quadros são divididos basicamente entre oficiais e praças, ambos exercendo atividades operacionais e administrativas. Por maior que seja a característica operacional de um oficial, a administração consome boa parte do tempo, chefias de seções, comandos de companhias e procedimentos apuratórios acabam por afastar aos poucos o oficialato das ruas. É inevitável, acontece com todos.

De regra, a intensidade da carreira operacional do oficial se concentra nos postos de tenente e capitão, os praças podem passar uma carreira inteira na atividade-fim da corporação — nas ruas combatendo o crime —, por isso apresentam mais riscos e devem ser valorizados. Fico imaginando se em apenas 10 anos de BOPE tive a oportunidade de viver aquela unidade intensamente, participando de operações que não cabem em um livro, o que dizer dos subtenentes que dedicaram suas vidas por aquela unidade e pela sociedade carioca? Não teriam livros suficientes para contar tantas histórias.

Logo que cheguei ao BOPE, no ano de 2007, me chamou a atenção que praticamente todos os oficiais operavam — majores, tenentes-coronéis — e, por vezes, o próprio comandante estava no terreno comandando as patrulhas. A explicação se resume ao curso: para o oficial, só existe uma opção para servir na unidade: se formar no *COESP*, curso mais longo e duro do batalhão. Somente os oficiais *caveiras* comandam as equipes de operações especiais. Quer comandar, deve sofrer mais que todo mundo, é o ônus do mando.

O curso é igual para todos, praças e oficiais recebem números, ali o posto não serve de *porra* nenhuma, por vezes até atrapalha. Todo *caveira* é um instrutor por excelência, um soldado pode instruir e instrui um coronel, ali o que vale é o conhecimento técnico. Tropas de operações especiais no mundo, de regra, apresentam a hierarquia achatada. O curso une demais a tropa, e na guerra não temos tempo para formalidades, todos correm os mesmos riscos. Passagem histórica interessante na unidade foi quando alguns oficiais foram vitimados em sequência, em combate.

Percebeu-se, então, que as estrelas que definem o posto tornaram-se o alvo predileto dos traficantes. Evoluímos tecnicamente por necessidade, a unidade tirou as estrelas dos ombros e jogou na gola do fardamento, a medida surgiu o efeito esperado.

Por um lado, a guerra vicia, pois gostamos daquela adrenalina, algo impossível de explicar, quando colocamos o uniforme preto ou camuflado com aquela caveira no peito somos imbatíveis; por outro, essa realidade cobra um alto preço para o corpo e para a mente. Brinco com os mais próximos de que toda vez que estou na *merda*, por qualquer motivo, me lembro do que passamos no curso e vejo que tudo passa e nada é tão ruim que não possa piorar, então, levanto a cabeça e sigo em frente. Incrível como a dificuldade fortalece o homem e podemos ir muito além do que nosso corpo quer, a cabeça é quem controla a carcaça.

A equipe de instrução do meu curso era sensacional, o BOPE tem como cultura que só os melhores se formam, e, quando me perguntam por que o BOPE é o BOPE, digo:

— Instrução é prioridade.

Acabando o curso, a maioria dos instrutores volta para suas respectivas equipes de serviço, e o oficial recém-formado que, há dias foi um aluno, torna-se o comandante de equipe, por força do regulamento, comandando aqueles que lhe ensinaram. É uma relação de confiança, e quem te viu no curso sabe do seu potencial.

Se tem alguma coisa que fiz e valeu a pena na minha carreira foi ter bancado aquele curso. Comandar, aprender, instruir e fazer parte da melhor e mais experimentada tropa urbana de combate do mundo é um privilégio para poucos. Me lembro como se fosse hoje da minha formatura, quando deram o "fora de forma", os instrutores vieram na minha direção e prestaram a continência regulamentar, me chamando de 01, afirmando que seria uma honra ser meu comandado. Os caras que dias antes pareciam querer me matar, e eu a eles, agora eram meus irmãos de armas; tudo começava a se explicar naquele momento mágico, por que o vínculo entre aqueles combatentes é tão forte.

Como comandar esses policiais? A vida deles depende de mim a partir de agora. Policiais com 10, 15 e 20 anos de unidade e que, apesar de sua larga experiência, tinham humildade e disciplina para respeitar e seguir o novo tenente. Conversando com os coordenadores do meu curso, a quem sempre tive como referências, fiz essa pergunta, e os dois foram unânimes.

— O curso começa agora. No BOPE só tem uma maneira de comandar, pelo exemplo.

Tinha alguns hábitos comigo que, com o tempo, me ajudaram a adquirir o respeito da tropa. Era o primeiro a desembarcar no terreno e o último a sair dele, e, mesmo que fora da técnica, sempre que possível puxava a ponta da patrulha, é ali que as coisas geralmente acontecem, e os piores pontos de incursão sempre eram da minha equipe. Cada oficial tinha sua característica de comando, acaba que aprendemos um pouco com cada um deles, a liderança apesar de nata, se desenvolve ao longo da carreira, e nada melhor que a dificuldade, ela fortalece o homem.

Sempre procurei aprender com os oficiais mais antigos. Tinha muito orgulho de ver muitos deles, independente do posto ou do tempo de unidade, colocando a cara nas operações, achava sensacional como a tropa respeitava seus comandantes. Apesar de operarem menos que as equipes, que trabalham em regime de escala, a história dos oficiais era respeitada, e nas as maiores furadas, as operações mais arriscadas, todos largavam suas burocráticas rotinas administrativas e partiam para o *front*.

O Alemão estava em guerra no ano de 2007. Eu havia acabado de chegar à unidade, ainda sem curso, fui praticamente aspirante duas vezes. A operação estava caótica, todas as equipes empenhadas e a demanda por apoio não parava, quando fui chamado na sala do subcomandante:

— Novo, está em condições de comandar uma equipe?

— Sim, senhor,

— Não temos mais ninguém, e o Morro do Adeus, ao lado do Alemão, está fervendo. Pegue uma equipe do expediente e parta para lá agora.

Apesar de não ter o curso ainda, já tinha boa experiência operacional; antes do BOPE, comandei o policiamento na Cidade de Deus, entrava em confronto praticamente todos os dias, mas era outra realidade. Fizemos um *cata* no expediente, reunindo policiais da atividade administrativa, todos cursados, com muita história na unidade. Passei as orientações à equipe, todos ainda *cabreiros* (desconfiados) comigo, e partimos para o morro, sabia que na hora que a bala voasse a desconfiança passaria.

Chegando à comunidade, ouvíamos tiros de todos os lados. O Alemão não parava, granadas explodiam a todo momento, e no Adeus também não era diferente. Logo na entrada, tinha uma equipe da unidade da área ainda do lado de fora, os oficiais não conseguiam incursionar pela favela. Cumprimentei os companheiros e perguntei o que ocorria ali.

— Senhores, todos bem?

— Tenente, está foda aqui, só de colocar a cara na rua, um *filho da puta* atira do alto de uma laje, só tiro colocado, bate tudo ali na rua.

— Deixa com a gente, não se exponham.

Chamei o atirador, o mais experiente da unidade, praticamente o camarada que tinha formado todos os *snipers* do BOPE, e, por já estar com certa idade, trabalhava mais na formação, mas tinha uma habilidade inigualável. Só de começar a fatiar a rua, começaram os disparos, chamei o outro ponta e falei para atravessarmos, que aquele babaca vai atirar na gente, e aí o atirador consegue identificar a posição dele.

A equipe já me olhou atravessado, mas seguiu a ordem. Fizemos um pequeno lanço e o esperado aconteceu, choveu tiro na nossa direção. Nem chegamos ao abrigo, e ouvimos um disparo na nossa retaguarda, o sargento já havia neutralizado o agressor, até hoje ele não sabe de onde partiu aquele disparo, um exemplo clássico de legítima defesa de terceiro; sem a proteção dele, nunca sairíamos dali.

Iniciamos a progressão, tínhamos que chegar rápido senão aquele fuzil sumiria rapidamente, e aí apresentar morto sem arma é um problema, vivemos completa inversão de valores. Para o policial, o que vale é a presunção de culpabilidade, e, na dúvida, o PM fez *merda*. O atirador não tirava os olhos da laje, quando escuto outro disparo, um comparsa também armado tentava recuperar o armamento, mais um na conta da guerra. Fomos patrulhando e ganhando as íngremes escadarias, e, naquela altura do campeonato, a desconfiança de se estava preparado já havia passado. Chegando à casa, encontramos os dois ainda agonizando com os fuzis jogados de lado.

Fizemos um perímetro de segurança, e o tiroteio na parava, *bondes* de vagabundos gritavam a todo momento, mandando cercar a equipe. Granadas explodiam nos becos ao lado, mas estávamos em uma posição privilegiada, segurança de perímetro e com o atirador já posicionado em uma laje, que não demorou muito para me chamar.

— 01, que *porra* é aquela ali? Apontava para um dos acessos da comunidade.

— Sei lá, os caras todos de preto e patrulhando como a gente, pelo que sei, nós éramos a última equipe.

— Vou meter bala nesses cornos, ficam usando nossa farda agora.

— Calma, *porra*, olha isso aí direito, você já está ficando cego. (pior que era e atirava daquele jeito)

Tinha reconhecido aquela careca. O subcomandante da unidade, tenente-coronel antigo, tinha formado uma patrulha com policiais do rancho e da guarda, o quartel estava abandonado, e não teríamos comida naquele dia, faz parte, o importante é apoiar os companheiros. Naquele dia, tive uma aula de liderança, foi a primeira vez que comandei uma equipe do BOPE sozinho, e, com o apoio dos companheiros, cumpri a missão. Na hora do confronto, somos todos iguais, oficiais e praças, operacionais e administrativos, *caveiras* e *catianos*, cursados e peito liso; picuinhas e vaidades ficam do lado de fora do teatro de operações, nada melhor que uma guerra para unir a unidade.

Outra experiência com um oficial mais antigo, referência na minha carreira, foi no Morro da Fé. A equipe ocupava o Complexo da Penha, que estava em um marasmo total. Se tem algo sacal, é ocupação, o BOPE não foi feito para isso, ficar estacionado no terreno, mas, como resolvíamos, para tudo chamavam a gente. Funcionamos melhor na guerra, depois que o tiroteio acaba, os policiais perdem o saco e começam a fazer *merda*. O major tinha ido fazer uma ilustre visita, saber como estava a ocupação, ver se a estrutura da base estava a contento.

Na hora que ele estava chegando, eu saía com a equipe.

— Vai aonde, *porra*?

— Isso aqui está um marasmo danado, 01, os vagabundos não querem nada com a gente não, só ficam falando *merda* no radinho, já patrulhamos a favela mil vezes e nada, vou dar um *piruada* ali na Fé.

— Tem equipe nossa lá?

— Não, só até a Chatuba.

— Então vou com vocês, muito tempo sem operar já.

Seria uma honra, era a primeira vez que operaria com o coordenador do meu curso. Apesar do nome do morro, ninguém levava muita fé na missão, não era tão longe, e, com o BOPE no terreno, os vagabundos dificilmente metiam a cara em um raio de 20 quilômetros. Paramos as viaturas, e meu sexto sentido já deu um alerta. Favela vazia, em um sábado de sol, tinha algo de errado ali. Ao dobrar o primeiro beco, o tiroteio começa com força, minha equipe se abrigou em um buraco e os tiros passavam por cima, voando todo tipo de cascalho em cima da gente; naquele dia, contrariamos as leis da física.

Os vagabundos estavam com uma arma que nunca tinha ouvido, produzia um ruído parecido com as armas do filme *Guerra nas estrelas*, quando um policial à beira da morte me solta:

— *Porra*, esses vagabundos estão foda, 01, estão usando até a arma do *dartin veidi*. (assim mesmo que ele falou)

Porra, os caras brincam até na hora da morte, a favela era pequena, e a patrulha, comandada pelo major, tinha entrado por um beco ao lado, deveriam estar na *merda* também. Quando consegui olhar para fora do buraco, vi uma das cenas mais engraçadas da minha vida, o oficial superior igual a uma panqueca, deitado atrás de um meio-fio, não aguentei e comecei a rir. Ver o meu coordenador naquela situação foi demais para mim, como o mundo dava voltas e rápido.

Ele me xingava de todos os nomes e me ameaçava, falando que me daria uma surra como não havia dado no curso. Enquanto isso, a munição do *dartin veidi* não acabava, aquela *porra* de arma não era desse planeta. Jogamos uma granada fumígena, criando uma cortina de fumaça, e saímos do buraco; puxando a ponta junto com outro policial, ao dobrarmos praticamente juntos o próximo beco, quase espetamos o fuzil em um vagabundo armado, disparamos quase ao mesmo tempo, disparo à curta distância nem sempre é execução, nossos confrontos de regra têm essa característica.

Não era uma arma estelar, mas eu nunca tinha visto aquele fuzil, conhecido com *diabina*, importado do Leste Europeu, era impressionante como essas armas chegam facilmente aqui e param nas mãos de traficantes, que não sabem nem ler o nome do fabricante. Um dos disparos tinha atingido a testa do vagabundo, arrancando a tampa do *coco* dele. Que cena escrota, não sabia se eu ou ele tinha acertado, mas foi à queima-roupa, nós quase espetamos o fuzil nele. Depois, vem o especialista de *porra* nenhuma dizer que tiro à queima-roupa é execução, só tem uma explicação, com certeza nunca participou de um confronto desse tipo.

Área estabilizada, reunimos as equipes, o major veio rindo e me ameaçando:

— Eu me *fodendo* ali, e você rindo, *porra*, tirou todo o ranço do curso.

— Desculpe, 01, mas aquela cena era hilária, bem que o senhor ensinou que meio-fio também é abrigo.

— Que *merda* de arma era aquela? Nunca tinha ouvido.

— *Darti veidi*.

Comandar não é fácil, mesmo em tropas especiais com alto nível de adestramento, como o BOPE e o CHOQUE, existem problemas e, por vezes, temos que tomar medidas desagradáveis. É como criar um filho, damos conselhos e, se for preciso, punimos. Não acertaremos sempre, somos humanos, mas aprendi com os mais experientes, só cobramos o que fazemos, e a única maneira de se comandar é pelo exemplo, e isso tive muitos na minha carreira.

O BOPE PODE SER UMA PÉSSIMA INFLUÊNCIA

Nossos cursos são abertos a todas as forças de segurança. A procura é grande, além de ser o curso de operações especiais policiais mais antigo do país, a diferença para os demais é que aqui o aluno é submetido a operações reais, só conquistará o brevê quem colocar a cara, a guerra aqui não é com figurantes, é real, não é uma possibilidade, entrará em confronto. Militares federais, policiais civis, militares, federais, rodoviários e agentes penitenciários já tiveram a honra e alguns terão a glória eterna de serem formados pelos melhores, seus nomes estão eternizados no salão nobre do palácio da caveira.

Basicamente, temos dois cursos de formação: o Curso de Ações Táticas (CAT), com duração de 45 dias, voltado para os praças e os agentes de segurança em geral, e o Curso de Operações Especiais (COESP) com duração aproximada de seis meses, porta de entrada de oficiais na unidade, também aberto para todos os agentes de segurança. Sempre gosto de dizer que o CAT prepara o combatente para o BOPE, e o COESP prepara para a vida. Após conquistarmos a caveira e conseguir a vitória sobre a morte, significado do nosso brevê, nos tornamos outro ser humano, é um renascimento.

Para os novos *caveiras*, após o término do curso, pouca coisa muda. A adaptação à nossa unidade é rápida, se juntar naquele bando de loucos é fácil, todos passaram e passarão pelas mesmas dificuldades. Já para os policiais de outras forças existe um choque de realidade, as demais corporações não têm a mesma realidade, acontecendo um fenômeno interessante — de regresso à unidade para operações e atualização de conhecimento.

O BOPE se tornou escola também na formação, os policiais *estrangeiros*, como chamamos os oriundos de fora da PMERJ, depois de formados, tornam-se referência em suas respectivas instituições. Ter essa chancela abre portas, mas o preço nem sempre é barato. Como toda história tem seu lado positivo e negativo, alguns chegam a ser perseguidos. São vários casos, inveja e vaidade são características dos seres humanos bem presentes nas forças policiais; na polícia, só se valoriza os brabos, então, é óbvio, todos querem ser, mas, como já sabemos, querer não é poder.

Durante uma viagem para Brasília, em visita a uma unidade da Polícia Federal, uma determinada autoridade comentou de brincadeira que nunca mais mandaria um policial para o nosso curso, pois, segundo ele, os caras voltavam malucos. Com todo o respeito, dei um sorriso e disse que nós *caveiras* somos assim mesmo, onde chegamos mudamos o ambiente, não conseguimos ficar parados, somos formados para a guerra, e o mais importante, gostando ou não, temos iniciativa e, às vezes, isso incomoda.

Muitos profissionais da área viram policiais militares frustrados, passam a vida inteira treinando para uma guerra que nunca acontecerá, não é questão de ser melhor ou pior, gente boa tem em qualquer lugar, mas só confio em quem foi experimentado no combate; fardas bonitas, armas de última geração e treinamentos constantes não significam que você será um combatente, tem que colocar a cara para apanhar. É uma verdadeira revolução, aqueles que bebem na fonte da caveira e se mantêm conectados com a unidade mudam tudo por onde passam. Falem o que quiser, mas hoje não tem tropa mais experiente em combate urbano que o BOPE, então, em vez de virar as costas, vamos aprender. As portas estão abertas, e estamos todos do mesmo lado no campo de batalha.

Durante a retomada do Complexo do Alemão, em 2010, o comandante me chama e me mostra um ofício oriundo da Polícia Federal, apresentando dois de seus agentes ao BOPE, para operar com nossas equipes. Nunca tinha visto aquilo, não entendi nada, que *porra* era aquela? Policial Federal à disposição da PMERJ. Tratava-se de dois *caveiras* que haviam se formado em um curso antes do meu, então, incorporei na minha equipe. Se é *caveira*, não precisa provar nada, toda ajuda era bem-vinda.

Um dos caras mais humildes e competentes que conheci na polícia tinha uma ideia equivocada dos federais, pensava que todos eram engomadinhos, fardados, que carimbavam passaportes; preconceito é a materialização da ignorância humana. Chegaram os camaradas se apresentando como soldados, colocando-se à disposição para ajudar e, naquele momento, precisávamos de todo tipo de ajuda, ainda mais de um *caveira*, aquela guerra no Alemão teria ainda muitos capítulos.

Patrulhamos aquele Alemão todo, os agora amigos e irmãos de armas nunca reclamaram de nada, pelo contrário, se portavam como soldados, bancavam o quarto de hora, puxavam a ponta da patrulha, carregavam o peso das munições sobressalentes e, na hora do confronto, estavam sempre prontos para o combate, e ainda aturando as *pilhas* das equipes.

Em outro evento, outro maluco, que havia se formado no CAT, da mesma instituição, chegou todo de preto na unidade. Um sargento da equipe me chamou, enquanto equipava no alojamento.

— 01, o senhor tem que resolver uma situação aqui.

— *Porra*, nem saímos, e vocês já estão me arrumando problema.

— Aí, 01, esse *pica* aí quer ir na operação com a gente.

— O que você está fazendo aqui?

— Tenente, estou entediado da vida burocrática, quero operar de verdade um pouco, só o senhor pode me ajudar.

— Esses caras são malucos, estamos criando monstros, equipa logo, mas se morrer nessa *porra* vou te deixar lá, hein!

— Sim, senhor. (o cara saiu correndo igual uma criança indo para o parque de diversões)

Equipamos e partimos para a Nova Holanda, umas das favelas mais complicadas no Complexo da Maré. Deixei o maluco na minha patrulha e, como esperado, não decepcionou. Caía para dentro enquanto a bala voava, tomávamos tanto tiro de cima das lajes que o risco de sermos baleados era gigante. Não tinha outro jeito, tinha que ganhar uma laje e combater no mesmo plano que os traficantes, a estratégia ali sempre era a mesma.

Ganhamos uma laje enquanto as equipes patrulhavam com o blindado. Querendo aproveitar os princípios da oportunidade e o sigilo, pedi para que as equipes saíssem, assim não demoraria muito para os traficantes voltarem para a pista. Ficamos naquela laje por algumas horas, a missão era quase suicida, quatro policiais sozinhos no coração de uma das favelas mais armadas do Rio de Janeiro, dentre eles, um da Polícia Federal, em um verdadeiro estágio de alto risco.

Essa estratégia não era nova, seu nome remete a uma importante passagem histórica, os vagabundos não estavam de bobeira, já tinham tomado muito prejuízo com isso. Eles mandavam moradores da comunidade, envolvidos com o crime, procurarem os policiais antes de voltarem para a rua. Nesse momento, eu percebia como tem gente conivente com o tráfico; não demorou muito, e, como não fomos encontrados, a boca de fumo e o desfile de armas de guerra voltaram a aparecer.

Ainda preocupados com nossa presença, criminosos buscavam nossas equipes nas lajes. Um confronto era questão de tempo, teríamos que ter muita disposição para segurar os caras, em considerável inferioridade numérica, até a chegada das demais equipes. Os feixes de luz das miras das pistolas passavam na nossa direção a todo momento; vermelhas e verdes, elas enfeitavam as paredes. De fato, não era uma sensação muito agradável, e, no meio daquela tensão toda, um gênio da equipe me solta uma pérola:

— Aí, federal, já tinha ido a uma boate dessas?

Todos seguraram o riso, não poderíamos denunciar nossa posição, era possível ouvir o falatório do tráfico procurando a gente. A sensação não era agradável, era muito vagabundo ali, e nosso blindado não chegaria tão rápido ao evento, mas, já que estamos no inferno, por que não abraçar o capeta? Tomamos posição, e o mundo caiu sobre as nossas cabeças. O camarada fez jus ao brevê, somou e muito no momento que mais precisávamos. Combatente existe em qualquer lugar, basta querer. Quem é guerreiro já nasce pronto. Se quiser ir para o mau caminho, o BOPE está sempre de portas abertas e contratando, essa guerra não termina tão cedo.

A AUDÁCIA DO CRIME NÃO TEM LIMITE, RESGATE CRIMINOSO

Os criminosos estão cada vez mais ousados, e, com pouco tempo de polícia, é possível perceber essa mudança. Aumento sem freio da capacidade bélica, disputa cada vez mais intensa por território e novos mercados de venda de droga, conexões internacionais e interiorização do crime, criminosos, principalmente dos grandes centros urbanos — Rio de Janeiro e São Paulo —, alargam fronteiras e trocam meios e informações. É a globalização do crime; ou a polícia se une e acompanha ou continuaremos sempre um passo atrás.

Para o criminoso, o rigor da lei diz que todos devem ter seus direitos constitucionais preservados, mas a lei não acompanha a velocidade dos fatos, muito menos do crime, situações extremas necessitam de medidas extremas, senão, onde vamos parar? Criminosos desafiam o Estado, e a polícia é que está na linha de frente desse combate, e, por vezes, nos sentimos sozinhos, sem apoio e meios para enfrentar tamanho desafio. Equivocados ou mal-intencionados são aqueles que atribuem exclusivamente a expansão do crime à ineficiência da polícia. Precisamos evoluir, temos problemas e não podemos nós omitir em relação a isso, mas a regra básica de segurança pública é que a polícia não resolve nada sozinha.

Durante uma operação em uma comunidade da zona sul carioca, mais do mesmo, tiroteio, explosões de granada e rastro de sangue para todo lado, se não era nosso, só poderia ser deles, menos mal. Fato pouco conhecido e por isso debatido é que, dependendo da intensidade dos confrontos, nem sempre conseguimos chegar aos feridos e ao armamento rapidamente. É nesse tipo de ocorrência que surge um morto sem arma, podendo ser interpretado como "trabalhador" atingido por bala perdida. O fato ocorre porque os próprios comparsas ou até mesmos moradores simpatizantes ao tráfico levam as armas antes da chegada da polícia; um fuzil tem o valor de um bom carro no mercado negro.

Sabíamos que algum traficante havia sido baleado, mas demoramos a chegar ao ferido, pois a troca de tiros era intensa, e uma forte *contenção* segurou temporariamente nossa equipe. Tivemos que desbordar e progredir por outro acesso. Chegando lá, só havia sangue e acusações de mais um trabalhador baleado. Estranho era o que um trabalhador fazia **às** duas da manhã em uma *boca de fumo*, só se fosse trabalhador do tráfico, não sei, mas ainda tenho dúvidas aonde podemos chegar com essa sociedade. Retraímos para a unidade e, como de costume, nossa segunda seção começava a monitorar os hospitais da região.

Não demorou muito para as primeiras informações chegarem — o dono do morro havia dado entrada em estado grave na principal emergência da cidade. A equipe procedeu para o hospital, reconhecendo que um dos criminosos que entraram em confronto com a gente horas antes tinha tomado um tiro de fuzil, de regra, não duraria muito tempo. Mas tudo era possível.

Vida que segue, menos um criminoso de alta periculosidade nas ruas. Não demorou muito tempo e chegaram informações de que um *bonde* fortemente armado tinha acabado de invadir a emergência hospitalar para resgatar o traficante. Vários homens armados de fuzis entraram no meio da madrugada no hospital, e um corajoso vigilante ainda tentou reagir, mas foi morto. Mais um negro, pobre, pai e morador de periferia havia sido brutalmente assassinado, mas, estranhamente, nenhuma comoção ou nenhum protesto por ele.

Os policiais da cautela nada poderiam fazer, senão seriam mais um na estatística de policiais mortos em serviço. Como regra, a polícia foi duramente criticada, questionada levianamente se os policiais de serviço tinham algum envolvimento com a fuga. Frequentemente, muitos que defendem o estado democrático de direito acusam e julgam policiais costumeiramente; a incoerência normalmente prevalece.

A discussão sobre a segurança dos hospitais estaduais durante o tratamento de presos vinha à tona novamente, mais uma missão que não cabe à PMERJ, e ela acaba abraçando, e, quando a *merda* explode, de quem é a culpa? Nem tinha me atentado para quem tinha sido resgatado, para mim, aquele traficante baleado dias antes por nossa equipe já havia morrido, sobreviver a um disparo de fuzil era algo raro. A polícia toda estava atrás dele, nem tinha tanta expressão no mundo do crime, mas a audácia da ação tinha o jogado no foco, a mídia o escolheu como o inimigo número um do Estado.

De fato, aquele ato era uma afronta, retratava bem o poder bélico e a audácia dos traficantes cariocas, e, mais uma vez a mídia que criticava diariamente o uso da força pela polícia mudava o tom, exigindo respostas. Era questão de tempo para voltarmos nossas atenções para esse *merda*. A mídia manipula a opinião pública, pressionando o governador que, por sua vez, cobrava o comandante-geral. Assim é o sistema, e, não restando outra opção para resolver a *cagada*, chama o BOPE.

Na época, eu era o chefe da inteligência da unidade e recebi uma ordem direta do comandante — descobrir onde o traficante estava escondido. Essa missão nem sempre é complicada, os criminosos usam sempre os mesmos métodos, se escondem nos maiores complexos de sua facção, o domínio local do tráfico permite isso com certa segurança. Não tínhamos outra opção, era só dar *porrada* na favela que ele estava, que rapidamente cuspiriam o cara lá de dentro. No tráfico, não existe irmandade, ninguém segura nada de ninguém, o que vale ali é a grana. Essa é a motivação principal e, por mais burro que seja um traficante, não interessa ter o BOPE dentro da favela todo dia.

Os três maiores complexos de favelas dessa facção — Alemão, Maré e Chapadão — seriam os alvos de nossas investidas. Como o procurado tinha parentesco com um conhecido traficante do Alemão, era provável que estive escondido debaixo da asa do parente. Com operações diárias na localidade, as equipes que ocupavam aquela favela também não davam descanso, a qualquer momento, o criminoso seria preso, pois, ainda se recuperando dos ferimentos e bem acima do peso, tinha dificuldade de locomoção para fugir da polícia.

É só incomodar que as informações aparecem. O tráfico é caracterizado por divisões e disputas internas, a ganância prevalece, e essa característica do inimigo ajuda o nosso serviço. Chegou através de uma fonte que o traficante estaria escondido no Complexo do Salgueiro, na região de São Gonçalo, nova área relevante na atuação da mesma facção criminosa. Conhecia bem a área, já tínhamos operado diversas vezes na região; a localidade se degradava recentemente com a atuação do tráfico local, e as condições geográficas dificultavam a ação das forças policiais. Era o esconderijo quase perfeito.

Beirando a Baía de Guanabara, distante pelo menos 30 minutos da principal via terrestre acessível por viaturas convencionais, a região era de extrema dificuldade operacional. Começamos com um levantamento detalhado, plotando a possível localização do traficante — estaria na casa do chefe do tráfico local, sob os cuidados de enfermeiros moradores da comunidade.

Tínhamos que chegar o mais rápido possível pela via aquática, pois os criminosos já estavam atentos, tinham tomado um prejuízo por ali há pouco tempo, por isso, a vigilância era redobrada, tinha a informação de que todas as embarcações estranhas eram abordadas ao se aproximarem da favela. Pela via terrestre, as viaturas ostensivas só de subirem a ponte Rio-Niterói já eram denunciadas, tendo tempo suficiente para a fuga, só tínhamos a opção de uma infiltração aérea.

Durante reunião com os camaradas do aéreo, começamos a pontuar as dificuldades — área de pouso, apoio de fogo, capacidade de transporte de efetivo —, os riscos eram grandes, pois nem todas as aeronaves são blindadas, e uma aproximação para desembarque da tropa seria uma exposição considerável. O desembarque deveria ser próximo ao objetivo, longe daria tempo para a fuga, não existe chegada velada com helicóptero e, perto demais, correríamos o risco de ser abatidos. Tínhamos que chegar a um meio-termo, mas, se dependesse das equipes, a aeronave entrava na casa do vagabundo.

Na época, a Polícia Militar tinha quatro aeronaves para missão, apenas uma blindada, que, por suas características operacionais — pesada e lenta —, não lançaria as equipes, ficando no apoio de fogo; entrar no meio das linhas inimigas sem qualquer abrigo era mais uma missão quase suicida. Tinha bom conhecimento de operações helitransportadas, pois aprendi muito com os colombianos, a estrutura deles era absurda. A polícia nacional tinha mais de 80 aeronaves, e, com uma doutrina bem consolidada, somente no curso de operações especiais ficamos 30 dias estudando e operando em diferentes tipos de aeronave, então, poderia ajudar no planejamento.

Muito do que aprendi com nossos vizinhos utilizei nessa missão. Naquele dia, foi possível perceber como nossa polícia tinha evoluído, quatro aeronaves disponíveis para uma tropa de operações especiais policial não era para qualquer um, principalmente em termos de Brasil. Não podíamos errar, a PMERJ tem alguns traumas com aeronaves, já tivemos equipamentos desse tipo abatidos, com várias baixas, a segurança dos pilotos policiais era prioridade número um, seriam nossos anjos da guarda, e nós, os deles.

O planejado era aproximar uma aeronave inicialmente com o apoio de fogo de outras três, a velocidade e a movimentação intensa, somadas à pequena equipe de solo, confundiriam os criminosos, permitindo a aproximação dos demais policiais de infantaria por via aérea. Como sempre, a briga era para decidir quem seriam os três policiais a desembarcar em solo primeiramente, nunca vi isso, brigar para colocar a vida em risco, mas aqui era normal. A aeronave esquilo tem a capacidade de levar apenas três homens equipados, sua agilidade é o principal aspecto de segurança, nem tocaria no solo, uma breve aproximação, pularíamos, e ela sairia fora o mais rápido possível.

Já tinha feito isso algumas vezes, mas o terreno não favorecia, um vale onde os criminosos costumavam ficar nas cotas dos morros, atirando de cima para baixo. É claro que iria na primeira perna, mas tinha que escolher dois para me acompanharem, quase arrumei inimizade naquele dia, mas era só fechar os olhos, todos ali estavam preparados, confiava plenamente na equipe.

Escolhi por especialidade, tinha que juntar o maior número de especialidades possível, e poder de fogo seria fundamental. Um paramédico, que transportava uma metralhadora, e um hábil atirador de precisão, com prática em operações aéreas, formariam uma equipe perfeita para aqueles longos e solitários minutos até a chegada do apoio. Três operações especiais, disso não abria mão, um inclusive policial federal, formado com a gente, que toda vez que tínhamos uma furada dessas se apresentava, antigo companheiro de outras jornadas.

Decolamos e ficamos girando até que todas as aeronaves tivessem em condições de partida. O deslocamento seria curto, a base aérea da Polícia Militar fica a menos de cinco minutos do evento, não tinha muito tempo para brifar os detalhes finais, menos ainda para desistir. Foi bonito de ver o deslocamento, quatro aeronaves policiais emparelhadas, sem dúvida foi uma das maiores operações policiais aéreas da história. Nossa Área de Pouso de Helicóptero (APH) seria um campo de futebol a uns 400 metros do objetivo.

Conhecia bem o local, já sabia para onde iria me deslocar em busca de um bom abrigo. Nossa aeronave começou a baixar altitude, temos que respeitar aqueles pilotos, pois se expor daquele jeito não é para qualquer um, enquanto as outras já começavam a girar, abrindo fogo na região de mata. O barulho de disparos, motores e deslocamento de ar não permitia identificar o que acontecia direito, e nem de onde vinham os ataques, saltar foi um alívio, porque, mesmo no olho do furacão, era minha zona de conforto a infantaria.

Corri na direção de um muro, diminui a silhueta já ouvindo disparos na nossa direção oriundos do alto de uma das cotas que cercavam a região, estávamos correndo contra o tempo, mas ali a prioridade era dar o apoio na decolagem da equipe aérea. Aeronave em segurança, eu tomei a decisão de, mesmo antes da chegada dos demais policiais, partir para o evento, pois havia escutado um carro saindo em alta velocidade do objetivo. Os disparos batiam perto, abri fogo contra uma área de mata, e a metralhadora do companheiro dava o apoio de fogo. Naquele momento, teríamos que desrespeitar a técnica e partir somente com três homens.

Alguns seguranças dos chefes do tráfico local, ainda assustados com as aeronaves, tentavam conter o nosso avanço, mas, para nossa tranquilidade, escuto a aproximação da segunda; estávamos com apoio terrestre. Chegando à casa, encontro o portão já aberto e apenas as esposas dos traficantes lá dentro, não tinha dado tempo, o traficante havia fugido. Continuamos a operação com boas ocorrências, apreensões de armas, drogas, mas o objetivo não foi alcançado. Apesar disso, foi importante para entender do que a PMERJ era capaz, uma operação daquele nível, com perfeita integração terra e ar, não é para qualquer um. Nunca me preocupei ou me afobei para prender um criminoso, pois, a história confirma, vagabundo não costuma ir longe, nem durar muito. Se não pegamos hoje, pegaremos amanhã.

Somos vulneráveis, principalmente no horário de folga

Infelizmente, o sistema jurídico policial brasileiro nem sempre é justo, e, com a criminalidade crescendo e a polícia cada vez mais desmoralizada, fica difícil fazer frente a tamanho desafio. O direito à segurança pública previsto na Constituição Federal é fundamental para o desenvolvimento dos demais direitos fundamentais, além da sociedade que sofre com a violência cotidiana, são os policiais as principais vítimas da criminalidade violenta.

Dentre todas as operações de que participei, não teve missão mais difícil do que dizer para uma mãe ou uma esposa que seu ente querido não voltaria mais para casa. Essa realidade, que os policiais enfrentam diariamente, e pouco conhecida pelos demais grupos sociais, me revolta a cada dia. A PMERJ tem uma legião de filhos sem pais e pais sem filhos; isso, sem dúvida, é a nossa pior mazela. Aquelas cenas comoventes, que tanto observamos nos filmes americanos de guerra que, mesmo do outro lado da tela, embrulhavam o estômago, tive o desprazer de ser um dos protagonistas.

Um policial da minha equipe em deslocamento para a unidade havia sofrido uma tentativa de assalto. Vários indivíduos armados em um carro tentaram roubar sua motocicleta, e, como um legítimo *bopeano,* lutou até a morte. Com toda a nossa coragem, provada em inúmeras operações, no Rio de Janeiro, não temos outra opção senão reagir, pois, caso nossa identidade seja descoberta, seremos executados a sangue frio.

Policial da segunda seção me chama na academia e me dá aquela triste notícia. A primeira coisa que vem na cabeça é pegar aqueles desgraçados. Mas, antes disso, temos que colocar a família em primeiro lugar, temos de correr para dar a notícia antes que a imprensa o faça, pois grande parte desses profissionais não tem qualquer respeito com o morto e seus familiares, o mais importante é o furo de reportagem. Liguei para psicóloga da unidade e partimos para casa dele, sem saber o que dizer, pois isso não se aprende, ninguém está pronto para esse momento.

Ao parar à porta da casa, estava mais tenso do que em qualquer operação que já havia participado. Ainda era bem cedo, os vizinhos estranharam a nossa viatura ali, o companheiro era bem discreto, era bem provável que os vizinhos não soubessem da sua condição de policial. Quando toquei o interfone, a mãe do policial atendeu direto no portão e, ao me ver fardado, já entendeu o motivo da minha presença, então, foi desfalecendo lentamente, só deu tempo de segurar aquela pobre senhora. Não tinha o que dizer, era a inversão da lei da vida — filhos morrendo antes dos pais. Mas, infelizmente, na PMERJ, nós nos acostumamos com isso.

Dentre todos os problemas da corporação, o que mais incomoda é a morte de policiais, principalmente no horário de folga, que concentra a maioria dos casos. Não que durante o serviço não seja traumático, mas, desde que entramos, sabemos dos riscos da profissão, o enfrentamento ao crime violento é uma realidade. Desde a década de 1990, morrem, em média, mais de 100 policiais por ano na PMERJ, segundo estudo de uma comissão interna da corporação que pesquisou sobre o tema; nossa polícia tem níveis de baixas maiores que o exército americano, em todas as guerras regulares do século passado.

Muitos no nosso efetivo são negros, pobres e moradores de periferias, mas, por se tratarem de policiais militares, são praticamente esquecidos da indignação e dos protestos dos grupos sociais e de direitos humanos. A condição de policial militar e os ranços pela profissão se sobrepõem a qualquer outra vulnerabilidade. Tentando entender o fenômeno, me dediquei, em um estudo de pós-graduação em criminologia, produzindo um trabalho sobre a vitimização na PMERJ, resultante de ação criminosa, no horário de folga nos anos de 2017 e 2018, chegando a importantes conclusões científicas, que já conhecia na realidade.

Somente nesses dois anos ocorreram 465 ocorrências, somando-se mortos e feridos, por ações criminosas. As causas são divididas entre pessoais, institucionais e gerais. O policial, por vezes, aumenta sua vulnerabilidade pessoalmente, expondo sua identidade pessoal, seja com atitudes reais ou virtuais. Do mesmo modo, a instituição, por vezes, expõe o policial, por ação ou omissão, como, por exemplo, a falta de treinamento e a inércia investigativa, potencializando a vitimização. Somadas aos riscos, observam-se as causas gerais criminológicas que afetam diretamente os policiais, visto que, em muitos casos, as ocorrências são consequência da criminalidade comum, chegando à conclusão que fatores como impunidade, leis incipientes e desigualdade social acabam impactando também na vitimização policial.

A vulnerabilidade do policial é muito maior na folga, geralmente sozinho, com armamento particular, portando apenas uma pistola, transitando por áreas de grande incidência criminal, o policial se torna um alvo fácil no Estado. Por maior que seja o adestramento, ninguém fica atento 24 horas por dia, ainda mais saindo de longas jornadas de trabalho, um evento crítico pode acontecer a qualquer momento e com qualquer um.

Após um sábado intenso, operando durante toda a madrugada, peguei meu carro, mesmo sonolento, pois só queria chegar em casa e dormir por algumas horas. Basicamente, tinha dois itinerários possíveis que revezava constantemente, nenhum dos dois era plenamente seguro. De fato, ficava entre a cruz e a espada. Nesse dia, decidi seguir pela Serra Menezes Cortes, estrada que ligava as zonas norte e oeste da cidade, era margeada por favelas, mas geralmente era bem policiada.

A outra opção era a linha amarela que, apesar de ser uma das principais vias expressas da cidade, apresentava alta incidência criminal, principalmente no horário em que saía da unidade. A Serra Grajaú-Jacarepaguá é cercada por favelas, tinha a vantagem de ser quase sempre policiada e com operações constantes, é o que digo, por vezes o deslocamento casa-trabalho é mais perigoso que o próprio serviço. Apesar de ter a impressão de que seremos vitimados durante o serviço, o maior risco está na folga, inúmeras pesquisas na área confirmam isso, motivo pelo qual se reforça a necessidade de estarmos mais atentos nesse deslocamento e conhecer bem o nosso itinerário.

Já na descida, sentido zona oeste, observo que os veículos à minha frente paravam aos poucos. Qualquer pessoa normal pensaria em acidente, mas nós policiais pensamos sempre no pior, sabia que se tratava de um arrastão. Os criminosos costumavam sair da extensa área de mata e roubar vários carros, posteriormente fugindo pela mesma região, sendo praticamente impossível serem capturados pela polícia, após o cometimento dos crimes.

Meu carro deveria ser o décimo da fila, peguei minha arma e analisei o cenário, pois, antes de qualquer reação, devia analisar o risco, nem sempre reagir é a melhor alternativa. Rapidamente contei quatro criminosos, um deles portava uma submetralhadora, uma reação ali seria de alto risco, só deveria acontecer em caso de vida ou morte. Inferioridades bélica e numérica dificultavam uma reação, a única coisa ao meu favor era o fator-surpresa, mas tinha que pensar rápido no que fazer, sempre temos que ter em mente que é bem melhor um policial vivo do que um herói morto.

Esperei até o último instante, pois, como os criminosos contra o patrimônio sempre estão correndo, geralmente com limite de tempo, pois não querem ser pegos, pensei que roubariam somente os primeiros carros. Mas me equivoquei. A certeza da impunidade e a audácia eram tão grandes que vieram limpando todos bem calmamente, o terreno e o horário favoreciam a ação deles. Pensei no que fazer, fiz todo o planejamento mental, analisando o perímetro de segurança, escolhi rapidamente o abrigo e, antes da aproximação dos inimigos, desembarquei, pulando para o outro lado da mureta que dividia a pista. Decisão tomada, agora era agir.

Só em notar meu desembarque, um dos criminosos atiraram, para eles tudo que se movimenta é ameaça, não pensam duas vezes antes de abrir fogo contra qualquer um. Tinha que pegar primeiro o vagabundo portando a submetralhadora, porque em uma caça derrubamos sempre o leão mais forte primeiro. Comecei a disparar, mas como estava em inferioridade numérica, eles avançavam. O desespero das pessoas ali no meio do confronto era visível, eu conseguia manter a calma e raciocinar, já tinha passado por situações piores; com a experiência é incrível como esses eventos passam em câmera lenta em nossa cabeça. Além do mais, tinha que cumprir o que sempre brinco com meus alunos:

— Podem até morrer, mas morram com calma. Se desesperar não resolve nada, o bom combatente não se desespera nunca.

Já no limite da aproximação deles, estava em uma condição confortável, bem abrigado, pois, de onde eu estava para ser atingido era preciso que os criminosos se expusessem demais. Dificilmente aconteceria. Vagabundo é covarde e morre de medo de morrer. No combate, um bom abrigo pode ser mais importante que sua própria arma. Controlava meus disparos, não poderia errar e acertar nas pessoas, que corriam e abandonavam seus carros na via; os covardes gritavam entre eles, dizendo que eu iria morrer e que me cercariam, tentando entrar no meu psicológico, isso jamais aconteceria.

Quando eles menos esperavam, saquei uma granada de luz e som, que me acompanhava a todo momento, e lancei por cima dos carros por trás deles. Com aquela explosão, os brabos saíram correndo em direção ao mato. Nesse momento, a maioria dos carros vazou dali rapidamente, descarreguei um carregador na direção deles, enquanto fugiam como ratos. Situação controlada, a trilha feita no peito pelos ladrões estava cheia de sangue, tinha acertado alguém, aquele ficaria um bom tempo sem roubar. Naquele dia, algumas neuroses adquiridas na carreira — a ponto de andar com uma granada no carro — salvaram a minha.

Não demorou muito, escuto uma sirene ao longe, provavelmente uma das vítimas, descendo a serra, avisou a uma equipe do batalhão da área. O PATAMO avançou com toda a força. Os policiais chegaram empunhando seus fuzis, eu, em ato reflexo, me deitei no chão, larguei a pistola, e eles, ainda com sangue quente, chegaram a pisar nas minhas costas enquanto tentavam me identificar. Estão corretos, em uma situação como essa, temos que ser enérgicos, é questão de vida ou morte, os policiais não estavam errados; à paisana, armado, pode ser uma ameaça.

Ânimos mais calmos, e com minha pistola longe do meu controle, sou reconhecido por um dos policiais, tinha trabalhado com ele anos antes na unidade. A abordagem me deu mais apreensão do que a própria reação contra os criminosos. A leitura de cenário não é algo fácil, a tomada de decisão é célere e dinâmica, com vários fatores de influência, e, dependendo do ponto de vista, um indivíduo à paisana armado pode ser facilmente confundido com um bandido. Naquele dia, agi rápido, utilizei a técnica, mantive a calma e dei muita sorte, sobrevivi para contar essa história, mas nem todos tiveram essa oportunidade.

Um dos fatores de maior relevância na vitimização policial no horário de folga é a dupla jornada. Além das extensas cargas horárias da polícia, esses servidores arrumam um segundo emprego para complementar a renda devido aos baixos salários da corporação. É natural que os policiais atuem no ramo da segurança privada, o mercado clama, os níveis de violência assustam e os empresários aproveitam os conhecimentos desses profissionais na iniciativa privada.

Sem entrar nos aspectos éticos e de legalidade, a segurança privada aumenta consideravelmente a exposição dos agentes policiais. Ali, o enfrentamento ao crime ocorre muitas vezes sem a devida estrutura e o apoio institucional. De serviço após a realização do Treinamento Físico Militar (TFM), retorno à unidade e vejo a equipe com aquela cara de desânimo, alguma *merda* havia acontecido. Então, me direciono diretamente à segunda seção e recebo a informação de que um policial nosso havia sido baleado no horário de folga, sendo socorrido em estado grave para o hospital mais próximo.

Equipei e parti para o hospital. Chegando lá, recebo a notícia que não queria, nosso companheiro já havia chegado sem vida. Garoto novo, deixou um filho pequeno. A primeira coisa que vinha na cabeça é que teríamos de pegar quem havia feito isso. Já no local do crime, começo a perceber que algo estava errado, um local tranquilo, de baixa incidência criminal, muito próximo à residência do policial. Segundo a dinâmica relatada pelas primeiras testemunhas, nosso policial tinha ido comprar pão, todos o conheciam naquela região, era nascido e criado ali. Mas, apesar disso, ou por esse motivo, não desgrudava de sua arma.

A primeira coisa que veio na cabeça foi uma execução, roubo era uma hipótese pouco provável, mas não demorou muito para chegarmos ao autor. Segundo um comerciante local, ele acabara de receber uma carga valiosa de cigarros, que vinha sempre escoltada, toda semana. Os seguranças, dentre eles um policial recém-formado, ao observar nosso policial, se assustou e decidiu abordá-lo, os dois à paisana, sem saber da condição um do outro. Então, o segurança, ao notar nosso policial armado, não pensou duas vezes, se precipitou e realizou vários disparos, matando um colega de farda a metros de sua residência.

Fatalidade. Como é dura a realidade dos policiais brasileiros. A possibilidade de erro de percepção é imensa em um ambiente tão hostil. Os fatores que levaram a essa morte são inúmeros, que vão de aspectos pessoais, como insegurança, falta de treinamento e precipitação, institucionais, tais como melhoria salarial e das condições de serviço, além das gerais, como políticas efetivas de redução de crimes. Nessa ocorrência, a PMERJ e a sociedade perderam dois policiais, o falecido e o autor, que nunca mais será a mesma pessoa após o cometimento de um erro tão grave.

Atualmente, não conseguimos proteger nem os nossos

Falar dos riscos da profissão policial é chover no molhado. Apesar da pouca visibilidade midiática e da passividade social, ser policial no Rio de Janeiro é numericamente uma das profissões mais arriscadas do mundo. Fenômeno recente resultante da expansão do crime, principalmente do tráfico de drogas, é a coabitação territorial entre policiais e traficantes, aumentando consideravelmente a vulnerabilidade dos agentes públicos.

Boa parte da tropa mora em locais com baixo desenvolvimento humano, próximo ou mesmo no interior de favelas, e, quando estas passam a ter grande influência do tráfico, a cabeça do policial fica a prêmio, não restando outra opção para esses servidores públicos senão abandonar o território, fugindo com toda a família. É uma realidade humilhante, que comprova a ineficiência do Estado. Por mais que tenhamos coragem e disposição, é fato, não podemos nos proteger tampouco aos nossos familiares 24 horas por dia, pois com vagabundo não se faz acordo, nem se confia. Então, não resta alternativa, os policiais abandonam sua vida, sua história e seu patrimônio em prol de sua segurança; são refugiados dentro do seu próprio território.

Essa realidade, pouco conhecida e debatida, pode, em alguns casos, gerar um ciclo de ódio e violência, que nunca levará a bons resultados. Essa guerra é desigual, pois o policial é o lado mais fraco dessa batalha, reconhecido por todos, atuando dentro de parâmetros legais e com pouco apoio do Estado, ficando sozinho contra criminosos covardes e sem qualquer restrição em suas ações. É um exemplo cabal do ambiente em que vivemos de completa inversão de valores.

Acontece corriqueiramente, policiais procurando desesperadamente seus comandantes, relatando que eles, ou pior ainda, sua família havia sido ameaçada por traficantes locais, pelo seu simples exercício profissional. Está aí, esse é um assunto que nunca vi os renomados estudiosos e especialistas em segurança pública comentarem, deve ser por que de polícia entendem pouca coisa.

Desapropriações forçadas, sem ordem judicial, por ameaças criminosas, se ocorrem com policiais que possuem o monopólio da força, imagine com pessoas comuns que, simplesmente por contrariarem ordens ou intenções criminosas, também são expulsas, tendo suas residências ocupadas pelo tráfico ou pela milícia.

Nunca tive esse desprazer, posso dizer que sou um privilegiado, mas boa parte da nossa tropa é de origem humilde, provando que pobreza não é sinônimo de crime, e, mesmo sendo criados longe das condições ideais, escolheram o caminho da legalidade. Com esforço, conseguiram um emprego digno, ao contrário de muitos de seus amigos. Situação comum de se ouvir em conversas descontraídas durante nosso dia a dia.

— 01, fui nascido e criado dentro de favela. Muitos dos meus amigos de infância já estão mortos ou presos, mas nunca quis aquilo para a minha vida, então, na primeira oportunidade que tive, saí fora; não foi fácil, mas estou aqui.

Procedimento bem comum e regulamentar na corporação é a utilização de balaclava por policiais quando operam na região que nasceram, e, por incrível que pareça, parte da família ainda reside em locais sob forte influência do tráfico. A preservação da identidade é fundamental para a segurança do policial. Isso não significa, em hipótese alguma, que o agente público está se omitindo ou buscando o anonimato para o cometimento de crimes. Essa medida operacional regulamentar se deve ao fato de que, infelizmente, não podemos prover a segurança 24 horas nem dos nossos, e, na folga, ele de regra está sozinho.

Fui chamado pelo comandante, partiríamos para mais uma operação e, como de costume, após saber o objetivo, me reunia com os sargentos para traçar a melhor estratégia. Não conhecia a comunidade, era uma bem pequena em que, até pouco tempo, não havia atuação constante do tráfico de drogas, mas que recentemente passava por constantes guerras pela disputa de novos territórios.

— Pessoal, teremos que ir nessa comunidade. Não conheço, mas, segundo o comandante, está um *foda-se* lá.

— 01, TCP e CV estão em guerra lá mesmo.

— Então, melhor cenário impossível.

— Tem um policial do Grupo de Resgate e Retomada (GRR) que foi nascido e criado ali, inclusive a família dele mora lá até hoje.

— Chama ele lá então, vamos colher mais informações.

O GRR é uma subunidade do BOPE, acionada exclusivamente para ocorrências com reféns, e, de regra, não deveria ir para operações em favelas, devendo estar disponível 24 horas para esse tipo de ocorrência, o que de fato não acontecia. Quem está no BOPE quer ir para guerra, segurar esses caras na unidade era uma das missões mais difíceis para o oficial de operações, e, com a quantidade de acionamento para áreas conflagradas, era quase impossível manter essa equipe aquartelada.

— Fala aí, camarada, conhece bem essa comunidade?

— Claro, 01, fui nascido e criado ali, nunca teve nada, mas agora os vagabundos chegaram com força.

— Então é contigo. Qual a melhor maneira de atuar ali?

— É uma favela pequena, nossas patrulhas tomarão toda a favela, e os vagabundos não terão para onde correr, vão se entocar.

Planejamento pronto, e, como era às margens da Avenida Brasil, usamos uma viatura descaracterizada, já descemos pegando um *contenção*, que monitorava a via expressa, e entramos com toda a velocidade. Não demorou muito para a área estar estabilizada, e, como o companheiro sabia tudo, íamos às casas certas, ele conhecia todos os antigos amigos de infância que tinham escolhido o caminho errado; a cada enxadada era uma minhoca.

Bons resultados, missão cumprida. Mas, como bem sabemos, a polícia sozinha não resolve o problema, alguns traficantes saem — mortos ou presos —, outros entram, e a sacanagem continua. O setor de Recursos Humanos (*RH*) do tráfico é atuante e, com os nossos níveis sociais, não faltam voluntários. Não demorou muito para o policial me procurar desesperadamente, traficantes tinham ido ao estabelecimento de sua família e ameaçados a todos, sabiam que ele era do BOPE. Por mais que sejamos discretos, é impossível manter o anonimato pleno e, no caso dele, todos sabiam da condição de policial e a unidade em que servia. Bastou o tráfico local tomar prejuízo para atacar o lado mais fraco, a família do policial.

Levei a situação ao comandante, que determinou uma operação imediata no local. Por mais que pareça uma retaliação, precisávamos agir emergencialmente e prender os traficantes que ameaçavam a família do policial. O recado tinha que ser dado. Até a máfia tem suas regras, família é algo intocável, mas o tráfico, apesar de suas lideranças, de organizado não tem nada. Operamos, prendemos e matamos os que resistiram, mas sabia que aquilo não era garantia de resolução do conflito, criminoso é igual a um cão raivoso, nunca se confia.

Orientei o policial que tirasse sua família o mais rápido possível dali e não voltasse mais lá. O tráfico, quando se instala em uma comunidade carente, dificilmente retrai, o problema é mais estrutural do que policial. É duro para o policial, como força legal do Estado, ter que retrair. Eu entendia bem o companheiro, fomos formados na mesma escola, é como se estivesse fugindo ou se acovardando, isso era contrário à frase que lemos todos os dias quando entramos na unidade, nada é impossível para o soldado do BOPE, mas, nesse caso, era a hora de retrair.

Vários familiares e amigos do policial passaram a ser inimigos e ameaçados pelo tráfico local. A renda da família vinha de um pequeno negócio conquistado com esforço de uma vida inteira, localizado dentro da favela. Deixei bem claro para ele que não poderia garantir a segurança dele, muito menos da família, o tempo inteiro. Não era falta de empenho, mas temos muitos outros problemas. Nesse caso, o que fazer para ajudar o companheiro? Seguir o canal técnico e legal não resultaria em nada, uma investigação surgiria pouco efeito, em contrapartida, uma tentativa de justiça com as próprias mãos colocaria o policial em sérios riscos legais, administrativos e da própria vida. Mais um dilema estava instalado.

Tentávamos apoiar de todos os modos e, sempre que possível, operávamos lá. O vagabundo não é burro, sabe que bater de frente com o BOPE traria prejuízos, somos uma família, qualquer coisa que aconteça com um de nós, vamos até o final para fazer justiça. Mas, no crime, ao contrário do que muitos acreditam, não há uma hierarquia rígida, controle pleno dos líderes, muito menos disciplina, a qualquer momento poderá aparecer um novo criminoso para fazer uma *merda* sem o consentimento dos demais.

Orientei o companheiro inúmeras vezes e sempre perguntava como estava sua situação, monitorava dentro do possível suas intenções, reforçando que o melhor caminho seria retrair e agir sempre dentro da legalidade. Eu me questionava várias vezes se estava dando o apoio necessário, me colocava no lugar dele, pensando o que faria e, como combatente, a vontade era resolver a parada do meu jeito, não tem nada mais importante que a nossa família, possivelmente era assim que ele pensava.

Anos se passaram, pensava que toda aquela situação estava estabilizada, quando o companheiro não se apresenta para o serviço, e, quando o policial não se apresenta, já sabemos que algo de ruim aconteceu. Equipes na rua, plano de chamada, contato discreto com a família, não demorou muito tempo e policiais da unidade de área encontram o corpo com marcas de tiro na mala de um carro roubado, era o nosso companheiro.

O veículo foi encontrado em um dos acessos de uma comunidade de facção diferente daquela que dominava a favela onde o policial foi criado; prática comum para jogar a culpa nos rivais, mas não somos precipitados. Os conselhos que eu havia dado não foram seguidos, não critico, somos de carne e osso e todos nós temos limites. Aturar aquele desaforo não era fácil, só ele sabia o que estava passando, mas sua atitude custou sua vida.

Em conversas com a família, ficamos sabendo que ele havia visitado o empreendimento da mãe e foi abordado por traficantes, havendo uma rápida e ríspida discussão. Os traficantes queriam fechar a loja só porque se tratava de familiares de um policial. Inconformado com isso, o camarada se dirigiu à comunidade, sendo essa a sua sentença de morte.

Essa afronta foi paga com juros e correção monetária, pois a morte de um policial deve ser rigorosamente reprimida, os criminosos devem escolher se serão presos ou mortos, basta reagir. Operamos ali durante anos, não tinha o que fazer, era ali que aconteciam as operações, e, apesar de todo o esforço, que nos confortava temporariamente, a paz não durou por muito tempo. Mesmo com a prisão e as mortes dos assassinos, o tráfico se restabeleceu na localidade. Nossas demandas operacionais superaram nossas capacidades. Toda vez que passo por ali, me questiono se essa morte poderia ter sido evitada.

Caso com final menos trágico, mas de mesma gravidade, foi quando um sargento da unidade, que trabalhava diretamente comigo à época, atende um telefonema desesperado de sua esposa.

— Amor, pelo amor de Deus, vem para casa agora.
— O que está havendo, estão todos bem?
— Vieram aqui em casa e nos ameaçaram.
— Como assim?
— Falaram que aqui não pode mais morar policial e picharam nosso muro com a frase "vai morrer, polícia".

Esse camarada, que é muito calmo e sereno, me procurou e disse se o batalhão não fizesse nada, ele faria. Como segurar o camarada, um *operações especiais* antigo? Havia sido meu instrutor, respeitado e reconhecido por todos, por sua capacidade. Falei que ele contasse comigo, essa *porra* não podia ficar assim. Parti para a sala do 01 e expliquei para o comandante que, sem pestanejar, falou para que eu partisse com tudo, esses caras perderam o respeito pelo BOPE?

Juntamos todas as equipes disponíveis. Nessa hora que percebemos a união da unidade, todos abandonaram suas funções, o burocrata largou a caneta e o papel, pegando seu fuzil; no rancho não teria almoço, *foda-se*, ficamos uma semana ou mais sem comer no curso, um dia não mudaria nada. Chegamos à favela com sangue nos olhos. A segunda seção tirou a família do policial de casa em segurança, de forma velada, tínhamos hora para entrar, sair só depois que acabássemos com aquela sacanagem.

A favela era bem conhecida, nos infiltramos por uma área de mata. Ali, normalmente quando os blindados entravam, os criminosos valentes, com mulheres e crianças, corriam atirando para todo o lado. Abrigados nas pedras no alto do morro, era só esperarmos os traficantes correrem em nossa direção; enquanto alguns mais audaciosos buscavam abrigos para atacar as equipes que desembarcavam dos blindados, reagimos por ângulo de responsabilidade, legítima defesa de terceiros. Até hoje não sabem de onde vieram os disparos nem como nos infiltramos.

Permanecemos por algumas horas na favela, dando o nosso recado.

— Se um fio de cabelo do nosso policial ou de sua família cair, não restará um vagabundo nessa *porra*.

Ameaça. Quem pensa assim, nunca teve sua família ameaçada por vagabundos desse tipo. Está com pena, eles não têm pena de ninguém. Não demorou muito, e um informante entrou em contato com um dos policiais, dizendo que o dono do morro tinha passado os menores que tinham feito a ameaça, que jamais queria ter problema com o BOPE. Na favela, é assim. Lá tem pena de morte, e o contraditório e a ampla defesa são direitos inexistentes.

Os traficantes, que muitos defendem, resolvem seus problemas assim, executando quem não cumpre as normas, e, por mais que muitos não concordem, Maquiavel tinha certa razão, às vezes, é melhor ser temido do que ser amado. Os criminosos nunca mais perturbaram o sargento. Não me sinto confortável com essa situação, mas a nossa atuação demonstrou união e força institucional. Agimos dentro da legalidade, surgindo o efeito necessário. Se o Estado recua, o crime avança. Não podemos nos esquecer dessa básica premissa.

Nem tudo é o que parece, a força de um combatente está na mente

O curso de operações especiais ensina para a vida, além dos inúmeros conhecimentos técnicos e profissionais, tais como operações em altura, montanhismo, infiltrações aéreas, mergulho, explosivos, patrulha urbanas e rurais, intervenção tática, inteligência, dentre outras; o mais importante é conhecer seus limites e que a força de um homem está na mente e não nos músculos.

Os *caveiras,* de regra, fogem da regra do Soldado Universal ou Capitão América, são homens de biótipo normal, em forma, mas se exageros, agilidade e resistência são mais importantes do que força. No meu curso tive o privilégio de dividir as dificuldades com outros policiais com força de vontade sobre-humana. O que tanto motivava aqueles homens? Uns se formaram e outros não. Como dizem nos cursos, para se formar são necessários alguns "s": simpatia — se forma quem a equipe de instrução quer, sempre os sem dúvidas de caráter; saco — aturar aqueles caras e as diversas provações não é nada fácil para ninguém; sagacidade — são conhecimentos muitos distintos e o *operações especiais* deve dominar todos — e, por fim, saúde e sorte, esses dois nem sempre dependem do aluno.

Os alunos do curso são de diferentes origens, policiais militares de unidade convencionais, policiais de outros estados e agentes de segurança pública de instituições civis. Grande parte dos alunos já é pertencente ao BOPE, de regra, possuidora do CAT, buscando maior qualificação profissional e a sonhada caveira. Tornar-se um *operações especiais* é a meta de todos. Equivoca-se quem acha que para eles o curso se torna mais fácil. Instrutores que há poucos meses trabalhavam juntos com os agora alunos, levam estes a todos os limites; como dizemos no BOPE, seu amigo é quem te fode.

Na verdade, nesse tipo de curso, o instrutor tem plena consciência da realidade, o que vem depois do curso é muito pior, a guerra é real, e o *operações especiais* será a referência da tropa e a última linha de defesa do Estado de Direito. Quem passa a mão na sua cabeça, na nossa profissão, não te ajuda; o instrutor bonzinho não sabe ou não viveu a dura realidade do enfrentamento à criminalidade violenta; polícia não é lugar de frouxo. Quer carinho, aqui não é o lugar.

Um aluno me chamava a atenção, pois, apesar de *catiano*, era sempre acanhado, franzino e de poucas palavras. Quando conseguia chegar perto dele, nos poucos minutos de sossego que tinha, estava sempre tomando carga pesada dos instrutores. O turno era dizimado, e ele continuava ali, firme e forte. Ultra-atletas e alunos profissionais pediam para sair a todo momento, e o guerreiro permanecia com o mesmo semblante, calmo e sereno.

Depois de alguns dias de inferno, sem se alimentar e dormir direito, realizando atividade físicas e instruções ininterruptas, percebo que o corpo do camarada definhava. Os incontáveis deslocamentos e as saídas da água se tornavam quase que uma batalha. Precisávamos ajudar o companheiro, não poderíamos perder um homem com tanta força mental naquele momento. Em um dos raros momentos de *área verde,* onde tínhamos que decidir o que fazer, e, devido à escassez de tempo, descansar nunca era a prioridade. Eu me aproximei dele, e quando ele tirou o coturno, observei que seu pé estava em carne viva, toda a sola tinha descolado, o curso tinha acabado para ele, mas me impressionou como ele tinha chegado tão longe naquelas condições.

Perdeu o pé, perdeu o curso. Regra básica dos cursos de operações especiais. Por estarmos o tempo todo molhados, é que devemos sempre impermeabilizar essa importante parte do corpo, e o amigo, apesar da resistência, havia cometido um erro básico, e ali não há margens para erros. Após longos cinco meses de curso, me encontrava com ele novamente, agora na condição de comandante da sua equipe. Apesar de não ter saído cursado, o respeitava por sua força de vontade, o homem e suas características pessoais devem vir sempre antes de qualquer curso ou brevê.

Acabamos nos aproximando, ele nunca mudava suas características, sempre quieto, envergonhado e de pouca fala, e, quando sacaneado pelos colegas, sempre soltava aquele sorriso de canto de boca, abaixando a cabeça. Com o passar do tempo, evoluía com suas habilidades de atirador, tornando-se um dos *snipers* mais precisos e letais da unidade. Muitas vezes, progredíamos na infantaria sabendo que tínhamos um verdadeiro anjo da guarda nas nossas costas, e, quando parávamos em uma *contenção,* era questão de tempo para escutar o criminoso que atentava contra a vida da equipe ser rapidamente neutralizado por ele.

A primeira favela do Rio de Janeiro, conhecida como Morro da Providência, estava causando inúmeros problemas no centro da cidade. Os constantes tiroteios interrompiam a circulação de trens da cidade, além de colocar em risco o prédio da Secretaria de Segurança e do Comando Militar do Leste, incomodando algumas autoridades. Parece piada, mas o secretário estadual de segurança e o general comandante militar do leste assistiam das janelas de seus luxuosos gabinetes à miséria e à exploração pelo tráfico de drogas. O que fazer, uma grande operação militar? Não, chama o BOPE que eles resolvem essa *merda*.

Nessa época, era o chefe de inteligência da unidade, fiz contato com as demais agências de interesse, subsecretaria estadual de inteligência e a seção de inteligência do exército; também eram os interessados. Os companheiros tinham muita informação e pouca prática, pois nesse meio dificilmente as informações chegam aos operadores finais, acabamos quase sempre operando no escuro; mas como o tráfico de drogas repete seus *modus operandi*, que conhecemos pelas inúmeras horas de operações reais, não tinha muito o que inventar, era partir para o terreno.

Operávamos muito naquela localidade, e, normalmente, antes das incursões, sempre realizávamos um reconhecimento, colhendo algumas informações relevantes para o planejamento. Pontos de barricadas, posição das *contenções* armadas e outras informações de interesse. Nessa atividade, os atiradores são importantes, mapeando possíveis pontos de observação e tiro.

Por vezes, essas missões de reconhecimento são mais arriscadas que as próprias operações, pois, geralmente são realizadas com pouco efetivo e de forma velada. O contato com os criminosos deve ser evitado, pois, quando ocorre, pode ser fatal. Infelizmente, foi isso que aconteceu nesse caso. Passando por um dos acessos, os policiais foram abordados por vários criminosos armados, dando início a um intenso tiroteio.

A audácia dos traficantes era tão grande que as equipes foram abordadas em uma via de grande circulação, a metros de um dos principais pontos turísticos do Rio de Janeiro, a cidade do samba. As equipes à paisana e com viaturas descaracterizadas foram rapidamente cercadas por traficantes armados com fuzis. Não teve outra opção senão reagir, nosso atirador foi baleado na cabeça e já caiu morto no interior do veículo. Os demais integrantes da equipe, mesmo com o impacto da perda de um companheiro, continuaram lutando e, mesmo em inferioridade numérica, balearam alguns criminosos, que com suas primeiras baixas correram para o interior da favela.

Disparos vinham sem parar do alto da comunidade, explodiam no asfalto e no muro das casas ao redor, colocando em risco todos que por ali transitavam. Não tinha outra opção senão sair dali o mais rápido possível, socorrer um companheiro sempre é a prioridade. Mas já era tarde, com um disparo de fuzil na cabeça, nem aquele camarada, com uma força de vontade fora do comum, poderia resistir. Mais um combatente inigualável era assassinado no Estado.

Acho pouco provável que os criminosos da Providência sabiam se tratar de uma equipe do BOPE, mas pouco importa, naquele momento tinha acabado de entrar na alça e massa da unidade, uma resposta seria dada imediatamente. A unidade se mobilizava, policiais de folga, de licença e até baixados começavam a chegar para a operação. Não dava tempo nem de chorar e sentir o luto pelo irmão, não se trata de vingança e sim de resposta imediata. O crime tem que entender que não vale a pena matar um policial, e com o BOPE aprenderam isso por bem ou por mal.

Partimos com tudo para o terreno, ocupamos todos os pontos da comunidade. Se fosse preciso, revistaríamos cada canto da favela, a resposta foi imediata, não houve tempo para os assassinos fugirem. Informação é algo fundamental, nunca deve ser desprezada, pois um dia você poderá usar. Sempre defendo que essa medida deve ser tomada em âmbito institucional, mais ainda em âmbito policial, e, quando qualquer homem for atacado, todas as policiais devem se unir, tratando isso como prioridade; não podemos esperar a próxima vítima, qualquer um pode ser o próximo.

Há menos de um ano recebemos umas imagens dos traficantes dessa comunidade fugindo pela linha do trem durante uma operação da polícia, se escondendo na oficina dos trens da supervia. A estratégia era perfeita, enquanto o foco das ações era a comunidade, eles rendiam os funcionários e ficavam escondidos ali até o término da operação. Nem desconfiavam de que tínhamos essa informação. Peguei minha equipe da segunda seção e parti para o local; enquanto escutávamos alguns disparos na comunidade, não perdi a esperança de bater de frente com os traficantes fugindo; eles são previsíveis.

Passamos por um buraco no muro da linha férrea e nos escondemos dentro de um trem quebrado e parado em uma linha férrea auxiliar. Ainda buscando o melhor posicionamento, já observo aquela patrulha de vagabundos progredindo em alta velocidade; como o previsto, os criminosos tinham escapado das nossas equipes. Entramos em posição para realizar a abordagem, mas os criminosos não estavam de bobeira, mandaram dois na frente como esclarecedores, dando segurança aos demais criminosos. Sem dúvida, tinha um *cabeça* ali.

De onde estávamos, seríamos facilmente plotados, então, decidimos agir e abordar os dois primeiros. Como sabemos na prática, aqui no Rio de Janeiro não se dá voz de prisão para criminosos armados de fuzil, não dá tempo, se fizer isso, estará com o pé na cova. Fomos mais rápidos e, antes de eles atirarem, já neutralizamos os traficantes armados. Ao escutar o tiroteio, os demais correram pela linha do trem. No meio de criminosos, a lei que prevalece é a de *murici*, é cada um por si; apoio, que nada, eles querem é salvar sua pele.

Partimos correndo atrás deles. Correr na linha do trem é uma *merda*, nunca tinha passado por essa experiência. Os marginais corriam sem saber para onde ir, começaram a se separar, mas nossa aeronave rapidamente já filmava tudo, identificando e passando a localização deles. As equipes se reuniram e fomos encontrando um a um; rendidos, eram presos dentro do rigor da lei, para aqueles que afirmam que o BOPE só mata, está aí a resposta, quem escolhe o destino é o criminoso, simples assim, atirou na equipe, vai morrer, a lei permite isso.

Não trouxemos nosso irmão de volta, mas cumprimos nossa missão, um dos assassinos estava entre os mortos, a área ficou estável por um bom período, a polícia como força de intervenção tinha feito sua parte. Algumas lições foram tiradas nessa derrota, a dor ensina, homens de operações especiais não se formam, nascem prontos, geralmente contrariando todos os estereótipos. O curso só serve para moldar, isso não significa que aqueles que não se formaram são piores do que os *caveiras*, nem tudo é o que parece, e aquele combatente era a prova viva disso.

Técnicas operacionais se aprendem na prática

É incrível como se tivermos determinação, força de vontade e foco, chegamos aonde queremos. Desde o primeiro dia na academia, já sabia qual era meu objetivo na polícia, ser *operações especiais*. Na primeira semana do Curso de Formação de Oficiais (CFO), vibrando com toda aquela novidade, o terceiro ano, colocando aquela *pilha* de veterano, perguntou quem ali tinha vontade de ir para o BOPE, perguntei para um colega — vamos nos acusar? —, ele disse que sim, e levantei todo empolgado, mas, quando olhei para o lado, o amigão estava sentado.

Logo no primeiro ano, começamos com as matérias operacionais. Quando chegou o instrutor do BOPE, todo de preto com sua equipe de instrução, eu disse para mim mesmo que um dia estaria ali. Não demorou muito e, meses depois de formados, já era instrutor da escola de formação de oficiais. Tive a honra e o privilégio de formar várias turmas operacionalmente dentre os futuros comandantes da PMERJ. A minha matéria formava para o combate, combate este que todos passariam um dia; mais do que qualquer força especial de outras forças, os confrontos armados são uma realidade de todas as unidades da região metropolitana do Rio de Janeiro, todos deveriam estar preparados.

Não tem nada mais gratificante que ensinar, e só ensinamos o que praticamos. As técnicas operacionais são tão dinâmicas que os instrutores devem estar em atividade operacional, senão ficam rapidamente desatualizados. Nossa escola tem por tradição que os instrutores de Instrução Tática Operacional (ITI) ou Instruções Práticas de Ações Táticas (IPAT) sejam tenentes ou capitães oriundos do BOPE, são os oficiais que estão comandando as equipes nas operações mais arriscadas da polícia.

A instituição, por necessidade de serviço, foca na operacionalidade, trazendo essa conduta benefícios e malefícios, mas, uma coisa é tradição na nossa escola, operacionalmente o aluno oficial PMERJ sai bem preparado. Assim como muitos companheiros de turma, fui colocado à prova rapidamente em apenas dois meses de formado, já tive que colocar os conhecimentos em prática, participando de uma das piores trocas de tiros da minha vida, com três policiais, de cinco, baleados na mesma ocorrência.

Teoria e prática são inseparáveis. Esse é o diferencial da PMERJ. No ambiente em que vivemos ou fica bom de bala ou morre, homens, mulheres, praças e oficiais, ninguém sabe quando será colocado à prova. Não tinha a menor dificuldade em passar os conhecimentos, a base do *COESP* e a realidade vivida no cotidiano das operações eram passadas na íntegra para os futuros oficiais, com alguns me encontrei anos depois no BOPE, nada é impossível quando se tem querência.

Ensinava logo nos primeiros dias as importantes técnicas de rastejo, usadas várias vezes na prática. Quando o confronto começa firme, essa é a única técnica de progressão possível. Fazia sempre a mesma coisa, levava os alunos para o pasto da cavalaria e os colocava para rastejarem na bosta, literalmente. Que absurdo, mas só para quem não conhece nossa atividade. Quantas vezes eu entrei no valão e chiqueiro para procurar armamento e drogas enterradas; comparativamente, aquele pasto era um luxo.

Ensinava as técnicas oriundas do exército que aprendi. Elas têm sua utilidade, mas quem pratica de fato sabe o que funciona ou não na hora do combate real. Durante as operações, erámos obrigados na marra a desenvolver técnicas debaixo de bala. Foi a realidade operacional que levou o BOPE ao nível de operações atual. Trocar tiro todos os dias tem que ter algum benefício.

É inevitável, a política e a opinião pública continuaram conduzindo a polícia, enquanto esta importante instituição não **é** valorizada e seus gestores não conseguem o mínimo de garantias e imparcialidade. Estava no rancho, almoçando e vendo o jornal do almoço, quando os repórteres noticiavam que turistas tinham sofrido um assalto no caminho para o Cristo Redentor, e, como de costume, a culpa era da PMERJ. Comentei imediatamente com o tenente do meu lado:

— Seremos acionados.

Não demorou muito para o telefone do comandante tocar. Era um absurdo os turistas serem roubados, mas os brasileiros roubados há anos ali que se danem.

— Novo, viu essa pica dos turistas aí?

— Sim, senhor 01, ali é complicado, os caras roubam e voltam para dentro da favela.

— Pense em alguma coisa para lá hoje, o comandante-geral quer que dê uma *porrada* nesses caras.

— Deixa comigo, *caveira*, comandante.

Reuni as equipes para o planejamento, a favela era pequena, e os caras depois da repercussão já deveriam estar *escamados* (desconfiados). Vagabundo quando faz a *merda* não banca, se esconde, redobra a atenção no morro, sabe que a polícia é reativa, somos muito previsíveis. Operar pela via convencional ali não daria em nada. Só de aparecer com uma viatura do BOPE nos acessos, os vagabundos parariam lá no alto do Cristo. Somente uma ação de comandos daria resultado.

De uma coisa eu sabia, a boca de fumo nessa comunidade, com uma localização favorável, fornecendo droga para um dos bairros mais consumidores da cidade, funcionava 24 horas. Com aquele movimento, não poderia parar por conta de uma reportagem. Os acessos eram difíceis, poucos e monitorados constantemente, pensei, pensei e pensei, polícia não é só tiro, *porrada* e bomba, tem muito estudo e estratégia. Conhecia a área, pois, por pura coincidência, um familiar havia ficado internado em um hospital vizinho à comunidade há pouco tempo e, quando ia fazer as visitas, ficava observando a movimentação do tráfico da janela do quarto; trabalhamos até na folga, nossa mente não descansa, ali poderia ser a vulnerabilidade deles.

Observei que os criminosos estavam acostumados com o trânsito de médicos por ali, pouco se importavam com sua passagem, essa era a história de cobertura perfeita para nossa infiltração. Pegamos jalecos emprestados, colocamos policiais escondidos no banco de trás e no porta-malas, e, no horário exato de rendição do plantão do hospital, partimos. Chegando próximos à unidade, já observamos o primeiro marginal portando uma pistola com carregador alongado, ele só fez um sinal para diminuirmos a velocidade, abri o vidro e balancei a cabeça, ele mal olhou para o carro, devo ter cara de médico ou aquele traficante estava cheio de maconha na ideia.

Impressionante como os médicos e funcionários do hospital já estavam acostumados com aquela realidade. Desembarcamos rapidamente, acionamos as outras patrulhas e caímos para o interior da comunidade. Logo na entrada, já funcionava uma boca, os vagabundos jogavam sinuca, não demos nem tempo de pensarem, já rendemos todos, mas um idiota ainda tentou a sorte, pegou seu fuzil, ficando por ali mesmo.

Por conhecer bem o terreno, sabia que a boca principal ficava perto do campo de futebol, mas antes havia um longo beco escuro, que parecia um túnel, porque as casas se encontravam no alto, formando um teto. Engenharia de favela, qualquer engenheiro rasga o diploma; é feio, mas nunca vi cair. Parei na entrada e meu sexto sentido me dizia para não entrar ali, pois no escuro não era possível ver o final, e como já sabiam que estávamos no morro, bastava colocar a mão e abrir fogo contra a equipe, todos seriam baleados. Aqueles turistas não valeriam esse risco.

Sem abrigo, deveria realizar um lanço rápido, não tinha outra opção, desbordar demoraria muito, e o objetivo estava próximo. Destemido, mas irresponsável, cai para dentro do beco, e o pior aconteceu, um criminoso abriu fogo com uma submetralhadora na minha direção e do outro ponta, que avançava comigo na posição *alto baixo*. Foi automático, verdadeiro instinto de sobrevivência, deitemos de barriga para cima, abrindo fogo à vontade, nos rastejamos como cobras, foi o que salvou nossas vidas, tinha acabado de aprender um novo método de rastejo que ensino até hoje para os meus alunos, testado e aprovado na prática.

Com certeza, não prendemos os ladrões dos turistas. Aí surge a pergunta, então, qual foi o resultado e por que foram lá? A resposta é simples, o crime tem suas relações, o traficante que geralmente domina o território tem uma visão comercial. Ele precisa ter movimento em suas bocas para vender drogas e conseguir mais dinheiro. A atuação policial, principalmente de uma tropa como o BOPE, afasta os clientes viciados, logo, se os ladrões atraem a polícia, não são bem-vindos. Gerar essa instabilidade tinha seus efeitos e resultados, e incomodar criminosos era o que a gente fazia de melhor.

Falta de cooperação pode custar caro

Cooperação e integração são as palavras que não saem da moda, quando o tema é segurança pública. Nesse ramo do conhecimento multidisciplinar e complexo, a polícia nunca resolverá essa crise sozinha, sendo necessária a participação de instituições e pessoas das iniciativas pública e privada atuando em sinergia, como bem citado em nossa Constituição Federal — dever do Estado, mas direito e responsabilidade de todos.

Focando especificamente na polícia, trazendo para a minha zona de conforto, a primeira questão que chama a atenção é o sistema policial brasileiro, que já dificulta por si só a eficácia das medidas na área de segurança pública. O denominado ciclo incompleto de polícia, no qual duas instituições, de regra, exercem parte das competências policiais, se mostra ineficiente, com a PM realizando o policiamento ostensivo e a Polícia Civil (PC) fazendo as vezes de Polícia Judiciária. Para sua efetividade, necessita de integração plena entre as instituições, o que se mostra inviável, pelo menos até hoje. Essas instituições rivalizam e disputam espaço, deixando em segundo plano, na maioria dos casos, a eficiência na prestação desse fundamental serviço público.

Somente Brasil, Cabo Verde e Guiné Bissau utilizam desse sistema. O mundo está errado ou essas três referências de segurança pública estão certas. Nunca devemos culpar as instituições ou os profissionais que fazem parte dos seus quadros. Como no militarismo, a culpa sempre deve recair sobre o comandante, nesse caso nossos gestores públicos. Toda vez que vejo um especialista dizendo que o caminho é a integração, penso, como falar isso é mole, sem dar a solução desse problema, aliás, isso é o que muito especialista gosta de fazer, apontar sem dar a solução, aí fica fácil.

Se na PMERJ, instituição militar baseada pela hierarquia e disciplina, subordinada ao mesmo comando, a integração não é tão simples, imagine entre instituições com histórias, estruturas e interesses diferentes que, por vezes, os anseios pessoais estão acima dos interesses públicos e republicanos. São muitos exemplos de ocorrências nas quais as questões pessoais se tornam mais complexas que o próprio evento criminoso. Administrar egos, vaidades e interesses escusos por vezes despende mais energia que prender ou neutralizar um criminoso.

Em mais uma tarde no BOPE, com fim de semana de sol *bombando* e altas ondas na praia, eu ali olhando os prontuários de comunidade, pensando aonde iríamos na madrugada. Sem problemas, quando se trabalha com o que gosta, estamos sempre de folga ou de férias. O telefone funcional tocou. Aquela *merda* nunca tocava, então, quando acontecia, era *merda*, pois se o comandante quisesse falar comigo, me ligava direto.

— Boa tarde. BOPE, oficial de operações.
— Quem está falando?
— O senhor me liga e pergunta quem está falando?
— É o chefe do Estado Maior.
— Boa tarde, coronel. Tenente Novo no aparelho.
— Novo que nunca ficará velho. (essa foi a piadinha que mais escutei na vida), Fala, *caveira*, tenho uma missão para você. Está sabendo da ocorrência na Kelson?
— Não, senhor.
— Tem alguma *merda* lá. O batalhão de área está com uma ocorrência lá há bastante tempo, e, segundo informações, tem refém, e eles não acionaram vocês. O comandante lá é complicado, então, chegando lá, assuma o comando, diga que a ordem é minha, que depois me acerto com ele.
— Sim, senhor, caveira.
— Caveira.

Achei estranho, o chefe do Estado Maior, segundo homem na hierarquia da polícia, também *operações especiais*, me ligando direto sem passar pelo comandante da unidade, e ainda dos Estados Unidos, onde fazia um curso. O negócio deveria ser sério mesmo. Liguei para o 01, equipei e parti.

Essa comunidade não fica tão longe da unidade, e, fim de semana, sem trânsito, rapidamente chegaríamos lá. Espremida entre um afluente da Baía de Guanabara, a Avenida Brasil e uma unidade da Marinha, essa comunidade tinha algumas opções de entradas não convencionais, que já tínhamos utilizado no passado e com bons resultados. Mas, por se tratar de ação emergencial, era chegar e entrar. Ali o primordial era velocidade e não resultado.

A audácia dos criminosos não tem limites, não tinha muito tempo que havia operado ali a pedido de um oficial comandante da Marinha. Segundo ele, os traficantes estariam ameaçando os militares da sua unidade, mandando inclusive as *sentinelas* saírem das guaritas no horário que passavam com seus *bondes*. Chegando à Avenida Brasil, em um dos acessos, percebo o trânsito parado. Manifestantes a mando do tráfico fechavam a principal avenida da cidade, reivindicando *porra* nenhuma. A ideia era tumultuar e, se tiver oportunidade, queimar um ônibus ou roubar quem passava pelo local. Morador trabalhador faz isso?

Só a nossa chegada já acabou com os baderneiros, foi uma correria desesperada. Quando estava apagando as chamas dos objetos que fechavam a avenida, sou avisado pelo atirador da minha patrulha.

— 01, olha um *filho da puta* de fuzil ali.

— Onde? Já me abrigando.

— De moto, com o fuzil na bandoleira.

— Espera, é muita audácia desse cara está assim aqui fora, o batalhão da área está aí dentro.

— Vou explodir ele, está chegando mais perto.

— Calma, *porra*, conheço o cara. É polícia, é um oficial, deve ser do 16.

Era o P2 da unidade de área, um oficial mais antigo que eu, e, por coincidência, eu o conhecia. Jogamos na seleção de futebol da polícia juntos. Ele não morreu por sorte, se fosse outro, tinha levado um balaço. Falei rapidamente com ele, que se surpreendeu com a nossa presença ali e disse que a ocorrência deles estava resolvida. Mas, como eu cumpria ordem direta do chefe do Estado Maior (EM), teria que ver de perto, seria cobrado pelo *caveira velha*.

Entramos na atividade. Não é porque o batalhão da área está no terreno que a favela está tranquila, às vezes, é até pior. Além dos traficantes, temos que nos preocupar com fogo amigo, é muito difícil dividir área operacional entre duas tropas diferentes, ainda mais sem um planejamento prévio. Logo na entrada principal, percebemos que o *contenção* estava de prontidão. Houve um rápido confronto, beirando o muro da marinha, os criminosos passavam embaixo dos guardas deles, que até queriam largar o aço, quem entra para qualquer força armada tem sangue de guerreiro, mas nada faziam.

Encontramos a casa da ocorrência rapidamente, um tumulto danado, gente para todo lado, ausência dos cercos amplos e restritos, não dava nem para entender o que estava acontecendo ali direito. Entrei perguntando pelo comandante da ação, não demorou muito e fui abordado pelo coronel à paisana.

— Está fazendo o que aqui?

— Boa noite, o senhor quem é?

— Sou o comandante da unidade. Não me conhece?

— Não, senhor, ainda mais à paisana. Estou cumprindo ordem do chefe do Estado Maior. O senhor pode me passar o que está acontecendo?

— Tudo tranquilo, tenente. A ocorrência está administrada, só tem dois reféns ali dentro, mas já estamos negociando.

— Coronel, estamos aqui para ajudar. O senhor sabe que esse tipo de ocorrências é da nossa competência.

Aconteceu exatamente o que o *antigão* tinha falado. O coronel era complicado, mas, como eu estava dentro da norma, assumimos a ocorrência quase que na marra. Se desse alguma *merda* com os reféns, a culpa seria minha. Esse tipo de ocorrência é muito técnica, e, realizando todos os protocolos, com o auxílio de todas as ferramentas táticas, ainda assim o risco de dar errado é grande. Não há espaço para vaidade e improvisos; a vida dos reféns é o que importa, mas, infelizmente, nem todos pensam assim.

O cerco não estava montado. Curiosos transitavam nas áreas mediatas e imediatas, a equipe de PATAMO estava a postos para entrar na casa como se fosse um time tático. A negociação era realizada por um senhor sem qualquer orientação, que posteriormente soube ser um conhecido pastor da região. Não podia deixar aquela zona. Vidas estavam em jogo, e, sem qualquer ajuda do coronel, comecei a dar as ordens e gerenciar a crise. Acho que ele não gostou muito.

— Tenente, quem manda aqui sou eu.

— O senhor é o mais antigo, mas, tecnicamente, essa ocorrência é de responsabilidade do BOPE.

— Então você está preso administrativamente.

— Sim, senhor. Após liberar os reféns, regresso preso para a unidade, nessa condição.

Nosso negociador assumia a negociação. Nosso time tático e os atiradores entraram em posição, e não demorou muito para resolvermos a ocorrência, pois os criminosos estavam exaustos, a ocorrência tinha começado na parte da manhã. Entrando na casa, minha preocupação era com os reféns; um dos criminosos já estava morto, pois entrou na casa ferido fugindo dos policiais da área e, pelo seu estado, já tinha era tempo.

Após a entrada do BOPE, foi difícil segurar os policiais da área, todos queriam entrar na casa, e, mais uma vez, tivemos de ser desagradáveis com os colegas. Como perdemos tempo com besteiras. Não somos melhores nem piores. Naquela época, estava no BOPE, mas nada impede que sirva novamente em um batalhão de área, será um prazer. Naquele caso, não se tratava de competência, mas sim de especialização. Sempre me pergunto: não conseguimos integrar a própria PMERJ, como podemos cobrar isso do sistema como um todo? Olhar para a casa do vizinho e apontar o erro dos outros é sempre mais fácil. Temos que fazer o dever de casa e, nesse dia, ficamos devendo como corporação.

Fogo amigo

Ser policial não é emprego, é um sacerdócio. Abrir mão de vários hábitos e costumes, dispor dos direitos mais importantes — a vida e a liberdade —, sem os devidos salários e sem reconhecimento. Mas, apesar de todas as dificuldades, vale muito a pena. Quando as coisas apertam, gostando ou não, é a polícia que se faz presente.

Nunca devemos perder a esperança na polícia. Se fazemos o mais difícil, as missões mais fáceis são possíveis, só precisa de organização, investimento e comando. Sempre conversamos que nossa instituição funciona melhor no caos, basta tocar uma prioridade no rádio, que aparecem policiais de todos os lugares. Coragem e dedicação não faltam. Isso é primordial para uma mudança.

Excesso de vontade também mata o combatente. A frase, muito ouvida durante o curso de operações especiais, é uma realidade. A atividade operacional de alto risco, em áreas conflagradas, não se admite erro ou improviso. Treinamento, comunicação, disciplina e coordenação são características fundamentais para qualquer operação policial, principalmente aquelas que envolvem outras forças.

O crime avança rapidamente pelo país. Especificamente no Rio de Janeiro, áreas consideradas pacatas, como alguns municípios da Baixada Fluminense e algumas cidades do interior do Estado, observam as características criminais mudarem completamente. As forças policiais não conseguem evoluir e se adaptarem às novas realidades. Seja pela burocracia estatal, para a aquisição de novos equipamentos, ou pela ineficiência institucional na formação e adestramento da tropa, sem a agilidade necessária, nos tornamos vítimas fáceis.

O crescimento da criminalidade e das áreas de influência do tráfico de drogas aumenta a demanda institucional, impactando diretamente na capacidade operacional da corporação. As unidades de área não atendem mais as demandas, e as tropas consideradas reservas, especiais, que deveriam atuar somente em casos excepcionais, são rotineiramente utilizadas. A PMERJ há muito tempo está no limite.

Com o passar dos anos no BOPE, as operações foram mudando gradativamente. Aumentaram consideravelmente as operações de apoio a outras unidades, os números de ações emergenciais começavam a ficar maior que as planejadas pela própria unidade. Esse fato resulta em alguns problemas: planejamento menos elaborado; banalização das tropas especiais; e o alto risco oriundo da atuação conjunta de tropas diferentes sem o devido binômio — a comunicação e a articulação.

A atuação repressiva em áreas de alto risco é tão complexa que, mesmo em operações planejadas entre tropas especiais, com divisão de área de responsabilidade, existe risco de *fogo amigo*, pelo dinamismo da atividade criminoso. A PMERJ recentemente criou o Comando de Operações Especiais (COE), reunindo as Organizações Policiais Militares (OPM), BOPE, BPCHQ, BAC e GAM, buscando melhor integração e emprego conjunto dessas unidades, subordinando todas ao mesmo comando intermediário.

Apesar das atribuições bem definidas, todos têm algo em comum — a atuação em favelas —, aliás, sendo essa uma característica de toda a PMERJ. Essa realidade operacional se explica pelo fato de que criminosos, principalmente traficantes, aproveitando as diversas lacunas deixadas pelo Estado nessas regiões, se instalam nesses bolsões de miséria, conseguindo apoio de alguns moradores, fazendo muitos outros reféns de suas armas e atitudes autoritárias, dificultando a ação policial em diversos momentos.

Uma operação foi desencadeada na Cidade de Deus, após a divulgação de algumas imagens — feitas pela imprensa — de criminosos fortemente armados na região. Até aí nenhuma novidade, estão lá 24 horas por dia. Agradar a imprensa é impossível. Se a polícia não faz operação, está se omitindo ou até mesmo conivente com o crime; quando faz, é truculenta; sempre com o argumento de que o problema da segurança pública não se resolve na base da repressão.

As áreas foram divididas entre as unidades especiais. O BOPE ficaria com as localidades conhecidas com *Karatê*, Rocinha 2 e parte da quadra 15; o CHOQUE pegou as quadras 13 e os apartamentos. O papel aceita tudo. O planejamento pode ser perfeito, mas, na hora em que começa a operação, é impossível prever todas as variáveis operacionais possíveis. A adaptabilidade é fundamental para os operadores em áreas de alto risco. Colocou o pé na favela, tudo pode acontecer.

Conhecia bem a área. No início da carreira, havia comandado o policiamento da região, sabia toda a dinâmica do tráfico local. Todas as vezes que incursionávamos, os criminosos fugiam para uma região de mangue localizada nos fundos da localidade. Não tinha boas lembranças dali, havia perdido um policial sob meu comando naquela área anos antes. Não devemos leva fantasmas do passado com a gente, por isso decidi fazer uma infiltração velada, no mesmo local, horas antes do início da operação. Entramos por uma região de mata, sendo lançados por viaturas descaracterizadas, pois era a única maneira de não sermos monitorados pelos criminosos locais.

A operação estava marcada para iniciar às seis horas, horário padrão, possibilitando uma maior segurança para os policiais e moradores, além da possibilidade de cumprimento de decisões judiciais que, segundo o ordenamento jurídico, só podem ser realizadas durante o dia. Por volta da zero hora, seis antes do evento, peguei minha patrulha e parti para o objetivo. Teríamos que fazer um deslocamento curto, mas de maneira lenta, devido ao alto grau de risco. Aquela região era intensamente monitorada, pois era o ponto mais vulnerável dos traficantes, além de ser rota de fuga. Qualquer mato balançando ali, naquele horário, seria metralhado. Não queria passar por isso mais uma vez.

Progredindo pelo meio do matagal escuro, sem Óculos de Visão Noturna (OVN), nos abrigando em montes de entulho, lixo e outras cobertas que não seguravam ao menos um disparo de pistola, fomos avançando. A ideia era ficarmos escondidos e abrigados próximos à saída da comunidade. Vários montes de terra seriam a proteção perfeita. Com o início da operação, nossas equipes e as do CHOQUE jogariam os criminosos na nossa direção, e, com o grande emprego de efetivo, os traficantes não tinham outra opção senão fugir para a região de mata.

Na aproximação já era possível escutar os sons da comunidade, como diz a canção militar, *"cachorro latindo e criança chorando, funk tocando é o BOPE chegando"*. Já a metros do objetivo, observamos um cidadão queimando fios de cobre, o clarão das chamas facilitava nosso deslocamento, mas expunha a equipe. A atenção era total, qualquer erro inviabilizaria toda a operação. Já devidamente abrigados, era só aguentarmos os mosquitos e os diferentes insetos no matagal e esperar o início das incursões.

Não demorou muito e identificamos o criminoso da *contenção*, portando um *AK 47*, totalmente desatento na segurança, conversando despretensiosamente com o furtador de cabos de telefonia. Impressionante como para alguns a conduta criminosa é internalizada. Não era para menos, quem iria imaginar que oito malucos estariam ali deitados naquele mato, no meio da madrugada, esperando um *bonde* de incontáveis vagabundos fortemente armados virem na sua direção? Difícil de entender, mas é a nossa profissão e temos orgulho do que fazemos. O fácil não cabe a nós.

No início da manhã, começamos a ouvir alguns disparos no interior da favela. Criminosos locais tentavam conter o avanço das nossas tropas inutilmente, era questão de tempo virem na nossa direção, o fator-surpresa seria o diferencial nesse combate. Já era possível escutar aquele falatório característico dos *bondes* de vagabundos em deslocamento, não têm qualquer disciplina de luzes ou ruídos. Quem já teve essa oportunidade, sabe bem do que estou falando.

— Aííííí, irmãoooooo, esses filhos da *puta* "da" BOPE estão querendo esculachar a gente. Vamos meter bala no rabo deles, aqui é comando.

Falam isso fugindo, são covardes, mas não são bobos, e, como já tinham tomando muito prejuízo naquela região, eles mandaram a *formiguinha* antes, uma "inocente" mulher desarmada para ver se a barra estava limpa naquele local. A simpatizante do tráfico chegou a menos de cinco metros da equipe, olhou, conferiu e não conseguiu nos enxergar. Como um equipamento simples, um fardamento apropriado faz toda a diferença. Tínhamos mudado nosso fardamento há pouco tempo, se estivéssemos de preto, já era seríamos plotados.

Todos já estavam na alça e massa, era só esperar a aproximação e dar a voz de prisão, como preconiza a lei e os tratados internacionais. Sacanagem, né! Como se desse tempo para isso. Com mais de vinte traficantes armados de fuzis, com certeza, teríamos baixas na equipe. Do nada, os criminosos começam rapidamente a voltar para o interior do mangue. Escuto barulho de moto, uma equipe do GTM, grupamento que havia comandado anos antes no CHOQUE, passava por ali totalmente perdida, achando que aquela rua fazia parte da cidade, mas eles se enganaram, aquele território era de influência do tráfico, estavam em sérios riscos. Um dilema estava instalado: se saíssemos, acabaria colocando toda a equipe em risco; ficando, os companheiros poderiam ser emboscados.

Os colegas do CHOQUE estavam em sério perigo, não sabiam que os vagabundos estavam no mato, muito menos a gente. Tentei contato via rádio, via "zap" liguei para os oficiais do CHOQUE e nada. Não era para aquela equipe estar ali, era nossa área de atuação, o planejamento tinha furado. Quase chegando em nossa direção, começou o tiroteio, os vagabundos não perdoaram. De dentro do mato, abriram fogo contra os motociclistas, um deles chegou a cair, mas, por um milagre de Deus, não foram baleados.

Sem dúvida, o GETEM — grupamento de três motos com cinco policiais, dois na garupa, no qual todos portam fuzis — é o que tem de mais eficiente em matéria de policiamento hoje para grandes metrópoles. Rápidos e com um poder de fogo considerável, trazem excelentes resultados. Tive o privil**é**gio de comandar essa subunidade durante um curto período. Foi o meu primeiro curso na polícia. Motocicletas são excelentes ferramentas de policiamento, mas a eficácia está diretamente ligada ao risco.

Mas o que tem de eficiente essa modalidade de policiamento tem de vulnerável, as motocicletas possuem poucos abrigos relativos e, além dos riscos inerentes à profissão de policial, temos a pilotagem, que é arriscada por si só. Naquele dia, a tropa que tanto defendo estragou minha ocorrência, falta de comunicação, coordenação, controle e excesso de vontade podem ser fatais, matam o combatente.

Como nada é tão ruim que não possa piorar, ainda assustados e sem saber o que fazer, os policiais voltaram e atiraram para o lado errado do mato, na nossa direção. Só deu tempo de nos abrigarmos e esperarmos os tiros passarem por cima, e esse ataque a gente nem podia responder. Um sargento mais esquentado da equipe resmungava o tempo todo e, na primeira oportunidade, saiu do abrigo abordando os colegas do CHOQUE.

— *Porra*, somos nós. Vocês querem matar a gente, estragaram nossa ocorrência.

— Você não viu? Tomamos tiro para *caralho* aqui.

— Vocês estão malucos, essa *porra* aqui é área vermelha, entrar de moto aqui é a morte.

Cheguei rapidamente, todos me conheciam, coloquei ordem na casa, os ânimos estavam exaltados, e não era para menos. Meia dúzia de xingamentos, brincadeiras para cada lado, ameaças, e estava tudo certo. Combatentes resolvem as coisas assim, somos sinceros, pois na guerra não há tempo para frescuras. A vida de cada um de nós depende do companheiro do lado, independente de batalhão, farda ou instituição, o segredo é a união. Já temos muitos inimigos, nunca vale a pena criar ou cultivar mais.

Apesar de tudo, todos ficaram bem, mas nem sempre é assim, temos que realizar um estudo de caso, para que um erro desse não volte a acontecer. Podíamos ter perdido um policial naquele dia.

Equipes reunidas na sala de *briefing* em pleno sábado, discutindo o planejamento para a incursão que aconteceria em poucos minutos, quando toca o telefone do oficial de operações. Equipe do batalhão de área estava encurralada, tínhamos que apoiar os colegas. Nossa operação ficaria para depois, não tem nada mais importante que salvar um companheiro em perigo.

Sirene toca, todos embarcam na viatura e partimos para uma comunidade próxima à Avenida Brasil. Pelo horário, chegaríamos em poucos minutos, mas os companheiros precisavam resistir, cada minuto era fundamental entre a vida e a morte. Essa favela tem uma característica interessante. Nos fundos dela, passa um rio e uma importante via expressa da cidade, então, os criminosos dificilmente conseguiam fugir por ali, mas como transitavam, deixávamos uma equipe de atiradores para dar cobertura.

Normalmente, quando erámos atacados, eles derrubavam. A gente só tinha que chegar para socorrer o ferido e recolher o armamento rapidamente, senão ele some. Um comparsa ou um simpatizante levava; um fuzil custa milhares de reais no mercado negro; dura realidade do policial carioca — apresentar ocorrência de agressor sem arma. Difícil de acreditar, mas existe, só aqui mesmo.

Equipes em posição. Só de nos aproximar da comunidade, já era possível escutar os disparos. Tentava insistentemente falar com as equipes da unidade de área, sem sucesso, ninguém respondia ao rádio. O oficial de supervisão do batalhão, encurralado, não atendia meus telefonemas, e não era possível, pois, debaixo de bala, essa não era a prioridade. Logo na entrada, encontramos vários companheiros tentando bravamente ajudar os policiais encurralados, mas, com a nossa chegada, pedi que esperassem — mais tropas no terreno em vez de ajudar colocaria todos em maior risco —, resolveríamos o problema.

Pegamos a localização aproximada, não era muito difícil encontrar, só seguir os disparos e os estampidos das granadas explodindo, os policiais ainda estavam sob ataque e resistiam bravamente, mas provavelmente suas munições estavam acabando. A comunidade era um breu, os transformadores de energia todos danificados pelos disparos, só ouvíamos os vagabundos gritando o tempo todo.

— Vai morrer, *cu azul*. Bota a cara, estão cercados.

Focados na tentativa de execução dos policiais, não se atentaram à retaguarda, era tudo que a gente queria, foram caindo um a um; os que corriam atirando como doidos eram facilmente neutralizados. A equipe da unidade da área ainda não tinha sido encontrada, eu alertava a todo momento para terem cautela, tentar se comunicar com eles antes de qualquer aproximação. Naquele cenário de estresse todos eram inimigos. Era bem comum que traficantes usassem preto. Por inúmeras vezes, já nos deparamos com grupos de traficantes usando fardamento idêntico ao nosso, isso potencializava o risco.

Administrando as ocorrências e sabendo que os policiais naquela altura estariam seguros — com a gente no terreno nenhum vagabundo seria louco de tentar a sorte —, do nada escuto um único disparo, chamo no rádio para saber o que tinha ocorrido, pois não me parecia um disparo nosso. Escuto no rádio.

— Paramédico, policial baleado, avança o blindado e a ambulância.

Era tudo o que não queria escutar. Ao entrar no beco escuro, nosso ponta tinha sido baleado por um único disparo no pescoço. As equipes nem revidaram, não sabiam de onde esse tiro tinha vindo, a prioridade era socorrer o companheiro o mais rápido possível. Minha patrulha estava longe, mas corremos e chegamos rápido ao evento, encontrei aquele bravo combatente ainda com vida, mas sabia que, apesar de todo o esforço do paramédico, um tiro de 7.62 naquela região era fatal, só um milagre salvaria o nosso policial.

Naquele momento, apesar de todo o controle emocional, a ira toma conta. Não sairíamos dali sem pegar o assassino, quando veio a triste notícia de que aquele tiro só poderia ser amigo. Uma fatalidade, as circunstâncias levaram ao erro, mas o preço era muito caro. Salvamos os companheiros, mas perdemos um irmão que, antes mesmo de chegar ao hospital, deu adeus a esse mundo ainda dentro do nosso blindado.

Segurar a equipe naquele dia não foi nada fácil. Entender um fato como esse de cabeça quente, tentando conter a hemorragia do companheiro, é uma missão impossível até mesmo para um policial do BOPE, somos de carne e osso. Negligência, imprudência ou imperícia, os requisitos da culpa, eu deixarei para os juristas, que nunca entenderão essa realidade. O papel não é capaz de demonstrar de maneira precisa essa dura faceta da guerra que vivemos, mas de uma coisa tenho certeza, o policial não puxou aquele gatilho sozinho.

Temos que entender a diferença do erro técnico para o erro moral, sempre friso isso para a tropa. O primeiro, todos estão propensos a cometer; o segundo, somente os sem caráter, e estes não devem ser perdoados. Naquele dia, um erro técnico aconteceu, e, por mais que seja trágico, perdemos mais um combatente insubstituível tentando salvar vidas, mas não seria justo perder mais um, aumentando a carga que ele levará pelo resto de sua vida. Quem julga é a justiça, mas perder um policial assim não é tarefa fácil.

INOCENTES BAILES *FUNK*

Inibir ou até mesmo acabar com bailes *funk* era uma das missões mais constantes durante as operações policiais. Nessa ação, não tem um pingo de preconceito, policiais adoram *funk*, mas o problema são os inúmeros crimes que ocorrem nesse tipo de evento. Ainda no 18º BPM, recebo a ordem de inibir a realização desses eventos na comunidade Cidade de Deus, normas administrativas por si só já legitimariam a ação policial, visto que a realização de eventos públicos deveria cumprir inúmeras medidas de segurança, que não passavam nem perto do referido evento. Os inúmeros flagrantes de crimes somados ao fechamento de vias públicas, atrapalhando os demais moradores, pois os eventos geralmente ocorrem no meio da rua, reforçavam a justificativa para o impedimento dos bailes.

Entrar com o evento rolando nem sempre surtia o efeito desejado. O risco de feridos de todos os lados era iminente, com o efetivo reduzido e sem blindado, nem sempre era possível ultrapassar todas as *contenções* e chegar ao evento. Entretanto, uma breve incursão já enfraquecia o baile, visto que os moradores de bairros vizinhos mais abastados que frequentavam o evento — para consumir suas drogas livremente —, corriam ao escutar os primeiros tiros, não era a realidade deles. O prejuízo no tráfico estava dado, mas até hoje me questiono se o risco a que submetia minha equipe e a população local valia a pena.

Entrar um pouco antes do evento, ocupando a comunidade, foi outra estratégia utilizada, mas passar a noite ali era arriscado e desgastante. O policiamento empregado descobria outros setores, aumentando os índices de criminalidade. Esse é o famoso cobertor curto de qualquer instituição policial de país em desenvolvimento, o efetivo nunca é suficiente. Cercar uma comunidade daquele porte era inviável, eles sempre entravam por algum ponto descoberto. A comunicação do crime funciona, possuem muitos colaboradores, quando aprendíamos o caminhão das caixas de som, rapidamente arranjavam outras, a festa tinha que continuar.

As operações trouxeram resultado. A liberdade de outrora não era mais vista, o impacto no tráfico de drogas era incalculável, mas é praticamente impossível medir o volume exato de capital que gira em torno do crime naquela comunidade. As operações incomodavam muita gente, e não demorou muito para receber um recado do chefe do tráfico local — ele me oferecia propina — por meio de um telefonema anônimo realizado diretamente para o Destacamento de Policiamento Ostensivo (DPO).

— Gostaria de falar com o tenente Novo.
— Do que se trata?
— Assunto do interesse dele.
— Pronto.
— Tenente, vou dar o papo reto, o dono está oferecendo 20 mil por mês, só para ter o baile nos fins de semana. Durante a semana, faz o que quiser, mas as operações estão dando muitos prejuízos. Posso mandar entregar aí?
— Manda ele aparecer pessoalmente, que vou dar o destino que ele merece.
— Vamos te pegar, seu *merda*.

Recebia, assim, minha primeira ameaça na polícia. Esse *filho da puta* tinha quase me matado meses antes, baleado três companheiros, queria a cabeça dele. Vingança, não. Sabia que nunca se renderia, nem eu. Era dinheiro para cacete. Na época, era mais de um ano de salário, mas nem fiquei balançado, isso não é mérito meu. Na polícia, ser honesto é pré-requisito e obrigação, não sou o único policial honesto. Aprendi que na polícia podemos perder a vida e a nossa liberdade, mas nunca a honra.

Não digo isso para me vangloriar de nada, até porque, ao contrário do que muitos pregam, a polícia é feita de homens honestos em sua maioria, conheci vários ao longo da carreira. Para aqueles que vivem de acusar a corporação, nunca se esqueçam, é muito fácil bater no peito dizendo ser honesto se nunca teve a chance de ser desonesto. O policial é tentado diariamente em uma corporação conhecida pelo "jeitinho brasileiro", na qual a corrupção está encruada em todos os níveis sociais. Rotular a PM como corrupta é no mínimo desonesto.

Aquela tentativa de suborno custou caro. Aumentei consideravelmente o volume das operações e, com o apoio de um blindado, incursionava a todo momento sem dar o mínimo de sossego aos traficantes. Não tinha noção do risco, era apenas um tenente recém-promovido, que não media nem avaliava seus atos. Contrariei muitos interesses, corri riscos desnecessários, expus a equipe, impedi que viciados usassem drogas livremente e abalei a parte mais importante do tráfico — a financeira. Mudei a realidade mesmo que por pouco tempo. Hoje, com certeza, está pior do que antes, mas fiz a minha parte junto com a equipe.

Os riscos desse tipo de operação nem sempre compensam. Geralmente, os frequentadores e a população ficam no meio do fogo cruzado entre policiais e traficantes; ocorrências de "balas perdidas" são sempre uma possibilidade. Durante uma operação em uma comunidade de Caxias, chegamos com o baile bombando, e, segundo informações dos órgãos de inteligência, as principais lideranças do tráfico estariam reunidas naquela região, curtindo o evento livremente.

Ao apontar o blindado na rua principal da comunidade, foi aquele cenário, gente correndo para todos os lados, fuzis eram praticamente incontáveis, e, sem qualquer cerimônia, os criminosos abriam fogo contra o blindado. Se pegar em alguém, sem problema, a culpa seria nossa. A equipe era experiente, já sabia como atuar, mas não custava reforçar. Às vezes, o óbvio deve ser dito.

— Ninguém atira, muita gente na rua.

Na batida do *pancadão*, os tiros batiam no blindado, só era possível visualizar os quebra-chamas cuspindo fogo no cano dos fuzis. Ali era um exemplo clássico de que o tráfico não tem qualquer responsabilidade. A certeza da impunidade prevalece, matar é o de menos, o importante é atacar a polícia.

Situação controlada, com os criminosos escondidos, então, começam a aparecer os efeitos colaterais — três baleados. Nossos paramédicos realizam os primeiros atendimentos, socorremos as vítimas em estado estável para o hospital mais próximo.

— Obrigado. Vocês são uns heróis, salvaram minha vida, nem moro aqui, só vim curtir o baile com uma amiga.

— Não tinha um lugar melhor para ir? Seus pais sabem que está aqui? (perguntou um dos policiais indignado, a menina não devia ter 18 anos)

Não sou perito, mas estava seguro. A equipe não havia atirado, e o disparo na vítima era muito característico de pistola, um fuzil teria arrancado a perna dela. No dia seguinte, só *porrada* na imprensa, e, como de costume, os especialistas já tinham realizado em tempo recorde todo o caminho persecutório penal — investigaram, julgaram e condenaram nossa ação. O BOPE tinha baleado três pessoas inocentes, nenhuma novidade. Naquela altura, já estava acostumado, *foda-se,* sabia o que estava fazendo, e, independente das provas, não teríamos o direito de resposta por esse canal. Era só aguardar a próxima missão.

A atuação criminal e a influência territorial do crime, principalmente do tráfico de drogas em algumas regiões, apresenta reflexos negativos nas mais diversas relações e atividades sociais. A Comunidade da Maré é um exemplo, localizada a menos de dois quilômetros do Aeroporto Internacional do Rio de Janeiro, a atuação de uma rádio pirata estava causando interferência na torre de comando das aeronaves, colocando em risco milhares de pessoas usuárias do serviço de transporte aéreo.

Equipes da Polícia Federal solicitaram nosso apoio, deveríamos entrar e ocupar a comunidade, enquanto eles identificavam e destruíam a antena, tomando as medidas legais contra o proprietário. Anteriormente, vários contatos foram realizados, mas, por achar que dentro da comunidade estaria livre da atuação estatal, o proprietário cagou e andou literalmente para os alertas das autoridades competentes na área de comunicação.

Derrubar uma antena de rádio. Esta aí era nova para a gente. Incursionar ali é certeza de confronto, mas a missão era necessária, e os companheiros federais precisavam da nossa ajuda. Chegamos rápidos ao objetivo, e, envolvido em outras ocorrências, nem percebi que a Polícia Federal já tinha cumprido a missão e retraído; tinha restado mais do mesmo, combate ao tráfico de drogas e ao roubo.

Patrulhando a comunidade, um cartaz anunciava um grande evento para aquele dia, um baile *funk*, com vários shows que, possivelmente, reuniria um número considerável de pessoas. Até aí nenhuma novidade, mas o que chamava a atenção era a localidade do evento, um CIEP. Isso mesmo, uma escola, o baile seria realizado no interior de um colégio dentro da comunidade. Um absurdo, sabemos bem, e não é novidade para ninguém a quantidade de crimes que ocorre nesse tipo de evento. Dentro de uma escola era uma afronta ao poder público.

Enquanto o Poder Judiciário equivocadamente restringe operações policiais perto de escolas, o tráfico usa os estabelecimentos de ensino para o cometimento de seus crimes. Isso não chama a atenção de nenhum órgão estudantil ou de classe profissional na área de educação, nem mesmo a nossa imprensa se manifesta quanto a isso. Levei o fato ao conhecimento dos meus superiores, que determinaram a ocupação e o impedimento da realização do evento. Decisão acertada, mas sua operacionalização não seria nada fácil.

Conhecia bem a região e sabia que a missão sofreria represália de diversos tipos, e me questionava se todo aquele risco valeria a pena, era um absurdo, mas sozinhos não resolveríamos essa questão. Caixas de som desmontadas, cerveja retirada e drogas escondidas, com a gente ali essa sacanagem não aconteceria, mas, como dizem por aí, o show não pode parar, rapidamente os traficantes mudaram a festa de localidade. Minha missão estava cumprida, na escola não teria mais baile, pelo menos naquele dia. Atuar em outra localidade, mesmo que próxima, tiraria nossa força, colocando a equipe em risco.

A autoridade, sabendo do outro evento, deu a ordem para impedirmos novamente, então, dei meu parecer técnico de risco, entretanto, não fui atendido. Nem sempre quem dá as ordens já colocou a cara em uma situação desse tipo, e, na polícia, isso pode ser fatal. É básico, só se controla e comanda o que se conhece.

— Novo, como está o baile da escola?

— 01, tranquilo. Já desmontaram tudo, e distribui as equipes no terreno. Hoje não tem baile.

— Chegou uma informação de que o baile foi transferido para a Nova Holanda, e querem que a gente o impeça.

— 01, sou contra, muito risco. Não teremos gás para abraçar as duas favelas. Na quadra, *foda-se*, esculacho é ter baile dentro de escola.

— Ponderei isso, mas é uma ordem.

— Sim, senhor, mas vai dar *merda* isso.

Enquanto uma equipe ficou baseada na porta do colégio, as demais patrulhavam a comunidade de blindado. O previsto: tiros e granadas para todos os lados. Todo desembarque era um risco, os criminosos esperavam o blindado abrir a porta para atirar nas equipes de cima das lajes, possuíam uma vantagem considerável. Já conhecia suas estratégias e, infelizmente, já tinha pagado caro ali. Essa operação não tinha fundamento. Colocar a equipe em risco para impedir outro baile era desnecessário.

Enquanto desmontava o segundo evento, a equipe que ocupava o ponto perto da escola era atacada, pedindo prioridade. A retaliação era esperada, ficar estacionado no terreno é um risco, e os traficantes não deixariam barato, causamos um grande prejuízo financeiro naquele dia. Deslocando-se para o apoio, nossa equipe sofre um forte ataque vindo do interior da comunidade, criminosos saíam de dentro dos becos e atiravam várias vezes contra o blindado da polícia. Orientei os policiais que não revidassem, pois, mesmo com os disparos, as ruas estavam cheias.

Retraindo com todas as equipes em segurança, recebo um telefonema do comandante.

— Novo, tem alguém baleado aí?

— Comigo não, mas vou verificar.

— *Porra,* tem um promotor enchendo o saco aqui, dizendo que o CHOQUE baleou um senhor.

— Não vi nada, mas a bala está voando firme aqui. Aonde foi isso?

— Próximo da escola. Segundo ele, uma presidente de ONG falou que o blindado passou atirando e acertou o senhor em casa.

— *Porra* nenhuma, 01, eu que estou dentro do blindado, e não realizamos nenhum disparo. Estamos fodidos, presidente de ONG com *link* direto com promotor, é o fim.

É incrível a influência dessas ONGs, sempre acusando a polícia como autora de todas as mortes ocorridas dentro das favelas. Isso é óbvio, jamais acusaria o tráfico, esse não indeniza ninguém e, se reclamar, morre. Fui verificar a denúncia, constatando a veracidade. Infelizmente, um senhor morador da comunidade estava morto por Projétil de Arma de Fogo (PAF), no interior de sua residência, uma fatalidade para aquela família. Ao contrário da versão narrada, não tinha a menor possibilidade de ter sido a nossa equipe que baleou a vítima, por um simples motivo, não tínhamos atirado.

Pressões políticas e do Ministério Público, de regra, aceleram os procedimentos investigativos. Não demorou muito, e uma equipe da Divisão de Homicídios (DH) chegou, e, como não tinha condições de segurança para chegar ao local, demos todo o apoio operacional. Quem não deve, não teme. Rapidamente, o perito identificou a possível origem do disparo na direção das equipes policiais, possivelmente o traficante tentou nos atacar, acertando o idoso dentro de sua residência.

O que mais me chamou a atenção foi que, durante a realização da perícia, os tiros cessaram milagrosamente. Como o interesse e a ideia eram acusar a polícia, a atividade de Polícia Judiciária deveria ocorrer com tranquilidade. A influente líder comunitária, usando seus conhecimentos políticos e institucionais, tentava influenciar a ação dos policiais civis, sendo rapidamente rechaçada pelo profissionalismo da equipe. Quando ela sumiu do terreno, não demorou muito a recomeçar os ataques, pura coincidência.

Vivemos em um mundo de meias verdades: bailes *funk* são manifestações culturais, balas perdidas sempre saem das armas de policiais, PMs só entram em favelas atirando, ONGs defendem os interesses das comunidades carentes e toda autoridade pública é imparcial e sem ideologia político-partidária. O enfrentamento da polícia, nunca foi e não deve ser contra o *funk* ou contra a cultura da periferia, também viemos de lá, o problema é e sempre será os criminosos e seus simpatizantes.

FAMÍLIA É A BASE DE TUDO

Viver no meio da guerra, do crime e da miséria tem seu preço, o corpo e a mente cobram, muitas vezes de maneira impiedosa. A relação polícia e sociedade é algo extremamente complexo. Uma polícia com baixa eficiência e credibilidade somada a uma sociedade que busca mais direitos do que cumpre deveres tem como resultado precários índices de violência, expondo as mazelas do país mais desigual do mundo.

A polícia é somente a ponta desse *iceberg*. O combate à criminalidade extrapola as capacidades dos órgãos de segurança e justiça. Diversos estudos e especialistas afirmam categoricamente que a polícia é o único braço do poder público que chega a determinadas localidades, de regra impondo a força em momentos de crise. A atividade policial, principalmente a ostensiva em sociedades pouco civilizadas, é, de regra, antipática. A restrição de direito não é aceitável passivamente por todos. Logo, o norte deve ser a busca pela legalidade, visto que a legitimidade plena é algo utópico.

O cidadão pode passar a vida inteira sem usar muitos serviços públicos, entretanto, não ter contato com a polícia ostensiva é algo impossível, principalmente nas grandes cidades. Gostando ou não, não hora que as coisas apertam, é da polícia que nos lembramos. O crime é uma epidemia, não escolhe as vítimas nem local, todos estão sujeitos. Chama a atenção que esse importante e fundamental serviço de polícia nem sempre recebe a atenção e principalmente os investimentos por parte dos gestores públicos.

Quando todos os setores de ensino e controle falham, sobra a atuação policial, que nunca substituirá o mais importante indutor de civilidade, a família, e sua desestruturação tem influência direta nas condutas criminais. Nas ciências sociais não existem regras, mas sim probabilidade. Uma família estruturada é fundamental para a formação do caráter do cidadão ou não sua reinserção no caso do cometimento de crimes e condenações, a polícia não tem relação direta com esses fatores.

Enquanto medidas esdrúxulas são sugeridas por autoridades públicas ou candidatos, o básico não é realizado. O planejamento familiar é uma alternativa óbvia, mas que precisa ser colocado em prática o mais rápido possível. Durante a carreira policial operacional, é possível observar facilmente que a entrada no crime se dá cada vez mais cedo, adolescentes e crianças pegam em armas sem formar conceitos básicos de cidadania ou o discernimento do certo ou errado.

Durante operação na Comunidade do Macaco, em deslocamento pelos becos e pelas vielas, observava com frequência crianças com menos de 10 anos de idade simulando armas e fingindo que atacavam a polícia. Uma dessas imagens foi registrada por um repórter e correu o mundo como capa de um jornal, mas já conhecia aquela dura realidade há muito tempo.

Onde estão os pais dessas crianças? Os crimes relacionados ao abandono de incapaz são quase que inaplicáveis na prática. A diminuição da idade mínima de responsabilização penal só é mais uma solução utópica para o problema. O tão defendido baile *funk* — e aí que fique claro que não é nada contra o ritmo —, em determinadas comunidades sob forte influência do tráfico, não é uma simples manifestação cultural das classes oprimidas, e sim um momento de livre cometimento de diversos delitos, como tráfico de drogas, porte ilegal de arma de fogo, apologia ao crime, estupros e abusos contra menores.

Com aproximadamente sete anos de BOPE, recebi a missão mais nobre de qualquer *caveira*, coordenar o curso de operações policiais especiais. Seria o responsável pela formação dos novos *caveiras*. Parafraseando o famoso filme, ali seria minha oportunidade de escolher meu substituto. Com a progressão da carreira, é inevitável, o dia da despedida também chega. Simples, no BOPE só temos vaga para um coronel e poucos majores, uma hora teremos que sair.

Tinha escolhido o tenente, o conhecia desde aluno na academia de polícia, trabalhamos juntos no CHOQUE e no BOPE, garoto de família com caráter e disposição, todas as características necessárias para ser um bom *operações especiais*. Suas características pessoais já estavam comprovadas, precisava avaliar se operacionalmente estaria apto a se tornar um *caveira*.

Comecei a operar com o garoto, analisando suas reações no teatro de operações, na PMERJ e, principalmente, no BOPE. Não tem outra opção, o profissional só é reconhecido colocando a cara. O mais importante para um combatente é o controle emocional, afobado não serve para ser *operações especiais*. Podemos até morrer, mas morreremos com calma. Ações precipitadas colocam toda a equipe em risco. Como atuamos sempre no limite, não precisamos testar o sistema.

Durante operação na Comunidade da Mangueirinha, no município de Caxias, Baixada Fluminense, realizávamos uma operação para coibir o tráfico de drogas local, que se expandia com muita velocidade, impactando na vida de milhares de pessoas. Peguei o tenente e o coloquei na função de ponta dois, sendo responsável pela minha cobertura direta. Queria fazer uma avaliação precisa da sua postura operacional, pois não adianta ter todas as qualidades necessárias se, quando o confronto começa, não corresponde.

Logo na entrada da comunidade, indivíduos armados de fuzis abrem fogo contra a equipe. Pessoas que estavam nas ruas e dentro de um bar corriam e se escondiam por todos os lados. Com a equipe abrigada, só esperávamos aqueles traficantes acabarem com a munição do carregador ou se expor, para atacarmos ou avançar com a equipe. Observava o que queria. O tenente, durante os contatos, nem o semblante mudava. Cessados os tiros, avançou rápido na minha direção, partindo junto na posição *alto baixo*, ao dobrar o primeiro beco, encontramos a *boca de fumo* sendo praticamente montada.

Fatiando o beco, já sofremos outro ataque, e, com a silhueta diminuta, respondemos com fogo, mas os criminosos correram. Outras equipes entravam em confronto simultaneamente. Aquele aroma característico do combate que só quem viveu conhece, uma mistura de sangue e pólvora pairava no ar, não era possível que nós dois tivéssemos errado o alvo. Drogas, material de *endolação* e dinheiro estavam espalhados por todo lado. Na correria, os traficantes deixam tudo para trás, um rastro de sangue sumia na sombra, aqueles criminosos não iriam muito longe.

Os viciados ficavam doidos, pareciam uns verdadeiros zumbis vagando. Cena triste e deprimente, não respeitavam nem a própria equipe. Agoniados, queriam pegar as drogas e o dinheiro do tráfico, e como os criminosos eram nossa prioridade, mandei colocar fogo na *porra* toda e seguimos em frente. Caminhando na direção do rastro de sangue, mandei que todos redobrassem a atenção, aqueles criminosos não estariam dispostos a se entregar, pois, naquele momento, não tinham nada a perder, era matar ou morrer.

Passei por um beco escuro à esquerda, meu sexto sentido dizia que ali tinha ameaça, não sei explicar, mas como operamos muito desenvolvemos habilidades difíceis de entender, esse ponto era um perfeito esconderijo, e meu interior dizia isso. Focado na segurança de vanguarda, um novo confronto poderia acontecer a qualquer momento. Abrigado, esperando a cobertura, escuto uma rajada vindo de dentro do beco, e um policial pergunta:

— Tenente, o senhor está bem?

O garoto não respondia, logo pensei, esse moleque foi baleado. Meu coração acelerou imediatamente, não me perdoaria se algo de ruim ocorresse com aquele tenente. Não podia abandonar a ponta, e geralmente quando um criminoso atira, os demais começam a atirar em sequência. De regra, agem com base no desespero. Fui retraindo devagar, realizando alguns disparos colocados, quando encontro o tenente dentro de uma casa, levou uma porta no peito, dano, invasão de domicílio, abuso de autoridade... Não. Estado de necessidade puro e simples. Aquele ato salvou sua vida. Quando o encontrei, dei aquele esporro padrão *caveira*.

— Seu *filho da puta*, aqui na minha patrulha é proibido morrer. (todos sorrimos e seguimos em frente)

Até o susto tem seu lado bom, realça os sentidos, continuamos patrulhando, seguindo o rastro de sangue, que adentrava por uma casa. Chegando à porta, o morador apontou para dentro de um quarto, e ali estava um garoto, mais ou menos da idade do tenente, com um tiro na barriga e um fuzil jogado ao lado. O cano da arma ainda estava quente. Aquele garoto tinha tentado nos matar há poucos minutos, olhava para um e depois para outro e pensava na vida, cada um escolhe seu caminho. Apesar das oportunidades serem diferentes, foco e força de vontade superam tudo. Ninguém é obrigado a ser bandido.

Parte da equipe socorreu o criminoso, mesmo sabendo que dificilmente resistiria, tiro de fuzil só tem uma finalidade, matar. O calibre 7.62 não perdoa. Já amanhecendo, continuávamos a procurar os demais traficantes. Subindo a comunidade, paro em uma grande árvore, além da sombra, não tem abrigo melhor. Apesar de o foco ser os traficantes, escuto um choro sofrido vindo de dentro de um barraco, a equipe já me conhecia, criança era o meu ponto fraco.

Entrei na residência, que estava aberta. O cheiro era horrível, uma sujeira impressionante, ratos e baratas saíam correndo com a nossa chegada. Era difícil de acreditar que um bebê vivia ali. Fui fatiando a porta com toda a calma, ter uma criança ali não significaria ausência de risco, criminosos têm filhos e usam as crianças como reféns. Quando consegui visualizar aquela cena, observei um dos piores cenários da minha carreira.

Um bebê, de um pouco mais de um ano, sentado no chão do barraco, todo sujo, brincando com restos de cigarros e baseados de maconha, chorando sem parar, mesmo sem forças. Com certeza, estava morrendo de fome. Pensei, não é possível que essa criança esteja aqui sozinha, escutei um ventilador ligado e encontrei um casal deitado, os dois totalmente bêbados, tinham acabado de voltar do baile *funk* da comunidade. Ali percebi que a questão da segurança **pú**blica extrapola as capacidades da polícia, e a família é fundamental para a melhoria desse direito fundamental.

Com essa criação e esse tratamento desumano, qual seria o futuro daquela inocente criança? Tem que ter muito sangue frio, a vontade era dar um corretivo naqueles pais irresponsáveis, mas a aplicação dos nossos direitos humanos é seletiva. Acordamos os dois e, mesmo abusando das minhas competências, mandei que os dois começassem a arrumar a casa, aquele não era um ambiente para uma criança viver. Já que os outros meios de aprendizagem de civilidade não haviam chegado ali, a gente ensinava. A equipe não acreditava que eu estava fazendo aquilo, sorriam pelos cantos e, com certeza, pensavam, o capitão é maluco. Mais uma denúncia contra o BOPE.

Abandono de incapaz, maus-tratos, quaisquer dessas condutas eram latentes, mas, nas favelas, isso não existe. Ali o direito penal e o almejado estado democrático de direito são limitados. O crime, a miséria e a falta de educação, em sentido amplo, são uma realidade. De quem é a culpa? Da polícia sei que não é. Eu me perguntava qual era a diferença do tenente para o garoto no crime, que havia morrido após confronto com nossa equipe. Uma escolha, oportunidade, base familiar. Qual seria o futuro daquele bebê sendo criado por aqueles pais, que caminho iria trilhar, qual lado escolheria?

Segurança pública é muito mais complexa que polícia. Emprego, educação de qualidade e, principalmente, famílias estruturadas ajudariam e muito nesse cenário caótico que vivemos. Enquanto muitos fazem *merda*, a gente tenta limpar, mesmo sabendo que somos a parte menos importante e modificadora dessa realidade.

Sequelas invisíveis, infelizmente são os bons que morrem

Que a vida de policial no Brasil não é fácil todos já sabem, os números dizem tudo. Em nenhum país do mundo morrem policiais como no Brasil. Apesar da sensação entre os profissionais de segurança pública ser de que serão mais vitimados no serviço, de acordo com pesquisas científicas na área, os números afirmam o contrário, a morte está mais próxima na folga.

Durante anos, estudei várias ocorrências desse tipo. Por outro lado, em números absolutos, nossa polícia é a que mais mata, sofrendo várias críticas nesse sentido. Esses dados não devem ser motivo de orgulho, visto que a função policial é preservar vidas e não tirá-las. Entretanto, fator diferenciador e pouco comentado por especialistas é o ambiente, narrado reiteradamente em alguns dos casos expostos no livro. Dependendo do ponto de vista, a PMERJ pode ser considerada uma polícia violenta, mas, inserida nesse ambiente, não poderia ser diferente.

As mortes no período de folga são a maioria dos casos. As hipóteses potencializadoras dos riscos podem ser divididas em aspectos pessoais, institucionais ou gerais. Como hipóteses pessoais, podemos destacar a falta de postura preventiva desses profissionais, expondo desnecessariamente suas identidades, virando um alvo facilmente reconhecido pelos criminosos. Institucionalmente, destacam-se a ausência ou poucos treinamentos específicos de prevenção ou reação no momento de folga. E as hipóteses gerais estão relacionadas à criminalidade comum, visto que os policiais também são vitimados como qualquer pessoa, mas, no nosso caso, não resta outra opção senão reagir.

O assunto vem despertando o interesse de pesquisadores, inclusive oficiais de polícia, melhorando assim a análise do fenômeno, propiciando um melhor diagnóstico e uma melhor tomada de decisão dos comandantes e gestores públicos. Os já elevados números de baixas — maiores que os das forças armadas durante guerras regulares do século passado — podem ser engrossados pelos suicídios e pelas mortes naturais que, apesar de estarem foram da contagem geral de vitimização policial, na maioria dos casos, têm relação direta com o alto estresse da atividade policial.

Chegando ao final do livro, o leitor pode estar questionando se não é uma leitura um tanto quanto macabra, com muitas histórias de morte de policiais. Infelizmente, essa é uma realidade das forças de segurança no país. Mesmo assim, é gratificante poder ajudar o próximo, servir a sociedade, nunca nos esquecemos de um dos nossos, ninguém fica para trás, temos que seguir em frente, somos a última linha de defesa entre a ordem e a barbárie, desistir não é uma opção.

Qual o preço que nosso corpo cobra, físico e mentalmente falando? E nossos familiares, que acompanham essa realidade diariamente? Esconder nem sempre é possível. Controle emocional, um dos princípios dos *operações especiais*, é fundamental para o exercício de atividade tão complexa. O combatente deve ser completo — preparo físico, técnico e psicologicamente. Parece utopia, mas eu tive a honra e o privilégio de conhecer e combater ao lado de um homem assim, camarada 15, Major Thiago Matos de Carvalho, o eterno *caveira* 154.

Ainda na escola, conheci um camarada egresso da Marinha do Brasil, isso explicava sua elegância, sempre bem fardado, físico invejável, religioso e de poucas palavras, mas com um coração enorme e, o mais importante, uma integridade irretocável. Apesar de não ter muito contato, não éramos do mesmo apartamento, sempre fomos próximos, cruzando na equipe de atletismo, rivalizando nas provas, eu com muito treino, e ele com talento. Já cultivávamos uma grande amizade, tínhamos o mesmo objetivo, o curso de operações especiais.

Após a formatura na academia, fomos para unidades distintas e perdemos contato, mal sabia que em breve nos encontraríamos no COESP. Chegando ao curso, quis o destino que o então tenente Matos fosse meu *canga* de curso, eu era o 14 e ele o 15, os astros estavam se alinhando, provavelmente sem ele não me formaria. Dentre todos os oficiais-alunos da nossa turma de formação, somente nós dois cumprimos a missão. Disso nunca tive dúvidas.

Devo minha caveira a muitas pessoas, ninguém conquista nada sozinho nessa vida, ainda mais em um curso desse nível, mas o 15, sem dúvida, tem grande parcela nesse almejado brevê. Nosso turno ficou conhecido como o turno "tropa de elite", o maior número de inscritos da história, processo seletivo mais disputado de todos os tempos, não era para menos, primeiro curso pós-filme, todos queriam ser o Capitão Nascimento. Equívoco, mal sabiam os aventureiros que o Capitão Nascimento não duraria meia hora no curso.

Começando com 65 alunos, a equipe de instrução deveria tirar logo os fracos, pois seria muito arriscado iniciar as instruções em Ribeirão das Lajes com um número tão elevado de alunos. *Foda-se*, os fracos que se quebrem. Ao contrário dos demais turnos, as atividades foram iniciadas com uma marcha forçada, quilômetros de ladeiras, pesados iguais a um burro de carga, eu tinha treinado para tudo, menos para isso, e, como não tinha servido as forças armadas, nem fazia ideia de que exercício era esse.

Treinei demais, não tinha outra opção senão me formar, só sairia daquele curso formado ou morto. Entrei na polícia para isso, não era um ideal profissional, mas sim de vida. Fui na frente o tempo todo, nos calcanhares dos instrutores que puxavam o exercício, muito inocente, não demorou muito para meu corpo começar a acusar o golpe, havia caído em uma armadilha. Uma das qualidades de um combatente é saber se poupar. Mesmo antes do início do curso, já estava aprendendo, na dor, é claro.

Com uma desidratação severa, começava a não acompanhar os instrutores, não demorou muito para começarem as malditas câimbras. Todos nós temos limites, e o COESP serve para mostrar isso, entender que nossos limites são bem além do que imaginamos e uma eterna luta entre corpo e mente; um quer parar e desistir, o outro não pode deixar, a cabeça comanda o corpo. Com várias horas de caminhada, decido parar para me hidratar e comer algo. No meio de uma estrada, sozinho e na escuridão, me reviro de dor, era câimbra por todo o corpo, era mexer alguma parte e ficar travado.

Sofrendo sozinho, gemendo de dor, ali não seria meu fim, chegaria ao objetivo nem que fosse rastejando, mas precisava de ajuda. Observo no horizonte um vulto cambaleante, arrastando seu fuzil. Comecei a rir daquilo, mas tive câimbras no rosto, nem sabia que tinha músculo nessa parte do corpo, o curso ensina até anatomia. Está no inferno, abrace o capeta e ria da cara dele. Não podia ser outra pessoa naquele momento e, deitado no mato, falei.

— 15, é você?

— Quem está aí? (me respondeu apontando o fuzil, o cara já não estava bem)

— Sou eu, *porra*, o 14. Estou fodido aqui, *porra*, cheio câimbra.

— Você é maluco, saiu igual doido atrás dos instrutores. Isso era para começar a quebrar a gente. Que marcha é essa? Ninguém sabia de nada.

— Onde está o restante do turno?

— Dizimado pela estrada.

— Me ajude aqui.

Sempre prestativo, quando veio me alongar, caiu do meu lado com mais câimbras que eu; ficamos os dois nos retorcendo de dor ali. Não desistiria facilmente, vi que do outro lado da rua tinha uma porteira e uma plantação de cana-de-açúcar, então, me arrastando, pulei aquela porteira, que parecia uma montanha, peguei uma cana, dividi com o 15 e, dali por diante, seguimos sempre juntos. Se hoje sou *caveira* é por causa do meu irmão de armas e por uma cana. A vida é feita de detalhes.

Logo no início do curso, a carga era pesada. 15 tinha dado um mole durante uma instrução ficando em *check* (vulnerável) com a coordenação do curso, estavam dispostos a desligá-lo, tinha perdido a simpatia. Toda vez que a *porrada* começava a comer, entrava na frente dele, sempre procurava ajudá-lo, apesar de ser o cara mais completo que conheci, água não era o seu forte, e seu ponto fraco era o sono, dormia demais, não aguentava mais ir para a água por causa dele; como brincávamos, o 15 era uma máquina, uma máquina de dormir.

O subcoordenador do curso me chamou fora de situação e disse:

— 14, se você ficar tentando proteger o 15, será desligado junto com ele.

— Instrutor, ele é o melhor que temos aqui.

— Por sua conta e risco, você vai perder o curso por causa dele.

A carga estava pesada, a estratégia era jogar o turno contra ele. Durante as instruções madrugada adentro, enquanto o turno estava na água, tiravam o 15 da instrução para dormir e, naquela altura, era impossível ficar acordado, ainda mais para ele (risos). Nas poucas horas de liberação — para cuidar das feridas e dos equipamentos —, o instrutor deixou claro que queria ver o 15 fora, no cerimonial pela manhã. Já na hora de voltar para a educação física, 15 me chama:

— 14, vou pedir para ir embora.

— Está maluco, *porra*, começamos juntos e vamos terminar juntos.

— Estou prejudicando o turno todo. (sempre seu coração grande, querendo ajudar)

— Foda-se, *porra*, se não for esse motivo, será outro. Aqui é para isso, mas o instrutor não para o relógio, menos um dia, conte comigo. Você **é** meu *canga*, não vai embora, preciso de você aqui.

Aquela cobrança durou um bom tempo, mas, aos poucos, o 15 foi conquistando a equipe de instrução com seu talento e carisma, o cara era um *operações especiais* completo, o melhor que conheci, aquela caveira tinha que reluzir no seu peito. Depois de formados, ficamos cada vez mais próximos. Durante anos, eu entrava de serviço depois dele, comandando as equipes, sempre nos completamos, eu mais estressado, explosivo, e ele, a serenidade em pessoa.

Sempre que podia aproveitava para operar e aprender com ele, nunca vi combatente tão calmo no combate. O mundo acabando, e ele com aquela cara, não mudava nem o semblante, acreditava tanto em Deus que nenhum mal poderia alcançá-lo. Tenho pena daqueles que passaram pela vida sem ter uma amizade verdadeira assim, nunca tivemos rivalidades, vaidades ou desentendimentos, a gente se completava, eu com minha impulsividade, e ele com a paciência. Quantas vezes, ele me escutou naquele alojamento, desabafando as mazelas da corporação? Sempre com seus conselhos sábios, terminando sempre com a mesma sarcástica frase:

— 14, quer ter razão ou ser feliz? Na polícia, essas coisas são incompatíveis.

Sempre fiquei admirado como administrava aquela pressão tão bem, enquanto minha pressão ia a 18, meu sono já tinha ido para o *cacete* e o estresse batendo à porta, o 15 continuava vivendo na paz, mesmo estando em guerra, o cara entrava na *merda* que rodeia a polícia e saía limpo. Família, esportes e, principalmente, a igreja eram sua rotina. Não vou enganar, sempre tive medo de perder meu companheiro em combate, mesmo sabendo de suas habilidades, mas na nossa vida muitas das mortes são inevitáveis.

De uns tempos para cá, o 15 estava mudando, perdendo seu bom humor de sempre. Começamos até a nos afastar, sempre perguntava se estava tudo bem, e ele, como de costume, nunca falava nada. Certo dia, o encurralei no alojamento, coloquei ele contra a parede e perguntei o que estava acontecendo, aquele padrão de *caveira*, dedo na cara, *filho da puta* é elogio, disse a ele que podia contar comigo para o que der e vier, depois de tudo que passamos, não podia ter dúvida disso.

Ele estava com problemas pessoais, situação nada fácil, mas contornável. Coincidentemente, havia passado pelo mesmo problema e havia superado, logo, ele superaria também, nada era impossível para o melhor *caveira* que conheci.

Este dia nunca mais vou esquecer, o dia em que perdi o prazer de ficar no BOPE. Havia chegado cedo à unidade, corria no terraço do batalhão, quando senti uma forte dor no peito, a mesma que senti quando havia perdido meu pai. Desci no alojamento e nada do 15, fiquei tenso, ele era um relógio, nunca conheci um militar tão metódico e disciplinado, coisa de Marinha.

Olhei o telefone e vi uma mensagem do médico da unidade dizendo que o Matos havia passado mal em casa e que estava procedendo para lá. Na hora, senti que uma *merda* havia acontecido, aquela dor no peito era um sinal, eu estava bem, mas meu irmão não. Naquele momento, pedi que nada acontecesse com ele, mas, apesar do meu sexto sentido, fiquei tranquilo, o 15 tinha uma saúde de ferro, havia acabado de fazer uma bateria de exames, tudo 100%, até nisso o cara era bom.

Tentei ligar para ele, que não atendia. Outro grande amigo da turma morava próximo a ele, sua esposa era enfermeira do bombeiro. Liguei para ele, que partiu imediatamente. Já desci correndo para trocar de roupa, meus pressentimentos eram péssimos e nunca me enganavam; subindo na moto, recebo o telefonema que nunca quis receber, meu melhor amigo havia morrido, tinha sofrido um infarto fulminante dentro de casa, na frente de sua amada esposa, que lutou por minutos, tentando sua reanimação, mas em vão.

Nunca devemos tentar entender a vontade de Deus, somos humanos, impossível entender. A explicação plausível era que o 15 era bom demais para estar aqui, homem de família, leal, honesto, e, acima de tudo, humano. É o que sempre falo para os amigos mais próximos, o 15 andava no meio da *merda* toda da polícia e não se sujava, vivia na guerra em paz, mas tinha um defeito, não dividia seus problemas e suas angústias. Se de toda história devemos tirar uma lição, aqui ficam duas: nosso corpo tem limite, a atividade policial deixa sequelas invisíveis, o nível de estresse que vivemos será cobrado; e, mais do que nunca, aproveitem ao máximo seus amigos, porque não sabemos quando irão embora.

Lutei muito para ser policial, servir no BOPE foi um sonho e ideal de vida realizado, com muito esforço, ninguém me deu nada, fui conquistar a minha caveira, mas a partida do meu companheiro tirou minha vontade de continuar ali, faltava alguma coisa. Pela primeira vez, pedi para sair, essa ferida foi pior do que todas as marcas do combate, não há tratamento, nunca se fecharia, mas aprenderia a viver com ela. Sei que nos encontraremos em breve, mas não agora.

Para aqueles que criticam a polícia, generalizando seus erros, não conheceram o 15, ele era a personificação da bondade. Sua história está eternizada no BOPE e nos nossos corações, a quem Deus deu o dom da honra, a desonra é pior que a morte. Na frase do nosso curso estão as palavras que guiaram sua vida — Deus e honra.   Perdoe-me, amigo, mas vou te contrariar: continuarei buscando ser feliz e ter razão, mesmo na difícil missão de ser polícia no Brasil.